宋·魏慶之 撰

詩人玉屑

（二）

中國書店

詩人玉屑

卷七至卷十五

一

詳校官主事衔臣徐以坤

詩人玉屑卷七

宋 魏慶之 撰

用事

三易

沈隱侯曰文章當從三易易見事一也易識事二也易讀誦三也邢子才曰沈侯文章用事不使人覺若胷臆語祖孝徵曰沈詩云崖傾護石髓此豈用事耶昪按坡

詩神山一合五百年風吹石髓堅如鐵乃嵇康王烈事則崖傾石髓非不用事也

詩不貴用事

夫屬詞比事乃爲通談吟詠情性何貴用事思君如流水既是即目高臺多悲風亦唯所見清晨登隴首尤無故實明月照積雪詎出經史古今勝語多非補假皆由直尋大明泰始中文章殆同書抄邇來作者浸以成俗遂乃句無虛語語無虛字拘攣補衲蠹文已甚詩品

不可有意用事

天下書雖不可不讀然甚不可有意於用事卻掃編

使事不為事使

荆公嘗云詩家病使事太多葢皆取其與題合者類之如此乃是編事雖工何益若能自出己意借事以相發明變態錯出則用事雖多亦何所妨故公詩如董生只被公羊惑豈信捐書一語真桔槹俯仰何妨事抱甕區區著此身之類皆意與本處不類此真所謂使事也

安禄山之亂哥舒翰與賊將崔乾祐戰潼關見黄旗軍數百隊官軍以為賊賊以為官軍相持久之忽不知所在是日昭陵奏陵内前石馬皆流汗子美詩所謂玉衣晨自舉鐵馬汗常趨葢記此事也李晟平朱泚李義山作詩復引用之云天教李令心如日可待昭陵石馬來此雖一等用事然義山但知推美西平不知於昭陵似不當耳乃知詩家使事難若子美所謂不為事使者也

蔡寛夫詩話

反其意而用之

文人用故事有直用其事者有反其意而用之者李義山詩可憐半夜虛前席不問蒼生問鬼神雖說賈誼然反其意而用之矣林和靖詩茂陵他日求遺藁猶喜曾無封禪書雖說相如亦反其意而用之矣直用其事人皆能之反其意而用之者非學業高人超越尋常拘攣之見不規規然蹈襲前人陳跡者何以臻此藝苑雌黃

放翁仕於蜀海棠詩最多其間一絶尤精妙云蜀地名

花擅古今一枝氣可壓千林譏評更到無香處當恨人言太刻深此前輩所謂翻案法葢反其意而用之也小園解后録

昇案黄白石作雪詩云說道羞明却不羞日光玉潔共飛浮天人胷次明如洗肯似人間只暗投葢世謂雪之夜落為羞明此反其語而用之與用海棠無香事如出一律尤覺清新

用事要無迹

杜少陵云作詩用事要如禪家語水中著鹽飲水乃知

鹽味此說詩家秘要藏也如五更鼓角聲悲壯三峽星河影動搖人徒見凌轢造化之工不知乃用事也禰衡傳撾漁陽摻聲悲壯漢武故事星辰動搖東方朔謂民勞之應則善用事者如繫風捕影豈有迹耶西清詩話

事如已出天然渾厚

江鄰幾善為詩清淡有古風蘇子美坐進奏院謫官後死吳中江作詩云郡邸獄寃誰與辨皋橋客死世同悲用事甚精嘗有古作云五十踐衰境加我在明年論者

謂人莫不用事能令事如己出天然渾厚乃可言詩

用其事而隱其語

蕭文奐能書善畫於扇上圖山水咫尺之内便覺萬里為遥老杜戲題山水圖云尤工遠勢古難比咫尺應須論萬里作讀似非用事如男兒既介胄長揖別上官用介胄之士不拜婦人在軍中兵氣恐不揚用軍中豈有女子乎皆用其事而隱其語

作詩須飽其材料

李商隱詩好積故實如喜雪詩班扇慵裁素曹衣詎比麻鵝歸逸少宅鶴滿令威家又洛水妃虛妬姑山客謾誇聯辭雖許謝和曲本慙巴一篇中用事者十七八以是知凡作者須飽材料傳稱任昉用事過多屬辭不得流便余謂昉詩所以不能傾沈約者乃才有限非事多之故坡集有全篇用事者如賀人生子自鬱葱佳氣夜充閭喜見徐卿第二雛至我亦從來識英物試教啼看定何如戲張子野買妾自錦里先生自笑狂身長九尺

鬚眉蒼至平生謬作安昌客畧遣彭宣到後堂句句用事曷嘗不流便哉

兩句用一事

律詩有一對通用一事者更尋佳樹傳莫忘角弓詩乃左傳韓宣子聘魯嘗賦角弓及譽嘉樹魯人請封植以無忘角弓介甫久諳郭璞言多驗老比顏含意更踈乃景純為顏含筮含曰年在天位在人修己而天不與命也守道不回性也自有性命無勞著龜苕溪

用自巳詩為故事

用自巳詩為故事須作詩多者乃有之太白云滄浪吾有曲相子棹歌聲樂天須知菊酒登高會從此多無二十場明年云去秋共數登高會又被今年減一場過栗里云昔嘗詠遺風著為十六篇蓋居渭上醞熱獨飲曾效淵明體為十六篇又贈微之云昔我十年前曾與君相識曾將秋竹竿比君孤且直蓋舊詩云有節秋竹竿也坡赴黄州過春風嶺有絶句後詩云去年今日關山

路細雨梅花正斷魂至海外又云春風嶺下淮南村昔年梅花曾斷魂又云柯丘海棠吾有詩獨笑深林誰敢侮又有竹詩云吾詩固云爾可使食無肉 碧溪

用其意用其語

有意用事有語用事李義山海外徒聞更九州其意則用楊妃在蓬萊山其語則用鄒子云九州之外更有九州如此然後深穩健麗

妙於用事

元祐中元夕上御樓觀燈有御製詩時王禹玉蔡持正為左右相持正叩禹玉云應制上元詩如何使故事禹玉曰鼇山鳳輦外不可使章子厚笑曰此誰不知後兩日登對上獨賞禹玉詩云妙於使事詩云雪消華月滿僊臺萬燭當樓寶扇開雙鳳雲中扶輦下六鼇海上駕山來鎬京春酒沾周宴汾水秋風陋漢才一曲昇平人盡樂君王又進紫霞杯是夕以高麗進樂又添一杯侯鯖録

不拘故常

韋應物詩云心同野鶴與塵遠詩似冰壺徹底清又送人詩冰壺見底未為清少年如玉有詩名此可謂用事之法蓋不拘故常也黃常明詩話

用事天然

東坡最善用事既顯而易讀又切當若指持服人遊湖不赴云頗憶呼盧袁彥道難邀罵坐灌將軍柳氏求書答云君家自有元和脚莫厭家雞更問人天然奇特漫叟

用事清切

東坡和李公擇詩云敝裘羸馬古河濱野闊天低糝玉塵自笑飡氈典屬國來看換酒謫仙人為蘇李也用事親切如此他人不及也

用事的當

東坡自揚州召還郊禮後有次韻蔣頴叔錢穆甫從駕景靈宮二詩一云歸來病鶴記城闉舊踏松枝雨露新

半白不羞垂領雪軟紅猶戀屬車塵雨收九陌豐登後日麗三元下降辰粗識君王為民意不才何以助精禋王仲至和之末云誰知第七車中客天遣歸來助慶禋坡稱歎久之葢漢倪寛川人自揚州太守名來坡亦川人自揚州太守名來漢武帝郊禮回至渭橋上見一婦人洗乳于渭水上帝遣問之婦人曰第七車中客知我也上使使問是倪寛寛奏曰天上長乳星祭祀不潔即見帝慄然坡時為尚書亦乘車在駕前蔡寛夫詩話

用事精確

夏文莊守安州莒公兄弟尚在布衣文莊異待之命作落花詩莒公一聯云漢臯佩冷臨江失金谷樓危倒地香子京一聯云將飛更作回風舞已落猶成半面妝余觀南史宋元帝妃徐氏無容質不見禮以帝眇一目知帝將至必為半面妝以俟此半面妝所從出也若回風舞無出處則對偶偏枯不為佳句殊不知乃出李賀詩云花臺欲暮春辭去落花起作回風舞前輩用事必有來

處又精確如此誠可爲法也漁隱

余襄公有落花詩云金谷已空新步障馬嵬徒見舊香囊可亞二宋三山老人語録

諺云去家千里勿食蘿摩枸杞山谷嘗賦道院枸杞詩云去家尚勿食出家安用許時同賦者服其用事精確漫叟詩話

用事精密

魯直善用事若正爾塡塞故實舊謂之點鬼簿今謂之韋

絆死屍如詠猩猩毛筆詩云平生幾兩屐身後五車書

又云管城子無食肉相孔方兄有絶交書精妙穩密不

可加矣當以此語反三隅也類苑

荆公送吴仲庶待制守潭詩云自古楚有材醽醁多美

酒不知樽前客更得賈生否賈誼初為吴公召置門下

後謫死長沙其用事之精可以為法王直方詩話

敘事詳盡

熈寧元年有司言日當食四月朔上為撤膳避正殿時方

微雨明日不見日食百官入賀是日有皇子之慶蔡持正為樞副獻詩前四句曰昨夜薰風入舜韶君王端御正衙朝陽輝已得前星助陰沴潛隨夜雨消其敘四月一日避正殿皇子慶誕雲陰不見日食四句盡之當時無能過之者筆錄

用人名

前輩譏作詩多用古人名姓謂之點鬼簿其語雖然如此亦在用之如何耳不可執以為定論也如山谷種竹

云程嬰杵臼立孤難伯夷叔齊食薇瘦接花云雍也本犂子仲由原鄙人此雖多用善於比喻何害其為好句也漁隱

用經史中語

大率詩語出入經史自然有力然須是看多做多使自家機杼風骨先立然後使得經史中全語作一體也如是自出語弱却使經史中全語則頭尾不相勾副如兩村夫掛一枝畫梁自覺經史中語在人眼中不入看也

皆用古語

荆公賦梅花云肌冰綽約如姑射膚雪參差是玉真莊子曰藐姑射之山有神人居焉肌膚若冰雪綽約若處子樂天長恨歌曰中有一人字玉真雪膚花貌參差似兩句皆用古語但易一如字爾 東平雜録

一字不苟

煕寧初張掞以二府初成作詩賀荆公公和曰功落蕭

規慙漢第恩從隗始詑燕臺以示陸農師農師曰蕭規曹隨高帝論功蕭何第一皆摭故實而請從隗始初無恩字公笑曰子善問也韓退之鬬雞聯句感恩慙隗始若無據豈當對功字也乃知前人以用事一字偏枯爲倒置眉目反易巾裳蓋謹之如此苕溪漁隱曰荆公春日絶句云春風過柳緑如繰晴日蒸紅出小桃余嘗疑蒸紅必有所據後讀退之桃源圖詩云種桃處處惟開花川原遠近蒸紅霞蓋出此也 西清詩話

不可牽彊

詩之用事不可牽彊必至於不得不用而後用之則事辭爲一莫見其安排鬭湊之迹蘇子瞻嘗作人挽詩云豈意日斜庚子後忽驚歲在已辰年此乃天生作對不假人力石林詩話

不可牽出處

蘇子瞻嘗兩用孔稚圭鳴蛙事如水底笙歌蛙兩部山中奴隷橘千頭雖以笙歌易鼓吹不礙其意同至已遣

亂蛙成兩部更邀明月作三人則成兩部不知謂何物亦是歇後蓋用事寧與出處語小異而意同不可盡牽出處語而意不顯也石林詩話

誠齋論用經語

詩句固難用經語然善用者不勝其韻李師中云夜如何其斗欲落歲云莫矣天無晴又山如仁者靜風似聖之清又詩成白也知無敵花落虞兮可奈何

誠齋論用事以俗為雅

有用法家吏文語為詩句者所謂以俗為雅坡云避謗詩尋醫畏病酒入務如前卷僧顯萬㨿支闌入亦此類也

誠齋論使事法

詩家借用古人語而不用其意最為妙法如山谷猩猩毛筆是也猩猩喜著屐故用阮孚事其毛作筆用之抄書故用惠施事二事皆借人以詠物初非猩猩毛筆事也左傳云深山大澤實生龍蛇而山谷中秋月詩云寒

藤老本被光景深山大澤皆龍蛇周禮考工記車人蓋圜以象天軫方以象地而山谷云丈夫要剛毅天地為蓋軫孟子云武成取二三策而山谷稱東坡云平生五車書未吐二三策

陵陽論用事

使事要事自我使不可反為事使僕曰如公太乙圖詩不是峯頭十丈花世間那得蓮如許當如是耶公徐曰事可使即使不須强使耳室中語

誤用事

唐人以詩為專門之學雖名世善用故事者或未免少誤如王摩詰詩衛青不敗由天幸李廣無功緣數奇不敗由天幸乃霍去病非衛青也去病傳云其軍嘗先大將軍軍亦有天幸未嘗困絶意有大將軍字誤指去病作衛青耳李太白山陰道士如相訪為寫黄庭换白鵝换鵞乃道德經非黄庭也逸少嘗寫黄庭經與王脩故二事相紊杜牧之尤不勝數前輩每云用事雖了在心目間

亦當就時討閱則牢記而不誤端名言也西清詩話

古今詩話美方謬上廣守詩鰐去溪潭韓吏部珠還合浦孟嘗君不知珠還合浦乃後漢孟嘗不可以孟嘗君遷就也復齋漫録

失事實

杜牧華清宫詩云長安回望繡成堆山頂千門次第開一騎紅塵妃子笑無人知道荔支來尤膾炙人口據唐紀明皇以十月幸驪山至春即還宫是未嘗六月在驪

山也然荔枝盛暑方熟詞意雖美而失事實遯齋閒覽

用事失照管

荆公桃源行云望夷宫中鹿為馬秦人半死長城下指鹿為馬乃二世事而長城之役乃始皇也又指鹿事不在望夷宫中荆公此詩追配古人惜乎用事失照管為可恨耳高齋詩話

用事未盡善

摩詰山中送别詩云山中相送罷日暮掩柴扉春草明

年綠王孫歸不歸蓋用楚詞王孫遊兮不歸春草生兮萋萋此善用事也余舊記一小詞不知誰人作云楊柳青青著地垂楊花漫漫攪天飛柳條折盡花吹盡借問行人歸不歸古樂府有折楊柳云曲城攀折處惟言久別離又云攀折思為贈心期別路長又云曲中無別意併是為相思皆言折楊柳以寄相思之意不言其歸則前詩用事為未盡善也 漁隱

用事重疊

韓偓載云風柳搖搖無定枝陽臺雲雨夢中歸他年蓬島音塵絶留取樽前舊舞衣此詩既言陽臺又言蓬島何用事重疊如此詩載小説稱為佳句余謂疵病如此殆非佳句也

牽爾用事

古人作詩引用故實或不原其美惡但以一時中的而已如李端於郭曖席上賦詩其警句云新開金埒教調馬舊賜銅山許鑄錢乃比鄧通耳既非令人又非美事

何足算哉凡用故事多以事浅語熟更不思究率爾用之往往有誤西齋語録

押韻

工於押韻

寇萊公延僧惠崇於池亭分題為詩公探得池上柳青字韻崇探得池鷺明字韻自午至晡崇忽黙頭曰得之矣此篇功在明字凡五壓不倒公曰試口占曰雨歇方塘溢遲回不復驚暴翎沙日暖引步島風清照水千尋

迴樓煙一點明主人池上鳳見爾憶蓬瀛公笑曰吾柳之功在青字而四壓不倒不如且已古今詩話

巧於押韻

作詩押韻是一巧中秋夜月詩押尖字數首之後一婦人云蚌胎光透殼犀角暈盈尖許彥周詩話

古今詩用韻

謂字有通作他聲押韻者泛引詩及文選古詩為證殊不知蔡寬夫詩話嘗云秦漢以前字書未備既多假借

而音無反切平側皆通用自齊梁後既拘以四聲又限以音韻故士率以偶儷聲病為工然則字通作他聲押韻於古詩則可若於律詩誠不當如此余謂裴虔餘之詩落韻又本此耳 學林新編

落韻

裴虔餘云滿額鵝黄金縷衣翠翹浮動玉釵垂從教水濺羅襦濕疑是巫山行雨歸廣韻集韻韻略垂與歸皆不同韻此詩為落韻矣 漁隱

不可强押韻

前史稱王筠善押强韻固是詩家要處然人貪於捉對用事者往往多有趂韻之失退之筆力雄贍務以詞采憑陵一時故間亦不免此患如和席八絳闕銀河曉東風右掖春詩終篇皆敘西垣事然其一聯云傍砌看紅藥巡池詠白蘋事除柳惲外别無出處若是用此則於前後詩意無相干且趂蘋字韻而已然則人亦有事非當用而鑪錘驅駕若出自然者杜子美收東京詩以櫻

桃對杕杜薦櫻桃事初若不類及其云賞因歌杕杜歸及薦櫻桃則渾然天成畧不見牽强之迹如此乃為工耳蔡寛夫詩話

古詩不拘韻

世俗相傳古詩不必拘於用韻余謂不然如杜少陵早發射洪縣南途中作及字韻詩皆用緝字一韻未嘗用外韻也及觀東坡與陳季常汁字韻一篇詩而用六韻殊與老杜異其他仄韻詩多如此以其名重當世無敢

訾議至荆公則無是獘矣其得子固書因寄以及字韻詩其一篇中押數韻亦止用緝字一韻他皆類此正與老杜合苕溪漁隱曰黄朝英之言非也老杜仄韻詩何嘗不用外韻如戲呈元二十一曹長末字韻一篇詩兩用五韻南池谷字韻一篇詩兩用四韻客堂蜀字韻一篇詩兩用三韻此特舉其二三耳其他如此者甚衆令若以一篇詩偶不用外韻遂為定格則老杜何以謂之能兼衆體也黄既不細考老杜諸詩又且輕議東坡尤

爲可笑六一居士云韓退之工於用韻其得韻寬則波瀾橫溢泛入傍韻乍還乍離出入回合殆不可拘以常格如此日足可惜之類是也得韻窄則不復傍出而因難以見巧愈險愈奇如病中贈張十八之類是也譬夫善馭良馬者通衢廣陌縱橫馳逐惟意所之至於水曲蟻封疾徐中節而不蹉跌乃天下之至工也且退之於用韻猶能如此孰謂老杜反不能之是又非黄所能知也緗素雜記

重押韻

退之詩好押狹韻累句以示工而不知重疊用韻之為病也雙鳥詩押兩頭字杏花詩押兩花字苕溪漁隱曰讀皇甫湜公安園池詩亦押兩閑字日夜不得閑君子不可閑蓋退之好重疊用韻以盡己之詩意不恤其為病也 孔毅夫雜記

杜子美飲中八仙歌曰知章騎馬似乘船又天子呼來不上船一曰眼花落井水底眠又長安市上酒家眠一

曰汝陽三斗始朝天又舉觴白眼望青天一曰皎如玉樹臨風前又曰蘇晉長齋繡佛前又曰脫帽露頂王公前此歌三十二句而押二船字二眠字二天字三前字近時論詩者曰此歌一首是八段不嫌於重用韻也其
按子美此歌以飲中八仙歌五字為題則是一歌也此歌首尾於船字韻中押未嘗移别韻則非分為八段蓋子美古律詩重用韻者亦多况於歌乎如園人送瓜詩曰沈浮亂水玉愛惜如芝草又曰園人非故侯種此何

草草一篇押二草字也上後園山脚詩曰蓐收困用事玄冥蔚彊梁又曰登高欲有往蕩析川無梁一篇押二梁字也北征詩曰維時遇艱虞朝野少暇日又曰老夫情懐惡嘔泄卧數日一篇押二日字也夔府詠懷詩曰雖云隔禮數不敢墜周旋又曰淡交隨聚散澤國遶回旋一篇押二旋字也贈李八秘書詩曰事殊迎代邸喜異賞朱虛又曰風煙巫峽遠臺榭楚宮虛一篇押二虛字也贈李邕詩曰放逐早聯翩低垂困炎厲又曰哀贈

竟蕭條恩波延揭厲一篇押二厲字也贈汝陽王詩曰自多親棣蕚誰敢問山陵又曰鴻寶仝寧秘丹梯庶可陵一篇押二陵字也喜薛璩夲參遷官詩曰棲遲分半菽浩蕩逐浮萍又曰仰思調玉燭誰定握青萍一篇押二萍字也寄賈岳州嚴巴州兩閤老詩曰討胡愁李廣奉使待張騫又曰如公盡雄儁志必在騰騫一篇押二騫字也子美詩如此類甚多雖然子美非剏意為此者蓋有所本也按文選載古詩曰晨風懐苦心蟋蟀傷局

促又曰音響一何悲絃急知柱促一篇押二促字也曹子建美女篇曰明珠交玉體珊瑚間木難又曰佳人慕高義求賢良獨難一篇押二難字也謝靈運述祖德詩曰段生蕃魏國展季救魯人又曰外物辭所賞勵志故絶人一篇押二人字也又南圃詩曰樵隱俱在山由來事不同又曰賞心不可忘妙善冀皆同一篇押二同字也又初去郡詩曰或可優貪競豈足稱達生又曰畢娶類尚子薄遊似邴生一篇押二生字陸士衡擬古詩曰

此思亦何思思君徽與音又曰鷟颭褰反信歸雲難寄音一篇押二音字又豫章行曰汎舟清川渚遥望高山陰又曰寄世將幾何日昃無停陰一篇押二陰字阮嗣宗詠懷詩曰何當行路子磬折忘所歸又曰黄鵠游四海中路將安歸一篇押二歸字江淹雜體詩曰韓公淪賣藥梅生隱市門又曰太平多懽娱飛蓋東都門一篇押二門字王仲宣從軍詩曰連舫踰萬艘帶甲千萬人又曰我有素餐責誠愧伐檀人一篇押二人字古人詩

自有體格杜子美亦倣古人之作耳韓退之贈張籍詩

一篇押二更字二陽字又岳陽樓别竇司直詩押二向

字又李花詩押二花字又雙鳥詩押二州字二頭字二

秋字二休字又和盧郎中送槃谷子詩押二行字又示

爽詩押二愁字又叉魚詩押二銷字寄孟郊詩押二輿

字此日足可惜詩押二光字白樂天渭村退居詩押二

房字夢遊春詩押二行字寄元微之詩押二夷字出守

杭州路次藍溪詩押二水字遊悟眞寺詩押二槃字其

餘詩人如此疊用韻者甚多不可具舉意到即押耳奚獨於飲中八仙歌而致惟耶子瞻送江公著詩曰忽憶釣臺歸洗耳又曰亦念人生行樂耳自注曰二耳義不同故得重用蓋子瞻自不必注

和韻工妙

東坡和柳子玉岡字韻詩至七篇云屢把鉛刀齒步光更遭華衮照龐涼乃用曹子建七啟兮步光之劒華藻繁縟及左傳龐涼冬殺事雖第一韻人所更易而七篇

未嘗改又貫穿精絶如此黄常明詩話

爲韻所牽

寰宇記載西施事云施其姓也是時有東施家西施家故李太白詩自古有秀色西施與東鄰而東坡代人贈别乃云絳蠟燒殘玉斝飛離歌唱徹萬行啼他年一舸鴟夷去記取儂家舊姓西豈爲韻所牽耶丹鉛集

屬對

六對

唐上官儀曰詩有六對一曰正名對天地日月是也二曰同類對花葉草芽是也三曰連珠對蕭蕭赫赫是也四曰雙聲對黄槐緑柳是也五曰疊韻對彷徨放曠是也六曰雙擬對春樹秋池是也又曰詩有八對一曰的名對送酒東南去迎琴西北來是也二曰異類對風織池間樹蟲穿草上文是也三曰雙聲對秋露香佳菊春風馥麗蘭是也四曰疊韻對放蕩千般意遷延一介心是也五曰聯綿對殘河如帶初月如眉是也六曰雙擬

對議月眉欺月論花頰勝花是也十曰回文對情新因意得意得逐情新是也八曰隔句對相思復相憶夜夜淚沾衣空歎復空泣朝朝君未歸是也詩苑類格

誠齋稱木天金地之對

廬陵村落地名何山有金地寺壁間有廬陵丞某人留題云今朝憩息來金地何日翺翔到木天觀者歎其的對後美中再入館職唱和云見說木天猶突兀暫時金地亦清閑是時南渡之後駐蹕臨安百司官寺未立暫

寓一僧舍為秘書省而汴京本省猶未毀美中此聯朝士歎其親切

陵陽謂對偶不必拘繩墨

嘗與公論對偶如剛腸欺竹葉衰鬢怯菱花以鏡名對酒名雖為親切至於杜子美云竹葉於人既無分菊花從此不須開直以菊花對竹葉便蕭散不為繩墨所窘公曰枸杞因吾有雞栖奈汝何葢借枸杞以對雞栖冬温蚊蚋在人遠梟鴨亂人遠如梟鴨然又直以字對而

不對意此皆例子不可不知子瞻岐亭詩云洗盞酌鵝黄磨刀切熊白是用例者也

巧對

荆公詩草深留翠碧花遠没黄鸝人只知翠碧黄鸝為精切不知是四色也又以武丘對文鵶昔吟對甘飲飛瓊對弄玉世皆不及其工小村以錦字對琴心荆公以帶眼對琴心謝夷季以鏡約對琴心亦荆公為最精切近時洪駒父以青奴對黄妳黄妳出金樓

子青奴山谷所名也予讀國史補得銀鹿後以對子建集中金瓠濼瑩出李長吉集乾鵲出西京雜記予以濼瑩對乾鵲又王存以河鯉對海鳥人以為工雪浪齋日記

屬對精切

潘子真為予言晉公詩緑楊垂手舞黄鳥緩聲歌樂府有大垂手小垂手前緩聲後緩聲故予用之其屬對律切如此洪駒父詩話

對偶親切

帝與九齡雖吉夢山呼萬歲是虛聲此樂天作開成大行挽詞對事親切少有其比也王直方詩話

銖兩不差

晚唐詩句尚切對然氣韻甚卑鄭棨山居云童子病歸去鹿麑寒入來自謂銖兩輕重不差有人作梅花詩云強半瘦因前夜雪數枝愁向曉來天對屬雖偏亦有佳處詩史

無斧鑿痕

文之所以貴對偶者謂出於自然非假於牽強也潘子眞詩話記禹玉元豐間以錢一萬酒兩壺餉吕夢得夢得作啟謝之有白水眞人青州從事禹玉歎賞為其切題東坡得章質夫書遺酒六瓶書至而酒無因作詩寄之云豈意青州六從事化為烏有一先生二句渾然一意無斧鑿痕更覺親切 復齋謾録

一字不苟

晉公自朱崖内徙浮光清逸尚幼侍曾祖母壽安縣君

歸寧陶商翁其族侄也亦自義郴來晉公一日循江湄散步見舟行戲為語曰舟移水面曲令諸甥對之陶應聲云雲過山眉展予以謂水實有面眉以況山虛實不等當作雲過山腰細規模雖出一時不甚超卓然前輩屬詞之切教導後生亦自有方潘子真詩話

老杜對偶

天關象緯逼雲卧衣裳冷先生詩該衆美者不惟近體嚴於屬對至於古風句對者亦然觀此詩可見矣近人

論詩多以不必屬對為高古何耶少陵詩正異

不可參以異代

荆公詩用法甚嚴尤精於對偶甞云用漢人語止可以漢人語對若參以異代語便不相類如一水護田將緑遶兩山排闥送青來之類皆漢人語也此法惟公用之不覺拘窘卑凡如周顒宅作阿蘭若婁約身歸窣堵波皆以梵語對梵語亦此類甞有人面稱公詩自喜田園歸五柳最嫌尸祝擾庚桑之句以為的對公笑曰君但

知柳對桑為的然庚亦自是數葢以十干數之也石林詩話

佳對

杜詩有自天題處濕當暑著來清自天當暑乃全語也

東坡詩云公獨未知其趣耳臣今時復一中之可謂青出於藍苕溪漁隱曰東坡此詩戲徐君猷孟亨之皆不飲酒不止天生此對其全篇用事親切尤為可喜詩云孟嘉嗜酒桓温笑徐邈狂言孟德疑公獨未知其趣耳臣今時復一中之風流自有高人識通介寧隨薄俗移

二子有靈應撫掌吾孫還有獨醒時皆徐孟二人事也

又王直方詩話載蔡寛夫天啟為太學博士和人治字韻詩有先生萬古名何用博士三年冗不治與此相類亦佳對也漫叟詩話

的對

唐許渾題孫處士居云高歌懷地肺遠賦憶天台極為的對眞誥曰金陵者洞墟之膏腴句曲之地肺注云其地肥故曰膏腴水至則浮故曰地肺餘話

奇對

對句法人不過以事以意出處備具謂之妙荆公曰平昔離愁寬帶眼迄今歸思滿琴心又曰欲寄荒寒無善畫賴傳悲壯有能琴不若東坡奇特如曰見說騎鯨遊汗漫亦曾捫虱話辛酸又曰龍驤萬斛不敢過漁舟一葉從掀舞以鯨為虱對龍驤為漁舟對大小氣焰之不等其意若玩世謂之秀傑之氣終不可沒

借對

沈佺期回波詞云姓名雖蒙齒録袍笏未換牙緋杜子美詩飲子頻通汗懐君想報珠以飲子對懐君亦齒録牙緋之比也東坡

荊公和人詩以庚桑對五柳黄耇日對白雞年漫叟詩話

根非生下土葉不墜秋風五峯高不下萬木幾經秋以下對秋蓋夏字聲同也因尋樵子徑偶到葛洪家殘春紅藥在終日子規啼以子對洪以洪對子皆假其色也

閒聽一夜雨更對柏巖僧住山今十載明日又遷居以

一對柏以十對還假其數也禁臠

詩家有假對本非用意蓋造語適到因以用之若杜子美本無丹竈術那免白頭翁韓退之眼穿長訝雙魚斷耳熱何辭數爵頻丹對白爵對魚皆偶然相值立意下句初不在此而晚唐諸人遂立以為格賈島卷簾黄葉落開户子規啼崔峒因尋樵子徑偶到葛洪家為例以為假對勝的對謂之高手所謂癡人面前不得說夢也

蔡寛夫詩話

不可泥對

荆公凡人作詩不可泥於對屬如歐陽公作泥滑滑云畫簾陰陰隔宫燭禁漏杳杳深千門千字不可以對宫字若當時作朱門雖可以對而句力便弱耳王直方

退之古詩故避屬對

退之若古詩有故避屬對者如淮之水舒舒楚山且叢叢是也唐子西語録

詩人玉屑卷七

欽定四庫全書

詩人玉屑卷八

宋　魏慶之　撰

鍛鍊

總論

詩最難事也吾於他文不至蹇澁惟作詩甚苦悲吟累日僅能成篇初讀時未見可羞處姑置之明日取讀瑕疵百出輒復悲吟累日反復改正比之前時稍稍有加

焉復數日取出讀之疵病復出凡如此數四方敢示人然終不能奇李賀母責賀曰是兒必欲嘔出心乃已非過論也今之君子動輒千百言畧不經意其可貴哉唐子西語録

鍊字

作詩在於鍊字如老杜飛星過水白落月動沙虛是鍊中間一字地折江帆隱天清木葉聞是鍊末後一字酬李都督早春詩云紅入桃花嫩青歸柳葉新若非入與

歸二字則與兒童之詩何異葛常之

鍊格

鍊句不如鍊字鍊字不如鍊意鍊意不如鍊格以聲律爲竅物象爲骨意格爲髓金針格

鍊意

世俗所謂樂天金針集殊鄙淺然其中有可取者鍊句不如鍊意一語非老於文學不能道此又云鍊字不如鍊句則未安也好句要須好字詩眼

鍊韻

陳君節字明信言鍊句不如鍊韻余以為若止覔好韻則失於首尾不相貫穿 王直方詩話

句鍛月鍊

唐人雖小詩必極工而後已所謂句鍛月鍊信非虛言小說崔護題城南詩其始曰去年今日此門中人面桃花相映紅人面不知何處去桃花依舊笑春風後以其意未完語未工改第三句云人面秪今何處在蓋唐人

工詩大率如此雖有兩令字不恤也取語意爲主耳筆談

句中有眼

汪彦章移守臨川曾吉甫以詩迓之云白玉堂中曾草詔水晶宫裏近題詩先以示子蒼子蒼爲改兩字云白玉堂深曾草詔水晶宫冷近題詩迥然與前不侔蓋句中有眼也古人鍊字只於眼上鍊蓋五字詩以第三字爲眼七字詩以第五字爲眼也

詩貴造微

小律詩雖末技然而不造微不足以名家唐人皆盡一生之業為之至於字字皆鍊得之甚艱但患觀者滅裂不見其工耳若景意縱完一讀便盡此類最易為人激賞乃詩之折楊黄華也譬若三館楷書不可謂不精麗求其佳處到死無一筆此病最難醫也筆談

求其疵而去之

詩在與人商論求其疵而去之等閒一字放過則不可殆近法家難以言恕矣故謂之詩律東坡云敢將詩律

關深嚴予亦云詩律傷嚴近寡恩大凡立意之初必有難易二塗學者不能強所為往往捨難而趨易文章罕工每坐此也作詩自有穩當字第思之未到耳唐子西語録

剩一字

皎然以詩名於唐有僧袖詩謁之然指其御溝詩云此波涵聖澤波字未穩當改僧怫然作色而去僧亦能詩者也皎然度其去必復來乃取筆作中字掌中握之以待僧果復來云欲更為中字如何然展手示之遂定交

要當如此乃是又郡閣雅言云王貞白唐末大播詩名御溝為卷首云一派御溝水緑槐相蔭清此波涵帝澤無處濯塵纓鳥道來雖遠龍池到自平朝宗心本切願向急流傾自謂冠絕無瑕呈僧貫休休公曰此甚好只是剩一字貞白揚袂而去休公曰此公思敏取筆書中字掌中逡巡貞白回忻然曰已得一字云此中涵帝澤休公將掌中示之二說不同未知孰是同上

老杜

桃花細逐楊花落黄鳥時兼白鳥飛李商老云嘗見徐師川說一士大夫家有老杜墨迹其初云桃花欲共楊花語自以淡墨改三字乃知古人字不厭改也不然何以有日鍛月鍊之語漫叟詩話

陵陽謂少陵改詩

賦詩十首不若改詩一首少陵有新詩改罷自長吟之句雖少陵之才亦須改定室中語

樂天

冷齋夜話云白樂天每作詩令一老嫗解之問曰解否嫗曰解則録之不解則又復易之故唐末之詩近於鄙俚又張文潛云世以樂天詩為得自容易中來嘗於洛中一士人家見白公詩草數紙點竄塗抹及其成篇殆與初作不侔苕溪漁隱曰樂天詩雖涉淺近不至盡如冷齋所云余舊嘗於一小說中曾見此說心不然之惠洪乃取而載之詩話是豈不思詩至於老嫗解烏得成詩也哉余故以文潛所言正其謬耳

皮日休

百鍊為字千鍊成句

歐公

老杜云新詩改罷自長吟文字頻改工夫自出近世歐公作文先貼於壁時加竄定有終篇不留一字者魯直長年多改定前作此可見大畧如宗室挽詩云天網恢中夏賓筵禁列侯後乃改云屬舉左官律不通宗室侯此工夫自不同矣呂氏童蒙訓

東坡

東坡作蝸牛詩云中弱不勝觸外堅聊自郛升高不知疲竟作粘壁枯後改云腥涎不滿殼聊足以自濡升高不知回竟作粘壁枯余以為改者勝王直方詩話

清詩要淘鍊乃得鉛中銀坡詩

山谷

魯直嘲小德有學語春鶯囀書窗秋鴈斜後改曰學語囀春鳥塗窗行暮鴉以是詩文不厭改也東皋雜録

山谷與余詩云百葉緗桃苦惱人又云欲作短歌憑阿素丁寧誇與落花風其後改苦惱作觸撥改歌作章改丁寧作緩歌余以為詩不厭多改王直方詩話

荆公

王駕晴景云雨前初見花間葉雨後兼無葉裏花蛺蝶飛來過墻去應疑春色在鄰家此唐百家詩選中詩也余因閱荆公臨川集亦有此詩云雨前不見花間葉雨後全無葉底花蜂蝶紛紛過牆去却疑春色在鄰家百

家詩選是荆公所選想愛此詩因為改正七字遂使一篇語工而意足了無鑱斧之迹眞削鐻手也漁隱

王平甫

嶺下保昌縣沙水村進士徐信言東坡北歸時過其書齋煮茗題壁又書一帖云嘗見王平甫自負其甘露寺詩平地風煙飛白鳥半山雲木卷蒼藤余應之曰精神全在卷字上但恨飛字不稱耳平甫沈吟久之請余改易余遂易之以横字平甫歎服大抵作詩當日鍛月錬

非欲誇奇鬬異要當淘汰出合用字此建中靖國元年正月五日甲子玉局老書而趙德麟以為陳知默詩東坡必不誤矣遺珠

王仲至

王仲至召至館中試罷作一絕題於壁云古木森森白玉堂長年來此試文章日斜奏賦長楊罷閒拂塵埃看畫墻舊云奏罷長楊賦亦荆公所改王直方詩話

韓子蒼

公嘗賦送宜黄丞周表卿詩云昔年束帶侍明光曾見揮毫對御牀將為驊騮已騰踏不知鵰鶚尚摧藏官居四合峯巒緑驛路千林橘柚黄莫戀鄉關留不去漢廷今重甲科郎表卿既行久之乃改對字作照字葢子瞻送孫勉詩云君為淮南秀文采照金殿注云君嘗考中進士第一人也改峯巒緑為峯巒雨橘柚黄為橘柚霜改莫戀鄉關留不去作莫為艱難歸故里益見其工又題辛仲及鬭牛圖詩云好事誰如公子賢斷縑求買不

論錢後改云千金買畫亦欣然亦於卷中斷取舊詩別題室中語

詩不可不改余在龍安道中嘗作五言詩其初云雨時萬木翳雨後羣山開後改為未雨萬木翳既雨羣山開與其初大段不同室中語

論用工之過

天下事有意為之輒不能盡妙而文章尤然文章之間詩尤然世乃有日鍛月鍊之說此所以用功者雖多而

名家者終少也晚唐諸人議論雖淺俚然亦有暗合者但不能守之耳所謂晝日覓不得有時還自來者使所見果到此則采菊東離下悠然見南山之句有何不可爲惟徒能言之此禪家所謂語到而實無見處也往往有好句當面蹉過若吟成一箇字撚斷數莖鬚不知何處合費許多辛苦正恐雖撚盡鬚不過能作藥杵聲中擣殘夢茶鐺影裏煮孤燈句耳人之相去固不遠哉蔡寛夫詩話

沿襲

誠齋論沿襲

句有偶似古人者亦有述之者杜子美武侯廟詩云映堦碧草自春色隔葉黄鸝空好音此何遜行孫氏陵云山鶯空樹響壠月自秋暉也杜云薄雲岩際宿孤月浪中翻此庾信白雲岩際出清月波中上也出上二字勝矣陰鏗云鶯隨入户樹花逐下山風杜云月明垂葉露雲逐渡溪風又云水流行地日江入度山雲此一聯勝

庾信云永韜三尺劒長捲一戎衣杜云風塵三尺劒社稷一戎衣亦勝庾矣南朝蘇子卿梅詩云秖言花是雪不悟有香來介甫云遥知不是雪為有暗香來述者不及作者陸龜蒙云殷勤與解丁香結從放繁枝散誕春介甫云慇勤與解丁香結放出枝頭自在春作者不及述者

誠齋論淵明子美無已詩相似

淵明子美無已三人作九日詩大槩相似子美云竹葉

於人既無分菊花從此不須開此淵明所謂塵爵恥虛

罍寒華徒自榮也無已云人事自生今日意寒花秪作

去年香此淵明所謂日月依辰舉俗愛其名也

誠齋論東坡介甫詩流麗相似

東坡云春宵一刻直千金花有清香月有陰歌管樓臺

聲細細鞦韆院落夜沉沉介甫云金爐香盡漏聲殘翦

翦輕風陣陣寒春色惱人眠不得月移花影上欄干二

詩流麗相似然亦有甲乙

東坡

歐公自揚州移汝州作西湖詩云緑芰紅蓮畫舸浮使君那復憶揚州都將二十四橋月換得西湖十頃秋後東坡復自汝移揚作詩曰二十四橋亦何有換此十頃玻璃風用歐公詩也侯鯖録

陵陽論山谷

一日因坐客論魯直詩體致新巧自作格詮次客舉魯直題子瞻伯時畫竹石牛圖詩云石吾甚愛之勿使牛

礪角牛礪角尚可牛鬭殘我竹如此體製甚新公徐云獨漉水中泥水濁不見月不見月尚可水深行人沒蓋是李白獨漉篇也室中語

誠齋論山谷詩

山谷集中有絕句云草色青青柳色黃桃花零落杏花香春風不解吹愁却春日偏能惹恨長此唐人賈至詩也特改五字耳賈云桃花歷亂李花香又不為吹愁又惹夢長

山谷取唐人詩

唐宋畫喜陳懿老至詩云一別一千日一日十二憶苦心无閒時今日見玉色迺知山谷五更歸夢三百日一日思親十二時之句取此復齋漫録

山谷倣歐公詩

永叔送原甫出守永興詩云酌君以荆州魚枕之蕉贈君以宣城鼠鬚之管酒如長虹飲滄海筆若駿馬馳平坂黄魯直送王郎詩云酌君以蒲城桑落之酒泛君以湘纍秋菊之英贈君以黟川點漆之墨送君以陽關墮

淚之聲酒澆胷中之磊塊𥳑制短世之頽齡墨以傳千古文章之印歌以冩從來兄弟之情近時學者以謂此格獨魯直為之殊不知永叔已先有也漁隱

簡齋

鄭谷蜀中海棠詩一首前一云穠麗最宜新著雨妖嬈全在欲開時然歐公以鄭詩為格𢍰近世陳去非嘗用鄭意賦海棠云海棠默默要詩催日暮紫綿無數開欲識此花奇絶處明朝有雨試重來雖本鄭意便覺方力

相去不侔矣山谷亦有紫綿揉色海棠開之句復齋漫録

吳可

韓子蒼喜吳可小詩東風可是閒來往時送江梅一陣香殊不知張芸叟荼蘼詩云晚風亦自知人意時去時來管送香吳取此耳復齋漫録

同機軸

老杜雨詩云紫崖奔處黑白鳥去邊明雨江碧鳥逾白山青花欲燃之句似之贈王侍御云曉鶯工迸淚秋月

解傷神而感時花濺淚恨别鳥驚心之句似之殆是同一機軸也葛常之

有家法

杜審言子美之祖也則天時以詩擅名與宋之問相唱和其詩有綰霧青條弱牽風紫蔓長寄與洛城風月道明年春色倍還人之句若子美林花帶雨臙脂濕水荇牽風翠帶長又云傳語風光共流轉暫時相賞莫相違雖不襲取其意而語脉蓋有家法矣塵史

暗合子美

王元之本學白樂天詩在商州嘗賦春日雜興云兩株桃杏映籬斜裝點商州副使家何事春風容不得和鶯吹折數枝花其子嘉祐云老杜嘗有恰似春風相欺得夜來吹折數枝花之句語頗相似因請易之元之忻然曰吾詩精詣遂能暗合子美耶更為詩曰本與樂天為後進敢期杜甫是前身卒不復易蔡寬夫詩話

摹寫東坡

西清詩話記其父蔡元長喜周邦彦祝壽詩化行禹貢山川外人在周公禮樂中乃摹寫東坡藏春塢詩年抛造物甄陶外春在先生杖屨中復齋承襲其意

燕燕于飛差池其羽之子于歸遠送于野瞻望弗及泣涕如雨此辭可泣鬼神矣張子野長短句云眼力不知人遠上溪橋東坡送子由詩云登高回首陂壠隔惟見烏帽出復没皆遠紹其意許彦周詩話

用其意

范季隨曰僕嘗往外邑迎婦故公有詩見寄云萬里投殊俗餘生老一丘常憐之子秀能慰此生愁只欲連墻住胡為下邑留黄塵詩思盡乞與四山秋孫内翰見謂曰此詩卒章豈用詩思人間盡令將秋景求之意耶室中語

取其意

晁元忠西歸詩安得龍山潮駕回安河水水從樓前來

中有美人淚韓子蒼取其意以代葛亞卿作詩曰君住

江濵起畫樓妾居海角送潮頭潮中有妾想思淚流到

樓前更不流唐孫叔向有經昭應温泉詩云一道泉回

繞御溝先皇曾向此中遊雖然水是無情物也到宫前

咽不流子蒼末句又用孫語也復齋漫録

意同辭異

天街小雨潤如酥草色遥看近却無最是一年春好處

絶勝煙柳滿皇都此退之早春詩也荷盡已無擎雨葢

菊殘惟有傲霜枝一年好處君須記正是橙黄橘緑時

此子瞻初冬詩也二詩意同而辭殊皆曲盡其妙漁隱

辭同意異

予初喜杜紫微南山與秋色氣勢兩相高語已乃知出於老杜千崖秋氣高蓋一語領畧盡秋色也然二家言𡸣崖間秋氣耳猶未及江天水國氣象宏闊處一日雨後過太湖泊舟洞庭山下乃得句云木落洞庭秋或云此蹈襲楓落吳江冷語第變冷為秋則氣象自不同彼

記時耳是安知秋色之高晝在洞庭裏許乎此淵源自楚騷中來九歌云洞庭波兮木葉下其陶寫物象宏放如此詩可以易言哉休齋

即舊爲新

庾信宇文盛墓誌銘云受圖黄石不無師表之心學劒白猿遂得風雲之志牧之題李西平宅詩云受圖黄石老學劒白猿翁亦即舊爲新之一端也潘子真詩話

摹擬

許昌西湖展江夢成宋元憲留題云鑿開魚鳥忘情地展盡江湖極目天之句皆以謂曠古未有此語然本於五代馬殷據潭州時建明月圃命幕客徐仲雅賦詩云鑿開青帝春風圃移下姮娥夜月樓用古句摹擬詞人類如此但有勝與否耳西清詩話

剽竊

余舊見顏持約所畫淡墨杏花題小詩于後仍題持約二字意謂此詩必持約所作比因閱唐宋類詩方知是

羅隱作乃持約竊之耳詩云暖氣漸催次第春梅花已謝杏花新半開半落閒園裏何異榮枯世上人古之詩人如王維猶竊李嘉祐水田飛白鷺夏木囀黄鸝僧惠崇為其徒所嘲云河分岡勢司空曙春入燒痕劉長卿不是師兄多犯古古人詩句犯師兄皆可軒渠一笑也

漁隱

相襲

公嘗有詩送李節夫云治聲臨頼復臨川藉甚臨江已

預傳僕曰正似王介甫同官同齒復同科朋友婚姻分最多公笑曰偶爾室中語

一日因論詩珪粹中曰魯直清江引渾家醉著蓬底眠舟在寒沙夜潮落說盡漁父快活公曰醉著二字是用韓偓漁翁醉著無人喚室中語

一日有坐客問公曰全用古人一句可乎公曰然如杜少陵詩云使君自有婦而無車馬喧之類是也室中語

襲全句

東坡送人守嘉州古詩其中云峨眉山月半輪秋影入平羌江水流謫仙此語誰解道請君見月時登樓上兩句全是李謫仙詩故繼之以謫仙此語誰解道請君見月時登樓之句此格本出於李謫仙其詩云解道澄江淨如練令人還憶謝元暉蓋澄江淨如練即元暉全句也後人襲用此格愈變愈工漁隱

依仿太甚

東坡作藏春塢詩有年抛造化甄陶外春在先生杖屨

中丙少游作俞充哀詞乃云風生使者旌旗上春在將軍俎豆中余以為依仿太甚王直方詩話

屋下架屋

南方浮圖能詩者多士大夫鮮有汲引多汨没不顯福州僧有詩百餘篇其中佳句如虹收千嶂雨潮展半江天不減古人也苕溪漁隱曰此一聯乃體李義山虹收青嶂雨鳥没夕陽天所謂屋下架屋者非不經人道語不足貴也古今詩話

著力大過

開簾風動竹疑是故人來與俳徊花上月空度可憐宵此兩聯雖唐人小説其實佳句也鄭谷詩睡輕可忍風敲竹飲散那堪月在花蓋與此同然論其格力適堪揭酒家壁與為市人書扇耳天下事每患自以為工處著力太過何但詩也石林詩話

不約而合

退之心訝愁來惟貯火眼知别後自添花臨川云髪為

感傷無翠篠眼從瞻望有黄花又久欽江總文才妙自歎虞翻骨相屯又云久諳郭璞言多驗老比顔含意更踈韓我令罪重無歸望直去長安路八千永叔令日始知予罪大夷陵此去更三千柳十年顦顇到秦京誰料令為嶺外行王十年江海别常輕豈料令隨寡婦行柳直以踈慵招物議休將文字趁時名王直以文章歸潤色未應風月負登臨柳十一年前南渡客四千里外北歸人又一身去國六千里萬死投荒十二年蘇七千里

外二毛人十八灘頭一葉身又五更歸夢三千里一日思親十二時皆不約而合句法使然故也溪岩

古人亦有所祖

樊宗師墓銘云惟古於詞必己出云云後皆指前公相襲眞是如此子虛大人賦全做遠遊而屈子心事非相如所可窺識故氣象自别淵明歸去來辭千古絶唱亦是祖歸田賦意此類甚多只如退之平淮西碑全是尚書句法秋懷詩全是選詩體漫塘録

祖習不足道

江淹擬湯惠休詩曰暮碧雲合佳人殊未來古今以為佳句然謝靈運圓景早已滿佳人猶未適謝元暉春草秋更綠公子未西歸即是此意嘗怪兩漢間所作騷文初未嘗有新語直是句句規模屈宋但換字不同耳至晉宋以後詩人之辭其獘亦然若是雖工亦何足道葢當時祖習共以為然故未有譏之者耳

述者工於作者

詩惡蹈襲古人之意亦有襲而愈工若出於已者葢思之愈精則造語愈深也魏人章疏云福不盈身禍將溢世韓愈則曰歡華不滿眼咎責塞兩儀李華弔古戰場曰其存其沒家莫聞知人或有言將信將疑娟娟心目寢寐見之陳陶則曰可憐無定河邊骨猶是春閨夢裏人葢工於前也隱居語録

述者不及作者

梅堯臣贈鄰居詩有云壁隙透燈光籬根分井口徐鉉

亦有喜李少保卜鄰云井泉分地脉砧杵共秋聲此句尤閒遠也同上王林云樓唐于鶴有題鄰居詩云蒸梨常共竈澆薤亦同渠二公之詩葢本乎此

不沿襲

太白云解道澄江靜如練令人還憶謝元暉至魯直則云憑誰說與謝元暉休道澄江靜如練王文海云鳥鳴山更幽至介甫則曰茅簷相對坐一鳥不鳴山此等句法皆反其意而用之葢不欲沿襲之耳漁隱

不蹈襲

太白俠客行云事了拂衣去深藏身與名元微之俠客行云俠客不怕死怕在事不成事成不肯藏姓名二公寓意不同復齋漫録

陵陽云目前景物自古及今不知凡經幾人道今人一下筆要不蹈襲故有終篇無一字可解者蓋欲新而反不可曉耳室中語

奪胎換骨

總說

山谷言詩意無窮而人才有限以有限之才追無窮之意雖淵明少陵不得工也不易其意而造其語謂之換骨法規摹其意而形容之謂之奪胎法如鄭谷詩自緣今日人心别未必秋香一夜衰此意甚佳而病在氣不長西漢文章雄深雅健其氣長故也曾子固曰詩當使人一覽語盡却意有餘乃古人用心處荆公菊詩曰千花百卉彫零後始見閒人把一枝東坡曰萬事到頭都

是夢休休明日黄花蝶也愁又李翰林曰鳥飛不盡暮天碧又曰青天盡處没孤鴻其病如前所論山谷達觀臺詩曰瘦藤拄到風煙上乞與遊人眼界開不知眼界闊多少白鳥去盡青天回凡此之類皆換骨法也顧況詩曰一别二十年人堪幾回别其詩簡緩而意精確荆公與故人詩曰一日君家把酒杯六年波浪與塵埃不知烏石岡頭路到老相尋得幾回樂天詩臨風杪秋樹對酒長年身醉貌如霜葉雖紅不是春東坡詩兒童悮

喜朱顔在一笑那知是酒紅凡此之類皆奪胎法也冷齋

夜話

誠齋論奪胎換骨

有用古人句律而不用其句意者庾信月詩云渡河光不濕杜云入河蟾不没唐人云因過竹院逢僧話又得浮生半日閒坡云慇勤昨夜三更雨又得浮生一日凉杜夢李白云落月滿屋梁猶疑照顔色山谷簟詩云落日映江波依稀比顔色退之云如何連曉語祇是說家

鄉呂居仁云如何今夜雨秖是滴芭蕉此皆以故為新奪胎換骨

白道猷曰連峯數千里脩林帶平津茅茨隱不見雞鳴知有人後秦少游云菰蒲深處疑無地忽有人家笑語聲僧道潛云隔林仿佛聞機杼知有人家在翠微其源乃出於道猷而更加鍛鍊亦可謂善奪胎者也庚溪

意同辭異

鄭縠夫云夜來過嶺忽聞雨今日滿溪俱是花語意清

絶頂在澄江見一詩云坐見茅齋一葉秋小山叢桂鳥聲幽不知疊嶂夜來雨清曉石楠花亂流狀霽後景物語不凡也或云司馬才叔作詩選載在何正平詩中同上

當有别意

杜陵謁玄元廟其一聯云五聖聯龍袞千官列鴈行蓋紀吳道子廟中所畫者徽宗嘗製哲廟挽詞用此意作一聯云壯極聯龍袞西風拆鴈行亦以鴈行對龍袞然語氣中的其親切過於本詩兹不謂之奪胎可乎不然

則徒用前人之語殊不足貴蘇子美云峽束滄淵深貯月巖排紅樹巧裝秋非不佳也然正用杜陵峽束滄江起巖排石樹圓之句耳語雖工而無别意藝苑雌黄

點化

尤更精巧

詩選云朱喬年絶句春風吹起籜龍兒戢戢滿山人未知急喚蒼頭斸煙雨明朝吹作碧參差葢前人有詠筍云急忙且喫莫踟躕一夜南風變成竹喬年點化乃爾

精巧余觀魯直已先有此句從斌老乞苦笋云煩君更致蒼玉束明日風雨皆成竹前詩並蹈襲魯直也漁隱

玉林云按白樂天筍詩云且喫莫踟躕南方吹作竹亦襲此語耳

用古人意

詩家有換骨法謂用古人意而點化之使加工也李白詩云白髮三千丈緣愁似箇長荆公點化之則云繰成白髮三千丈劉禹錫云遙望洞庭湖面水白銀盤裏一

青螺山谷點化之云可惜不當湖水面銀山堆裏看青山孔稚圭白苧詩云山虛鐘響徹山谷點化之云山空響筦絃盧仝詩云草石是親情山谷點化之云小山作友朋香草當姬妾學詩者不可不知此

精彩數倍

山谷黔南十絶七篇全用樂天花下對酒渭川舊居東城尋春西樓委順竹窓等詩餘三篇用其詩畧點化而已葉少藴云詩人點化前作正如李光弼將郭子儀之

軍重經號令精彩數倍此語誠然韻語陽秋

點化古語

徐陵鴛鴦賦云山雞映水那相得孤鸞照鏡不成雙天下真成長會合無勝比翼兩鴛鴦黃魯直題畫睡鴨曰山雞照影空自愛孤鸞舞鏡不作雙天下真成長會合兩鳧相倚睡秋江全用徐陵點化之末句尤工隨筆句優於古

吳僧錢塘白塔院詩到江吳地盡隔岸越山多陳後山

詩話鄙其語不文曰是分界堠子耳及後山在錢塘仍有句云語音隨地改吳越到江分此如李光弼用郭子儀旗幟士卒而號令所及精采皆變者也程素之攷古編

詩人玉屑卷八

欽定四庫全書

詩人玉屑卷九

宋 魏慶之 撰

托物

取況

詩之取況日月比君后龍比君位雨露比德澤雷霆比刑威山河比邦國陰陽比君臣金玉比忠烈松竹比節義鸞鳳比君子燕雀比小人

誠齋論比擬

白樂天女道士詩云姑山半峯雪瑤水一枝蓮此以花比美婦人也東坡海棠云朱唇得酒暈生臉翠袖卷紗紅映肉此以美婦人比花也山谷酴醿云露濕何郎試湯餅日烘荀令炷爐香此以美丈夫比花也山谷此詩出奇古人所未有然亦是用荷花似六郎之意

托興

子美登慈恩寺塔詩譏天寶時事也山者人君之象秦

山忽破碎則人君失道矣賢不肖混淆而清濁不分故曰涇渭不可求天下無綱紀文章而上都亦然故曰俯視但一氣焉能辨皇州於是思古之聖君不可得故曰回首叫虞舜蒼梧雲正愁是時明皇方耽于淫樂而不已故曰惜哉瑤池飲日宴崑崙丘賢人君子多去朝廷故曰黄鵠去不息哀鳴何所投惟小人貪竊禄位者在朝故曰君看隨陽鴈各有稻粱謀三山老人語録

托物以寓意

詩人詠物形容之妙近世為最如梅聖俞蝟毛蒼蒼磔不死銅盤矗矗釘頭生吳雞鬭敗絳幘碎海蚌抉出真珠明誦此則知其詠芡也東坡海山仙人絳羅襦紅綃中單白玉膚不須更待妃子笑風骨自是傾城姝誦此則知其詠荔支也張文潛平地碧玉秋波瑩綠雲擁扇青瑤柄水仙宫女鬭新妝輕步凌波踏月鏡誦此則知其詠蓮花也如唐彥謙詠牡丹詩云為雲為雨徒虛語傾國傾城不在人羅隱詠牡丹詩云若教解語應傾國

任是無情也動人非不形容但不能臻其妙處耳蘇黄又有詠花詩皆托物以寓意此格尤新奇前人未之有也東坡謝杜沂遊武昌以酴醾見惠詩云凄凉吴宫闕紅粉埋故苑至今微月夜笙簫來絶巘餘妍入此花千載尚清婉山谷詠水仙花詩云凌波仙子生塵韈水上盈盈步微月是誰招此斷腸魂種作寒花寄愁絶詠桃花絶句云九疑山中蕚緑華黄雲承韈到羊家真筌蟲蝕詩句斷猶託餘情開此花余嘗因庭下黄白菊花相

間開遂效此格作詩詠之曰何處金錢與玉錢化為蝴蝶夜翩翩青絲網住芳叢上開作秋花取意妍金玉錢事見杜陽雜編唐穆宗時禁中花開夜有蛺蝶數萬飛集花間宮人以羅巾撲之無有獲者上令張網空中得數百遲明視之皆庫中金玉錢也古人有詠玉簪花詩云燕罷瑤池阿母家飛瓊扶上紫香車玉簪墜地無人拾化作東南第一花漁隱

托物

梅聖俞有續金針詩格張天覺有律詩格洪覺範有禁臠此三書皆論詩也聖俞金針詩格云詩有内外意内意欲盡其理外意欲盡其象内外意含蓄方入詩格如旌旗日暖龍蛇動宫殿風微燕雀高旌旗喻號令日暖喻明時龍蛇喻君臣言號令當明時君所出臣奉行也宫殿喻朝廷風微喻政教燕雀喻小人言朝廷政教纔出而小人向化各得其所也如鳥嶼分諸國星河共一天言明君理化一統也天覺律詩格辨諷刺云諷刺則

不可怒張怒張則筋骨露矣若廟堂生莽草巖谷死伊周之類也未如花濃春寺靜竹細野池幽花濃喻媚臣秉政春寺比國家竹細野池幽喻君子在野未見用也沙鳥晴飛遠漁人夜唱閒沙鳥晴飛遠喻小人見用漁人比君子夜不明之象言君子處昏亂朝退而樂道也芳草有情皆礙馬好雲無處不遮樓芳草比小人馬喻勢利之輩雲喻諂佞之臣樓比鈞衡之地若此之類可為言近而意深不失風騷之體也其說數十忢皆類此

覺範禁臠云杜子美詩言山間野外事意在譏刺風俗如三絶句曰楸樹馨香倚釣磯斬新花蘂未應飛言後進暴貴可榮觀也不如醉裏風吹盡可忍醒時雨打稀言其恩重材薄眼見其零落不若未受恩眷時雨比天恩以雨多故致花易壞也門外鸕鶿久不來沙頭忽見眼相猜言貪利小人畏君子之譏其短也自今以後知人意一日須來一百回言君子蒙以養正瑾瑜匿瑕山藪藏疾不發其惡而小人未革面諂諛不知愧耻也無

數春笋滿林生柴門密掩斷人行會須上番看成竹客至從嗔不出迎言唯守道為歲寒也前輩多法其意作之如韓稚圭詩曰風定曉枝蝴蝶鬧雨匀春圃桔槔閒又蔡持正詩曰風搖熟果時聞落雨滴餘花亦自香亦以雨比天恩也桔槔比宰相功業之就已退閒矣時公在相州作熟果比大臣黜落時公在安州覺範舊遊天覺之門宜其論詩之相似也余謂論詩若此皆非知詩者善乎山谷之言曰彼喜穿鑿者棄其大旨取其發興

於所遇林泉人物草木魚蟲以為物物皆有所託如世間商度隱語者則詩委地矣漁隱

子美托物

杜子美詩有冷蘂踈枝半不禁語固佳矣而不若山意衝寒欲放梅為尤妙又荷葉荷花淨如拭此有得於佛書以清淨荷華喻人性之意故梅之高放荷之清淨獨子美識之休齋

諷興

興與訕異

自古工詩未嘗無興也覩物有感焉則有興今之作詩者以興近乎訕也故不敢作而詩之一義廢矣老杜萵苣詩云兩旬不甲坼空惜埋泥滓野莧迷汝來宗山實於此皆興小人盛而掩抑君子也至高適題處士菜園則云耕地桑柘間地肥菜常熟爲問葵藿資何如廟堂肉則近乎訕矣作詩者苟知興之與訕異始可言詩矣古今

戒訕謗

詩者人之情性也非彊諫爭於廷怨忿詬於道怒鄰罵座之為也其言忠信篤敬抱道而居與時乖逢遇物悲喜同牀而不察並世而不同情之所不能堪因發於呻吟調笑之聲胷次釋然而聞者亦有所勸勉比律呂而可歌列干羽而可舞是詩之美也其發為訕謗侵陵引頸以承戈披襟而受矢以快一時之忿者人皆以為詩之禍是失詩之旨非詩之過也山谷

詩有補于世

錢惟演為洛師留守置驛貢花識者鄙之蔡君謨加法造小團茶貢之富彥國歎曰君謨乃為此也坡作荔枝歎云我願天公憐赤子莫生尤物為瘡痏雨順風調百穀登民不飢寒為上瑞君不見武夷溪邊粟粒芽前丁後蔡相籠加吾君盛德豈在此致養口腹何陋耶又不見洛陽丞相忠孝家可憐亦進姚黃花補世之語不能易也嘗愛李敬方汴河直進船詩云汴水通淮利最多

生人為害亦相和東南四十三州地取盡膏脂是此河

此等語皆可為炙背之獻也 碧溪

有三百篇之旨

聶夷中河南人有詩曰二月賣新絲五月糶新穀醫得眼前瘡剜却心頭肉孫光憲謂有三百篇之旨此亦為

詩史 詩史

歐陽公詩

慶歷中西師未解晏元獻公為樞密使會大雪置酒西

園歐陽永叔賦詩云須憐鐵甲冷徹骨四十餘萬屯邊兵晏曰昔韓愈亦能作言語赴裴度會但云園林窮勝事鐘鼓樂清時不曾如此合鬧北溪談苑

荆公詩

荆公送吕望之赴臨江詩云黄雀有頭顱長行萬里餘想因君出守暫得免苞苴詩纔二十字耳崇仁愛抑奔競皆具焉何以多為能行此言則虐生類以飽口腹刻疲民以肥權勢者寡矣

秋後竹夫人詩

呂居仁詠秋後竹夫人詩云與君宿昔尚同牀正坐西風一夜涼便學短檠墻角棄不如團扇篋中藏人情易變乃如此世事多虞秖自傷却笑班姬與陳后一生辛苦望專房晁无咎詩不見班姬與陳后寧聞衰落尚專房居仁用此語也漁隱

聞蟬詩

吳興陸蒙老嘗為常之晉陵宰頗喜作詩時州幕官

有好讒謗同列者一日同會忽聞蟬聲幕官謂陸曰君既能詩可詠此也陸辭之不可因即席為之曰緑陰深處汝行藏風露從來是稻粱莫倚高枝縱繁響也應回首顧螳蜋因以是譏之其人愧而少戢庚溪詩話

歸燕詩

張九齡為相有謇諤匪躬之誠明皇怠於政事李林甫陰中傷之方秋明皇令高力士持白羽扇賜焉九齡作賦以謝曰苟效用之得所雖殺身而何忌又曰縱秋氣

之移奪終感恩於篋中又作歸燕詩貽林甫曰海燕雖微眇乘春亦暫來豈知泥滓賤只見玉堂開棲户時雙入華堂日幾回無心與物競鷹隼莫相猜林甫知其必退恚怒稍解明皇雜録

啄木詩

治平中有吉州吉水令忘其姓名治邑嚴酷有野人馬道為啄木詩諷之曰翠翎迎日動紅觜嚮煙蘿不顧泥丸及唯貪得食多才離枯朽木又上最高柯吳楚園林

閣茫茫爭奈何令見其詩稍緩刑時人目曰馬啄木翰府名談

贈釣者詩

范希文有贈釣者詩曰江上往來人盡愛鱸魚美君看一葉舟出没風濤裏不徒作也同上

紅梅詩

毗陵薦福寺紅梅閣士大夫多留題惟程給事致道嘗有詩其畧曰春風如醇酒著物物不知居然北枝後追

此白日遲春風日浩蕩醉色回氷肌所恨培雪根向來歲寒枝差池𡾼芳晚坐令顏色移顏色固嫵媚清香無故時意新語妙又有規戒不苟作也庚溪詩話

御柳詩

陳恭公執中以衛尉寺丞知梧州驛遞上疏乞立儲貳真宗嘉其敢言翌日臨朝袖其疏以示執政歎獎久之名為右正言然為王冀公所忌一日真宗賦御溝柳詩宣示宰相兩省皆和進恭公因進詩曰一度春來一度

新翠光長得照龍津君王自愛天然色恨殺昭陽學舞人東軒筆録

夏雲詩

章子厚謫雷州過小貴州南山寺有僧奉忠子厚見之已而倚檻看雲曰夏雲多奇峯眞善比類忠曰曾記夏雲詩甚奇曰如峯如火復如綿飛過微陰落檻前大地生靈乾欲死不成霖雨謾遮天

初月詩

夏鄭公竦評老杜初月詩微升紫塞外已隱暮雲端以為意主肅宗也鄭公善評詩者也吾觀退之煌煌東方星奈此衆客醉其順宗時作也東方謂憲宗在儲也隱居詩話

于濆詩

于濆為詩頗干教化對花詩云花開蝶滿枝花謝蝶還稀唯有舊巢燕主人貧亦歸盧懷杼情

唐備詩

詩曰天若無雪霜青松不如草地若無山川何人重平道題路傍木云狂風拔倒樹樹倒根已露上有數枝藤青青猶未悟又曰一日天無風四溟波盡息人心風不吹波浪高百尺皆協騷雅同上

温厚之氣

作詩不知風雅之意不可以作詩詩尚譎諫唯言之者無罪聞之者足以戒乃為有補而涉於毀謗聞者怒之何補之有觀東坡詩只是譏誚朝廷殊無温柔惇厚之

氣以此人故得而罪之若是伯淳詩聞者自然感動因

舉伯淳和温公諸人禊飲詩云未須愁日暮天際乍輕

陰又泛舟詩云只恐風花一片飛何其温厚也 龜山語録

規誡

子美詩

杜子美送嚴武還朝詩公若登台輔臨危莫愛身勸以

仗節死義也 三山老人語録

魏野詩

魏野贈王文正公詩西祀東封都了畢好來相伴赤松游贈冦萊公詩好去上天辭將相却來平地作神仙勸之使退也近世士人與上官詩無非諛辭未聞有規勸之語如此者同上

又啄木詩云千林啄如畫一腹餒何妨有詩人規誡之風歐公詩話

規勸

韓魏公初罷相出鎮長安或獻詩云是非莫問門前客

得失須憑塞上翁引取碧油紅斾去鄴王臺畔醉春風公以為然即請守相州苕溪漁隱曰先君有言近世士人與上官詩無非諛詞未聞有規勸之語者或者獻詩於魏公勸其辭分陝之重而為晝錦之榮可謂能規勸矣（幕府燕閒録）

白戰

禁體物語

詩禁體物語此學詩者類能言之歐公守汝陰與客賦

雪詩於聚星堂舉此令往往坐客皆閣筆但非能者耳若能者則出入縱橫何可拘礙鄭谷亂飄僧舍茶煙濕密洒歌樓酒力微非不去體物語而氣格如此之卑蘇子瞻凍合玉樓寒起粟光搖銀海眩生花超然飛動何害其言玉樓銀海退之兩篇力欲去此弊雖冥搜奇譎亦不免縞帶銀盃之句杜子美暗度南樓月寒深北渚雲初不避雲月字若隨風且開葉帶雨不成花則退之兩篇殆無以過之也石林詩話

歐蘇雪詩

六一居士守汝陰日因雪會客賦詩詩中玉月梨梅練絮白舞鵝鶴銀等事皆請勿用詩曰新陽力微初破蕚客陰用壯猶相薄朝寒稜稜風莫犯暮雪緌緌止還作驅馳風雲初慘淡炫晃山川漸開廓光芒可愛初日照潤澤終為和氣爍美人高堂晨起驚幽士虛窻靜聞落酒壚成徑集餅罌獵騎尋蹤得狐貉龍蛇掃起斷復續猊虎團成呀且攫共貪終歲飽麰麥豈恤空林饑鳥雀

沙墀朝賀迷象笏桑野行歌沒芒屩乃知一雪萬人喜

顧我不飲胡為樂坐看天地絶氛埃使我胷襟如洗瀹

脱遺前言笑塵雜搜索萬象窺冥漠顏雖陋邦文士多

巨筆人人把矛槊自非我為發其端凍口何由開一噱

其後東坡居士出守汝陰禱雨張龍公祠得小雪與客

會飲聚星堂忽憶歐陽文忠公作守時雪中約客賦詩

禁體物語於艱難中特出奇麗爾來四十餘年莫有繼

者僕以老門生繼公後雖不足追配先生而賓客之美

殆不減當時公之二子又適在郡故輒舉前令各賦一篇詩曰窻前暗響鳴枯葉龍公試手行初雪映空先集疑有無作態斜飛正愁絶衆賓起舞風竹亂老守先醉霜松折恨無翠袖點橫斜秖有空燈照明滅歸來尚喜更鼓暗晨起不待鈴索掣未嫌長夜作衣稜却怕初陽生眼纈欲浮大白追餘賞幸有回飈驚落屑模糊檜頂獨多時歷亂瓦溝裁一瞥汝南先賢有故事醉翁詩話誰續說當時號令君聽取白戰不許持寸鐵自二公賦

詩之後未有繼之者豈非難措筆乎漁隱

谿堂雪詩

西南地温少雪余及壯年止一二年見之自退居天國谿堂山深氣嚴陰嶺叢薄無冬而不雪每一賞翫必命諸子賦詩為樂既而襲蹈剽畧不免涉前人餘意因戲取聲色氣味富貴勢力數字離為八章止四句以代一日之謔且知余之好不在于世俗所爭而在於雪也仍效歐陽公體不以鹽玉鶴鷺為比不使皓白皦素等字

聲

石泉凍合竹無風夜色沈沈萬境空試向靜中閒側耳隔窗撩亂撲春蟲

色

閒來披氅學王恭姑射羣仙邂逅逢只為肌膚酷相似遠庭無處覓行蹤

氣

半夜欺凌范叔袍更兼風力助威豪地爐火暖猶無奈怪得山村酒價高

味

兒童龜手握輕明漸碾槍旗入鼎烹擬欲為之修水記惠山泉冷釀泉清

富

天工呈瑞足人心平地今聞一尺深此為豐年報消息滿田何止萬黃金

貴

海風吹浪去無邊倏忽凝為萬頃田五月京塵渴人肺不知

價直幾多錢勢高下橫斜薄又濃破窻踈戶苦相攻莫言造物渾無意好醜都來失舊容力萬石千鈞積累成未應忽此一毫輕寒松瘦竹本清勁昨夜分明聞折聲玉局文

蒲鞋詩

劉章子克明江左人事湖南馬氏有蒲鞋詩云吳江浪浸白蒲春越女初挑一樣新纔自繡窻離玉指便隨羅襪上香塵石榴裙下從容久玳瑁筵前整頓頻今日高

樓鴛瓦上不知拋擲是何人

誠齋霰詩

雪花遣汝作前鋒勢頗張皇欲暗空篩瓦巧尋疎處漏跳階誤到暖邊融寒聲帶雨山難白冷氣侵人火失紅方訝一冬暄較甚今宵敢嘆臥如弓

詩人玉屑卷九

欽定四庫全書

詩人玉屑卷十

宋 魏慶之 撰

含蓄

總說

篇章以含蓄天成為上破碎雕鎪為下如楊大年西崑體非不佳也而弄斤操斧太甚所謂七日而混沌死也以平夷恬澹為上怪險蹶趨為下如李長吉錦囊句非

不奇也而牛鬼蛇神太甚所謂施諸廊廟則駭矣珊瑚鉤詩話

尚意

詩文要含蓄不露便是好處古人說雄深雅健此便是含蓄不露也用意十分下語三分可幾風雅下語六分可追李杜下語十分晚唐之作也用意要精深下語要平易此詩人之難漫齋語録

句含蓄意含蓄

詩有句含蓄者老杜曰勲業頻看鏡行藏獨倚樓鄭雲叟曰相看臨遠水獨自上孤舟是也有意含蓄者如宮詞曰銀燭秋光冷畫屏輕羅小扇撲流螢天堦夜色涼如水臥看牽牛織女星又嘲人詩曰怪來妝閣閉朝下不相迎總向春園裏花間笑語聲是也有句意俱含蓄者如九日詩曰明年此會知誰健醉把茱萸子細看又宮怨曰寶仗平明宮殿開暫將紈扇共徘徊玉容不及寒鴉色猶帶昭陽日影來是也又白樂天云淚滿羅巾

夢不成夜深前殿按歌聲紅顏未老恩先斷斜倚薰籠坐到明

子美含蓄

戲作花卿歌云成都猛將有花卿學語小兒知姓名用如快鶻風火生見賊惟多身始輕綿州刺史著柘黄我卿掃除即日平子章髑髏血模糊手提擲還崔大夫李侯重見此節度人道我卿絶世無既稱絶世無天子何不喚取守京都細看此歌想花卿當時在蜀中雖有一

時平賊之功然驕恣不法人甚苦之故子美不欲顯言之但云人道我卿絕世無既稱絕世無天子何不喚取守京都語句含蓄蓋可知矣山谷云花卿塚在丹稜之東館鎮至今有英氣血食其鄉漁隱

元微之詩

嬉笑之怒甚於裂眥長歌之哀過於慟哭此語誠然元微之在江陵聞白樂天降江州作絕句云殘燈無焰影幢幢此夕聞君謫九江垂死病中驚起坐暗風吹雨入

寒窗樂天以為此句他人尚不可聞況僕心哉隨筆

語意有無窮之味

長恨歌上陽人歌連昌宮詞道開元天寶宮禁事最為深切然微之有行宮絕句云寥落古行宮宮花寂寞紅白頭宮女在閒坐說玄宗語少意足有無窮之味隨筆

詩趣

天趣

王摩詰山中詩曰荊溪白石出天寒紅葉稀山路元無

雨空翠濕人衣舒王百家詩體曰相看不忍發慘淡暮潮平語罷更攜手月明洲渚生此得天趣問曰何以識其天趣曰能知蕭何所以識韓信則天趣可解余竟不能詰冷齋

奇趣

東坡曰淵明詩初看若散緩熟讀有奇趣如曰日莫巾柴車路暗光已夕歸人望烟火稚子候簷隙又曰採菊東籬下悠然見南山又曰藹藹遠人村依依墟里烟犬

吠深巷中雞鳴桑樹顛才意高遠造語精到如此如大匠運斤無斧鑿痕不知者疲精力至死不悟東坡則曰山中老宿依然在案上楞嚴已不看細味之無齟齬態對甚的而字不露得淵明遺意耳

柳子厚詩曰漁翁夜傍西巖宿曉汲清湘燃楚竹烟消日出不見人欸乃一聲山水緑回看天際下中流巖上無心雲相逐東坡云以奇趣為宗反常合道為趣熟味之此詩有奇趣其尾兩句雖不必亦可欸乃舟人相呼聲相應也

野人趣

閒居云妻喜栽花活童誇鬬草贏得野人趣非急務故也又云燒葉爐中無宿火讀書窗下有殘燈有嫌燒葉貧寒太甚改葉爲藥不惟壞此一句併下句亦減氣味所謂求益反損也歐公詩話

登高臨遠之趣

山谷言庾子山云澗底百重花山根一片雨有以盡登高臨遠之趣喜晴應詔全篇可爲楷式其卒章云有慶

兆民同論年天子萬不獨清新其氣韻尤更深穩潘子真

詩思

總說

詩之有思卒然遇之而莫遏有物敗之則失之矣故昔人言覃思垂思抒思之類皆欲其思之來而所謂亂思蕩思者言敗之者易也鄭綮詩思在灞橋風雪中驢子上唐求詩所游歷不出二百里則所謂思者豈尋常咫尺之間所能發哉前輩論詩思多生於杳冥寂寞之境

而志意所如往往出乎埃𡏖之外苟能如是於詩亦庶幾矣謝无逸問潘大臨近曾作詩否潘云秋來日日是詩思昨日捉筆得滿城風雨近重陽之句忽催租人至令人意敗輒以此一句奉寄亦可見思難而易敗也

有佳思

余舊見郵亭壁間題云山月曉仍在林風涼不絕殷勤如有情惆悵令人别亦有佳思不知何人詩後讀王維集乃王縉别輞川别業詩附在集中漁隱

詩思悽惋

忠慤詩思悽惋蓋富於情者如江南春云波渺渺柳依依孤村芳草遠斜日杏花飛江南春盡離腸斷蘋滿汀洲人未歸又云杳杳烟波隔千里白蘋香散東風起日落汀洲一望時愁情不斷如春水覩此語意疑若優柔無斷者至其端委廟堂決澶淵之策其氣鋭然奮仁者之勇全與此不相類蓋人之難知也如此漁隱

詩思不出二百里

唐求臨池洗硯詩云恰似有龍深處臥被人驚起黒雲生又漸寒沙上路欲瞑水邊村早行云沙上鳥猶睡渡頭人已行詩思不出二百里間北夢瑣言

詩味

杜烟爐消盡寒燈晦童子開門雪滿松子厚云日午獨覺無餘聲山童隔竹敲茶臼秀老云夜深童子喚不醒猛虎一聲山月高閒棄山中累年頗得此數詩氣味苕溪

詩鏡

韓愈寄孟刑部聯句云美君知道腴逸步謝天械或問道果有味乎余曰如介甫午雞聲不到禪林栢子烟中坐擁衾竹雞呼我出華胥起滅篝燈擁燎爐各據槁梧同不寐偶然聞雨落階除澹泊中味非造此境不能形容也碧溪

體用

十不可

一曰高不可言高二曰遠不可言遠三曰閒不可言閒

四曰靜不可言靜五曰憂不可言憂六曰喜不可言喜七曰落不可言落八曰碎不可言碎九曰苦不可言苦十曰樂不可言樂陳永康吟窓錄序

言用勿言體

嘗見陳本明論詩云前輩謂作詩當言用勿言體則意深矣若言冷則云可嚥不可漱言靜則云不聞人聲聞履聲之類本明何從得此漫叟詩話

言其用而不言其名

用事琢句妙在言其用而不言其名此法惟荆公東坡山谷三老知之荆公曰含風鴨緑鱗鱗起弄日鵝黄裊裊垂此言水柳之名也東坡荅子由詩曰猶勝相逢不相識形容變盡語音存此用事而不言其名山谷曰管城子無食肉相孔方兄有絶交書又曰語言少味無阿堵氷雪相看有此君又曰眼看人情如格五心知外物等朝三格五今之簺簺是也後漢注云常置人於險惡處也苕溪漁隱曰荆公詩云繰成白雪桑重緑割盡黄

雲稻正青白雪即緑黄雲即麥亦不言其名也余嘗效之云爲官兩部喧朝夢在野千機促婦功蛙與促織二蟲也冷齋

不名其物

臨川云蕭蕭出屋千尋玉靄靄當牕一炷雲皆不名其物然予厚破額山前碧玉流已有此格碧溪

如詠禽須言其標致舐及羽毛飛鳴則陋矣

衆禽中惟鶴標致高逸其次鷺亦閒遠不俗又嘗見於

六經後之詩人形於賦詠者不少而規規舞啄及羽毛飛鳴之間如詠鶴云低頭乍恐丹砂落歛翅常疑白雪銷此白樂天詩丹頂西施頰霜毛四皓鬚此杜牧之詩皆格卑無遠韻也至於鮑明遠鶴賦云鍾浮曠之藻思抱清迥之明心杜子美云老鶴萬里心李太白畫鶴賛云長唳風宵寂立霜曉劉禹錫云徐引竹間步遠含雲外情此乃奇語也如詠鷺云拂日疑星落凌風訝雪飛此李文饒詩立當青草人先見行傍白蓮魚未知此陶

雍詩亦格卑無遠韻至於晚晴賦云忽八九之紅芰如婦如女墮蘂黦顏似見放棄白鷺潛來邀風標之公子窺此美人兮如慕悅其容媚雖語近於纖艷然亦善比興者至於許渾云雲漢知心遠林塘覺思孤僧惠崇云曝翎沙日煖引步島風清照水千尋迥棲烟一點明此乃奇語也庚溪詩話

胡五峯謂晦庵此詩有體而無用

先生送胡藉溪有詩云甕牖前頭列翠屏晚來相對靜

儀刑浮雲一任閒舒卷萬古青山只麼青胡五峰見之因謂其學者張敬夫曰吾未識此人然觀其詩知其庶幾能有進矣特其言有體而無用故吾為是詩以箴警之庶其聞而有發也五峰詩云幽人偏愛青山好為是青山青不老山中出雲雨太虛一洗塵埃山更好晦庵

風調

高古為難

古人作詩正以風調高古為主雖意遠語踈皆為佳作

後人有切近的當氣格凡下者終使人可憎李希聲詩話

薛能劉白

薛能晚唐詩人格調不高而妄自尊大有柳枝詞五首最後一章曰劉白蘇臺總近時當初章句是誰推纖腰舞盡春陽柳未有儂家一首詩自注云劉白二尚書繼為蘇州刺史皆賦楊柳枝詞世多傳唱但文字太僻宮商不高耳能之大言如此但稍推杜陵視劉白蔑如也今讀其詩正堪一笑劉之詞云城外春風吹酒旗行人

揮袂日西時長安陌上無窮樹惟有垂楊管別離白之詞云紅板江橋青酒旗館娃宮暖日斜時可憐雨歇東風定萬樹千條各自垂其風流氣槩豈能所可髣髴哉

隨筆

平淡

先組麗而後平淡

欲造平淡當自組麗中來落其紛華然後可造平淡之境如此陶謝不足進矣今之人多作拙易詩而自以為

平淡者未嘗不絶倒也梅聖俞和晏相詩云因令適情性稍欲到平淡苦詞未聞圓剌口劇菱芡言到平淡處甚難也所以贈杜挺之詩有作詩無古今欲造平淡難之句李白云清水出芙蓉天然去雕飾平淡而到天然處則善矣韻語陽秋

非力所到

作詩到平淡處要似非力所能東坡嘗有書與其姪云大凡為文當使氣象崢嶸五色絢爛漸老漸熟乃造平

澹余以謂不但為文作詩者尤當取法於此竹坡詩話

卒造平淡

余少攻歌詩欲與造物者爭柄遇事輙變化不一其體裁始則陵轢波濤穿穴險固囚鏁怪異破碎陣敵卒造平淡而已陸魯望文

晦庵云

梅聖俞詩不是平淡乃是枯槁

閒適

茗溪漁隱詩

余卜居茗溪日以漁釣自適因自稱茗溪漁隱臨流有屋數椽亦以此命名僧了宗善墨戲落筆灑灑為余作茗溪漁隱圖覽景攄懷時有鄙句皆題之左方既久益多不能盡録聊舉其一二云溪邊短短長長柳波上來來去去船鷗鳥近人渾不畏一雙飛下鏡中天秋雲漠漠烟蒼蒼蓮花初白蓮葉黄釣船盡日來往處南村北村秔稻香卷起綸竿撤櫂歸短蓬斜掩宿漁磯日高春

睡無人喚撩亂楊花繞夢飛漁隱

車盖亭絶句

蔡持正守安州夏日登車盖亭作十絶句為吳處厚箋注得罪謫新州其間一絶云紙屏石枕竹方牀手倦拋書午夢長睡起莞然成獨笑數聲漁笛在滄浪殊有閒適自在之意

自得

要到自得處方是詩

詩吟函得到自有得處如化工生物千花萬草不名一物一態若摹勒前人无自得只如世間剪裁諸花見一件樣只做得一件也漫齋語録

變態

縛虎手

薛許昌答書生贈詩云百首如一首卷初如卷終譏其不能變態也大抵屑屑較量屬句平匀不免氣骨寒局殊不知詩家要當有情致抑揚高下使氣宏拔快字凌

紙又用事皆破觚為圜挫剛成柔如為有功者昔人所謂縛虎手也西清詩話

韓文公

韓昌黎醉贈張秘書詩云君詩多態度藹藹春空雲

唐扶詩

子美題道林岳麓寺詩云宋公放逐登臨後物色分留與老夫宋公之問也此語句法清新故為傑出其後唐扶題詩復云兩祠物色採拾盡壁間杜甫真少恩意雖

相反而語亦秀拔乃知文章變態初無窮盡惟能者得之

不能變態

僧祖可作詩多佳句如懷人更作夢千里歸思欲迷雲一灘窗間一榻篆烟碧門外四山秋葉紅等句皆清新可喜然讀書不多故變態少觀其體格亦不過烟雲草樹山川鷗鳥而已而徐師川極稱其詩不知何也丹陽集

圓熟

好詩如彈丸

謝朓嘗語沈約曰好詩圓美流轉如彈丸故東坡答王鞏云新詩如彈丸及送歐陽弼云中有清圓句銅丸飛柘彈蓋謂詩貴圓熟也余以謂圓熟多失之平易老硬多失之乾枯能不失於二者之間可與古之作者並驅

王直方詩話

詞勝

小石調

鍾嶸稱張茂先惜其兒女情多風雲氣少喻凫嘗謂杜紫微不遇乃曰我詩無綺羅鉛粉宜不售也淮海詩亦然人戲謂可入小石調然率多美句但綺麗大勝爾子美並蒂芙蓉本自雙水荇牽風翠帶長退之金釵半醉坐添春牧之春風十里揚州路誰謂不可入黃鍾宮耶

碧溪

元祐中祕閣上巳日集西池王仲至有詩張文潛和最工云翠浪有聲黃繖動春風無力綵旗垂秦少游云簾

幕千家錦繡垂仲至笑曰又待入小石調也孔氏談苑

綺麗

不可以綺麗害正氣

世俗喜綺麗知文者能輕之後生好風花老大即厭之然文章論當理與不當理耳苟當於理則綺麗風花同入於妙苟不當理則一切皆為長語上自齊梁諸公下至劉夢得温飛卿輩往往以綺麗風花累其正氣其過在於理不勝而詞有餘也老杜云綠垂風折笋紅綻雨

肥梅岸花飛送客檣燕語留人亦極綺麗其摹寫景物

意自親切所以妙絶古今至於言春容閒適則有穿花

蛺蝶深深見點水蜻蜓欵欵飛落花遊絲白日靜鳴鳩

乳燕青春深言秋景悲壯則有藍水遠從千澗落玉山

高並兩峰寒無邊落木蕭蕭下不盡長江滾滾來其富

貴之詞則有香飄合殿春風轉花覆千官淑景移麒麟

不動爐烟轉孔雀徐開扇影還其弔古則有映堦碧草

自春色隔葉黄鸝空好音竹送清溪月苔移玉座春皆

出於風花然竆盡性理移奪造化又云絕壁過雲開錦繡疎松隔水奏笙簧自古詩人巧即不壯壯即不巧巧而能壯乃如是也碧溪

富貴

富貴佳致

温飛卿晚春曲云家臨長信往來道乳燕雙雙拂烟草油壁車輕金犢肥流蘇帳曉春雞報籠中嬌鳥暖猶睡簾外落花閒不掃衰桃一樹近前池似惜容顏鏡中老

殊有富貴佳致也漁隱

非窮兒家語

存中云山谷稱晏叔原舞低楊柳樓心月歌盡桃花扇底風定非窮兒家語王直方詩話

詩原乎心

歐陽文忠曰詩原乎心者也富貴愁怨見乎所處江南李氏鉅富有詩曰簾日已高三丈透金鑪次第添香獸紅錦地衣隨步皺佳人舞徹金釵溜酒惡時拈花蘂嗅

别殿微聞簫皷奏與時挑野菜和根煑旋斫生柴帶葉燒異矣撫遺

善言富貴

歸田録云晏元獻喜評詩嘗曰老覺腰金重慵便玉枕涼未是富貴語不如笙歌歸院落燈火下樓臺此善言富貴者也人皆以為知言漫叟詩話

品藻

韓退之

詩中有一字人以私意竄易遂失古人一篇之意若相公親破蔡州來今親字改作新字是也酬王二十舍人雪中見寄云三日柴門擁不開堦庭平滿白皚皚今朝躡作瓊瑤跡為有詩從鳳沼來今從字改作仙字則失詩題見寄之意也漫叟詩話

柳子厚

楊華既奔梁元魏胡武靈作楊白華歌令宮人連臂踏之聲甚淒斷子厚樂府云楊白華風吹渡江水坐令宮

樹無顏色搖蕩春光千萬里茫茫曉日下長秋哀歌未斷城鴉起言婉而情深古今絕唱也許彥周詩話

杜牧之

牧之題桃花夫人廟詩細腰宮裏露桃新脉脉無言幾度春空憶息亡成底事可憐金谷墜樓人同前

賈閬仙

賈島詩有影畧句韓退之喜之其渡桑乾詩曰客舍并州已十霜歸心日夜憶咸陽無端更渡桑乾水却望并

州是故鄉又赴長江道中詩曰策杖離山驛逢人問梓州長江那可到行客替生愁冷齋夜話

李長吉

長吉有桃花亂落如紅雨之句以此名世余觀劉禹錫云花枝滿空迷處所搖動繁英墜紅雨劉李同一時決非相為剽竊復齋謾録

劉夢得

蘇子由晚年多令人學劉禹錫詩以為用意深遠有曲

折處後因見夢得歷陽詩云一夕為湖地千年列郡名霸王迷路處亞父所封城皆歷陽事語意雄健後殆難繼也呂氏童蒙訓

常建

河嶽英靈集首列常建詩愛其山光悅鳥性潭影空人心之句以為警策歐公又愛建竹徑通幽處禪房花木深欲效之作數語竟不能得以為恨余謂建此詩全篇皆工不獨此兩聯而已其詩曰清晨入古寺初日照高

林竹徑通幽處禪房花木深山光悦鳥性潭影空人心萬籟此俱寂惟聞鐘磬音洪駒甫詩話

李義山

李義山詩用事僻澁然荆公晚年亦喜之如試問火城將策探何如雲屋聽總知未愛京師傳谷口但知鄉里勝壺頭其用事琢句前輩無相犯者冷齋夜話

王荆公

王荆公最愛陶詩謂不可及故歲晚懷古詩云先生歲

晚事田園魯叟遺書廢討論問訊桑麻憐已長按行松菊喜猶存農人調笑追尋壑稚子歡呼出候門遥謝載醪祛惑者吾今欲辨已忘言所謂四韻全使淵明詩者即此詩是也漁隱

項斯

楊祭酒嘗見江表士人項斯詩贈之詩云幾度見君詩句好及覩標格過於詩平生不解藏人善到處相逢説項斯由是四方知名古今詩話

白樂天

樂天初舉名未振以歌詩投顧況況戲之曰長安物貴居大不易及讀至原上草云野火燒不盡春風吹又生曰有句如此居亦何難老夫前言戲之耳古今詩話

趙倚樓

杜紫微覽趙渭南早秋詩云殘星幾點鴈横塞長笛一聲人倚樓因目之爲趙倚樓古今詩話

謝蝴蝶

謝學士吟蝴蝶詩三百首人呼為謝蝴蝶其間絶有佳句如狂隨柳絮有時見舞入梨花何處尋又曰江天春晚暖風細相逐賣花人過橋古詩有陌上斜飛去花間倒翅迴又云身似何郎全傅粉心如韓壽愛偷香終不若謝句意深遠古今詩話

鮑孤鴈

鮑當為河南府法曹嘗忤知府薛映因賦孤鴈詩所謂天寒稻粱少萬里孤難進不惜充君厨為帶邊城信薛

大稱賞因號鮑孤鴈司馬文正詩話

夏英公

夏鄭公竦以父殁王事得三班差使然自少好讀書攻為詩一日攜所業伺宰相李文靖沆退朝拜於馬首而獻之文靖讀其句有山勢蜂腰斷溪流燕尾分之句深愛之終卷皆佳句翊日袖詩呈之真宗及叙死事之後乞與換文資遂改潤州金壇主簿東軒筆録

王文穆

王文穆欽若未第時寒窘依幕府家時遇章聖以壽王尹開封一日晚過其家左右不虞王至亟取紙屏障風王顧屏間一聯云龍帶晚烟歸洞府鴈拖秋色入衡陽大加賞愛曰此語落落有貴氣何人詩也對曰某門客王欽若王遽召之一見欽其風素其後信任頗專致位上相風雲之會實基於此焉西清詩話

王琪

晏元獻公赴杭州道過維揚憩大明寺瞑目徐行使侍

吏誦壁間詩板戒其勿言爵里姓名終篇者無幾又俾
别誦一詩云水調隋宮曲當年亦九成哀音已亡國廢
落尚留名儀鳳終陳迹鳴蛙只廢聲凄涼不可問落日
下蕪城徐問之江都尉王琪詩也召至同飯又同步遊
池上時春晚已有落花晏云每得句書牆壁間或彌年
未嘗强對且如無可奈何花落去至今未能也王應聲
曰似曾相識燕歸來自此辟置薦館職遂躋侍從遺珠

薛簡肅公

薛簡肅公舉進士時挚謁馮魏公首篇有囊書空自負早晚達明君之句馮掩卷而謂之曰不知秀才所負何事讀至第三篇春詩云千林如有喜一氣自無私乃曰秀才所負者如此東齋記事

荆公以三詩取三士

復齋漫録云王公韶少日讀書於廬山東林裕老庵庵前有老松因賦詩云緑皮皴剥玉嶙峋高節分明似古人解與乾坤生氣槩幾因風雨長精神裝添景物年年

别擺捭窮愁日日新惟有碧霄雲裏月共君孤影最相親王荆公為憲江東過而見之大加稱賞遂為知己苕溪漁隱曰蔡寛夫詩話云林龍圖東少豪逸熙寧初游京師久不得調嘗作詩曰青衫白髮病參軍旋糴黄粱置酒樽但得有錢留客醉那須騎馬傍人門荆公一見曰此定非碌碌者即薦用之前此蓋未嘗相識也又石林詩話云劉季孫初以右班殿直監饒州酒荆公為憲江東廵歷至饒按酒務始至廳事見小屏間有題小詩

曰呢喃燕子語梁間底事來驚夢裏閒說與傍人應不解杖藜擕酒看支山大稱賞之即召與語嘉歎久之升車而去不復問務事荆公以三詩取三士其樂善之心今人所未有也吾故表而出之

葛敏修

山谷南遷還至南華竹軒亦令侍史誦詩板有一絶云不用山僧供帳迎世間無此竹風清獨拳一手支頥臥偷眼看雲生未生稱嘆不已徐視姓名曰果吾學子葛

敏修也（復齋）

賀方回

賀方回題一絶于定林寺云破氷泉脉漱籬根壞衲遥疑掛樹猿蠟屐舊痕尋不見東風先為我開門舒王見之大稱賞緣此知名（王直方詩話）

蘇後湖

蘇伯固之子名庠字養直作清江曲云屬玉雙飛水滿塘菰蒲深處浴鴛鴦白蘋滿棹歸來晚秋著蘆花一片

霜扁舟繫岸依林樾蕭蕭兩鬢吹華髪萬事不理醉復醒長占烟波弄明月坡曰若置在李太白集中誰疑其非王直方詩話

曹翰

曹武毅公翰平江南歸環衛數年不調一日内宴侍臣皆賦詩翰以武人獨不預乃陳曰臣少亦學詩乞應詔太宗曰卿武人以刀字為韻因以寄意曰三十年前學六韜英名常得預時髦曾因國難披金甲不為家貧賣

寶刀臂健尚嫌弓力軟眼明猶識陣雲高庭前昨夜秋風起羞見蟠花舊戰袍青箱雜記

伍喬

伍喬張洎少相友善張為翰林學士眷寵優異伍為歙州通判作詩寄張戒去僕曰張遊宴時投之一日張與僚友近郊會燕歡甚僕投詩詩云不知何處可消憂公退攜壺即上樓職事久參侯伯幕夢魂長遶帝王州黄山向晚盈軒翠黟水含春遶郡流遥想玉堂多暇日花

時誰伴出城遊得詩動容久之為言於上召還為考功員外郎詩史

劉子先

章子厚常與劉子先定有場屋之舊又頗相厚善隅闊十年子厚拜相亦不通問寄書請其相忘遠引之意子先以詩謝曰故人天上有書來責我疎愚喚不回兩處共瞻千里月十年不寄一枝梅塵泥自與雲霄隔駑馬難追德驥才莫謂無心向門下也曾終夕望三台公得

詩甚喜即召為宰屬遂遷户部侍郎高齋詩話

龍太初

郭功父方與荆公坐有一人展刺云詩人龍太初功父勃然曰相公前敢稱詩人其不識去就如此荆公曰且請來相見既坐功父曰賢道能作詩能為我賦乎太初曰甚好功父曰只從相公請箇詩題時方有一老兵以沙捺銅器荆公曰可作沙詩太初不頃刻誦曰茫茫黄出塞漠漠白鋪汀鳥去風平篆潮回日射星功父閣筆

太初緣此名聞東南王直方詩話

姚嗣宗

華州狂子張元天聖間坐累終身每託興吟詠如雪詩戰退玉龍三百萬敗鱗殘甲滿天飛詠白鷹詩有心待搦月中兔更向白雲頭上飛怪譎類是後竄夏國教元昊為邊患朝廷方厭兵時韓魏公撫陜右書生姚嗣宗獻崆峒山詩有云踏碎賀蘭石掃清西海塵布衣能辦此可惜作窮鱗顧謂僚屬曰此人若不收拾又一張元

矣因表薦官之西清詩話

白馬詩

王曾獻金陵牧薛大夫白馬詩白馬披緣練一團今朝被絆欲行難雪中放去惟留迹月下牽來只就鞍向北長鳴天外遠臨風斜墜耳邊寒自知毛骨還應異更請

王良子細看雲溪友議

毛國英

毛國英澤民之從子也以詩自鳴嘗經岳侯駐兵之地

江禁方嚴國英投詩云鐵鎖沉沉截碧江風旗獵獵駐危檣禹門縱使高千尺放過蛟龍也不妨侯曰詩人也委舟以渡之

詩人玉屑卷十

欽定四庫全書

詩人玉屑卷十一

宋 魏慶之 撰

詩病

詩病有八 沈約

一曰平頭 第一第二字不得與第六第七字同聲如今日良宴會讙樂難具陳今讙皆平聲

二曰上尾 第五字不得與第十字同聲如青青河畔草鬱鬱園中柳草柳皆上聲

三曰蜂腰 第三字不得與第五字同聲如聞君愛我甘竊欲自修飾君甘皆平聲欲飾皆入聲

四曰鶴膝第五字不得與第十五字同聲如客從遠方來遺我一書札上言長相思下言久離別來思皆平聲

五曰大韻如聲鳴為韻上九字不得用驚傾平榮字

六曰小韻除大一字外九字中不得有兩字同韻如遙條不同

七曰旁紐八曰正紐十字內兩字疊韻為正紐若不共一紐而有雙聲為旁紐如流久為正紐流柳為旁紐

八種惟上尾鶴膝最忌餘病亦皆通

細較詩病

聖俞語予曰嚴維詩柳塘春水慢花塢夕陽遲則天容時態融和駘蕩如在目前又劉貢父詩話云此一聯細較之夕陽遲則繫花春水慢不須柳也如老杜深山催短景喬木易高風則了無瑕類茗溪漁隱曰春水慢不須柳此真確論但夕陽遲則繫花此論殊非是蓋夕陽遲乃繫於塢初不繫花以此言之則春水慢不必柳塘夕陽遲豈獨花塢哉余嘗愛西清詩話載吳越王時宰相皮光業每以詩為己任嘗得一聯云行人折柳和

輕絮飛燕銜泥帶落花自貟警策以示同僚衆爭嘆譽裴光約曰二句偏枯不為工盖柳當有絮泥或無花此論乃得詩之膏肓矣六一居士詩話

至寶丹

王岐公詩喜用金玉珠碧以為富貴而其兄謂之至寶丹也后山詩話

㸃鬼簿筭博士

王楊盧駱有文名人議其疵曰楊好用古人姓名謂之

點鬼簿駱好用數對謂之筭博士 玉泉子

倒用字

和東坡金山詩云雲峰一隔變炎涼猶喜重來飯積香維摩經云維摩詰往上方有國號香積以衆香鉢盛滿香飯悉飽衆會故今僧舍厨名香積二字不可顛倒也 漁隱

狂怪

石介作三豪詩略云曼卿豪於詩永叔豪於文杜默豪

於歌也永叔亦贈默詩云贈之三豪篇而我濫一名默之詩所謂飛花送酒舞前筵者即無雪事矣贈王子直詩云水底笙歌蛙兩部山中奴隷橘千頭雖愛其語之工然南史孔德璋門庭之内草萊不剪中有蛙鳴或問之曰欲為陳蕃乎曰我以此當兩部鼓吹何必效陳蕃即無笙歌之說藝苑雌黄

近似

高英秀者吳越國人與贊寧為詩友口給好駡滑稽每

見眉目有異者必噂短於其後人號惡喙薄徒嘗識名人詩病云李義山覽漢史云王莽弄來曾半破曹公將去便平沉定是破船詩李羣玉詠鷓鴣云方穿詰曲崎嶇路又聽鈎輈格磔聲定是梵語詩羅隱云雲中雞犬劉安過月裏笙歌煬帝歸定是鬼詩杜荀鶴云今日偶題題似著不知題後更誰題此衛子詩也不然安有四蹄贊寧笑謝而已西清詩話

程師孟知洪州於府中作靜堂自愛之無日不到作詩

題於石曰每日更忙須一到夜深長是點燈來李元規見而笑曰此乃是登溷之詩乎東軒筆録

羅隱題牡丹云若教解語應傾國任是無情也動人曹唐曰此乃詠女子障子耳隱曰猶勝足下作鬼詩乃誦唐漢武宴王母詩云洞裏有天春寂寂人間無路月茫茫豈非鬼詩耶丹楊集

聖俞嘗云詩句義格雖通語涉淺俗而可笑者亦其病也如盡日覓不得有時還自來本謂詩之好句難得耳

說者云此是人家失猫兒人以為笑歐公詩話

文潛賦虎圖詩末云煩君衛吾寢振此蓬蓽陋坐令盜肉鼠不敢窺白晝或云此却是猫兒詩也又大旱詩云天邊趙盾益可畏水底武侯方醉眠時人以為幾於湯燖右軍也王直方詩話

鵝腿子

有舉人以詩謁汴帥王智興智興曰莫有鵝腿子否謂鶴膝也盧氏雜說

漫塘評劉啓之詩病

劉啓之以詩自許漫塘先生得其詩讀至韓蘄王廟詩中兩句云皇天有意存趙狐蘄王登壇鬼神泣先生掩卷曰此未識作詩法也詩家以杜少陵稱首正謂其無一篇不寓尊君敬上之意如北征詩云桓桓陳將軍仗義奮忠烈都人望翠華佳氣向金闕煌煌太宗業樹立甚宏達洗兵馬云成王功大心轉小郭相謀深古來少司徒清鑒懸明鏡尚書氣與秋天杳先後重輕非苟作

也今顧指高宗為趙孤謂皇天眷命有意存趙孤而靳王登壇鬼神便泣氣勢却如此其盛毋乃抑君父之太過而揚臣子之已甚乎語錄

礙理

害理

澧陽道傍有甘泉寺因萊公丁謂曾留行記從而題詠者甚衆碑牌滿屋孫風有平仲酌泉曾頓轡晉公禮佛遂南行高堂下瞰炎荒路轉使高僧薄寵榮人皆傳道

余獨恨其語無别自古以直道見黜者多矣豈皆貪寵榮者哉又有人云此泉不洗千年恨留與行人戒覆車害理尤甚萊公之事亦倒為覆車乎因過之偶為數韻其間有云已憑静止鑑忠精更遣清冷洗讒喙蓋指二公也 碧溪

句好而理不通

詩人貪求好句而理有不通亦語病也如袖中諫草朝天去頭上宫花待燕歸誠為佳句矣但進諫必以章疏

無用驀之理唐人有云姑蘇城外寒山寺夜半鐘聲到客船說者亦云句則佳矣其如三更不是撞鐘時如賈島哭僧云寫留行道影焚却坐禪身時謂之燒殺活和尚此尤可笑若步隨青山影坐學白塔骨又獨行潭底影數息樹邊身皆是島詩何精麤頓異歐公詩話

礙理

潘大臨字邠老有登漢陽高樓詩曰兩屐上層樓一目略千里說者以爲著屐豈可登樓又嘗賦潘庭之清逸

樓詩有云歸來陶隱居拄頰西山雲或謂既已休官安得手板而拄之也王直方詩話

長恨歌古栢行

白樂天長恨歌云峨眉山下少人行峨眉在嘉州與幸蜀全無交涉杜詩云霜皮溜雨四十圍黛色參天二千尺四十圍乃是徑七尺無乃大細長乎皆文章之病也

鷓鴣詩

林逋云草泥行郭索雲木叫鉤輈鉤輈格磔謂鷓鴣聲

也詩話筆談皆美其善對然鷓鴣未嘗棲木而鳴惟低飛草中孫莘老知福州有荔枝十絶句云兒童竊食不知禁格磔山禽滿院飛蓋譜言荔枝未經人摘百禽不敢近或已經摘飛鳥蜂蟻競來食之或謂鷓鴣既不登木又非庭院之禽性又不嗜荔枝夏月即非鷓鴣之時語意雖工亦詩之病也

鷺鷥詩

張仲達詠鷺鷥詩云滄海最深處鱸魚銜得歸張文寶

曰佳則佳矣爭奈鷺鷥觜脚太長也荆湖近事

邑人詩

方諤有贈邑令詩云琴彈永日得古意印鏁經秋生蘚痕句雖佳但印上不是生蘚處不若前輩詩云雨後有人耕綠野月明無犬吠花村思清句雅又見令之教化仁愛民樂於耕耨且無盜賊之警也翰苑名談

考證

少陵與太白獨厚於諸公凡言太白十四處至云世人

皆欲殺吾意獨憐才醉眠秋共被攜手日同行三夜頻夢君情親見君意其情好可想邈齋閒覽謂二人名既相逼不能無相忌是以庸俗之見而度賢哲之心也予故不得不辨

古詩十九首非止一人之詩也行行重行行樂府以為枚乘作則其他可知矣

古詩十九首行行重行行玉臺作兩首自越鳥巢南枝以下别為一首當以選為正

文選長歌行只有一首青青園中葵者郭茂倩樂府有兩首次一首乃仙人騎白鹿者仙人騎白鹿之篇予疑此詞岧岧山下亭以下其義不同當又别是一首郭茂倩不能辨也

文選飲馬長城窟古詞無人名玉臺以為蔡邕作

古詞之不可讀者莫如巾舞歌文義漫不可解

又古將進酒芳樹石榴豫章行等篇皆使人讀之茫然

又朱鷺雉子班艾如張思悲翁上之回等只二三句可

解寧非歲久文字訛舛而然耶

木蘭歌促織何唧唧文苑英華作唧唧何切切又作嚦嚦樂府作唧唧復唧唧又作促織何唧唧當從樂府也

願馳千里足郭茂倩樂府願借明駝千里足酉陽雜俎作願馳千里明駝足漁隱不攷妄為之辨

木蘭歌文苑英華直作韋元甫名攷郭茂倩樂府有兩篇其後篇乃元甫所作也

木蘭歌最古然朔氣傳金柝寒光照鐵衣之語已似太

白必非漢魏人也

班婕妤怨歌行文選直作班姬之名樂府以為顔延年作

諸葛孔明梁甫吟步出齊東門遥望蕩陰里樂府解題作遥望陰陽里今青州有陰陽里

田疆古治子解題作田疆固野子

南北朝人惟張正見詩最多而最無足省發所謂雖多亦奚以為

西清詩話載晁文元家所藏陶詩有問來使一篇云爾從山中來早晚發天目我屋南山下今生幾叢菊薔薇葉已抽秋蘭氣當馥歸去來山中山中酒應熟予謂此篇誠佳然其體製氣象與淵明不類得非太白逸詩後人謾取以入陶集耶

文苑英華有太白代寄翁參樞先輩七言律一首乃晚唐之下者又有五言律三首其一送客歸吴其二送友生歸峽中其三送袁明甫任長江集本皆無之其家數

在大歷貞元間亦非太白之作又有五言雨後望月一首望夫石一首冬日歸舊山一首皆晚唐之語又有秦樓出佳麗四句亦不類太白皆是後人假名也

文苑英華有送史司馬赴崔相公幕一首云崢嶸丞相府清切鳳凰池羨爾瑤臺鶴高棲瓊樹枝歸飛晴日好吟弄惠風吹正有乘軒樂初當學舞時珍禽在羅網微命若遊絲願托周周羽相銜漢水湄此或太白之逸詩也不然亦是盛唐人作

太白集中少年行只有數句類太白其他皆淺近浮俗非太白之作必誤入也

酒渴愛江清一詩文苑英華作暢當而黄伯思注杜集編作少陵詩非也

迎旦東風騎蹇驢決非唐人氣象只似白樂天言語今者世俗圖畫以為少陵詩漁隱亦辨其非矣而黄伯思編入杜集非也少陵有避地逸詩一首云避地歲時晚竄身筋骨勞詩書逐墻壁奴僕亦旌旄行在近聞信此

生隨所遭神堯舊天下會見出腥臊題下公自注云至德二載丁酉作此則真少陵語今書市諸本並不見有舊蜀本杜詩並無注釋雖編年而不分古近二體其間略有公自注而已今豫章庫本以為翻鎮江蜀本雖無雜注又分古律其編年亦且不同近寶慶間南海漕臺新刊杜集亦以為蜀本雖删去假坡之註亦有王原叔以下九家而趙注比他本最詳皆非舊蜀本也

杜集注中坡曰者皆是托名假偽漁隱雖嘗辨之而人

尚疑之蓋無至當之説以指其僞也今舉一端將不辨而自明矣如楚岫千峰翠注云景差蘭臺春望千峰楚岫翠萬木郢城陰且五言始於李陵蘇武或云枚乘則漢以前五言古詩尚未有之寧有戰國時已有五言律句耶觀此可以一笑而悟矣亦幸其有此漏逗也

杜集中有師曰者亦坡曰之類其間半僞半真尤為殽亂惑人此深可嘆然具眼者自默識之耳

崔灝渭城少年行百家選作兩首自秦川以下别為一

首郭茂倩樂府止作一首文苑英華亦只作一首當從樂府英華為是

玉川子天下薄夫苦耽酒之詩荆公百家選只作一篇本集自天上白日悠悠懸以下别為一首當從荆公為正

太白詩斗酒渭城邊壚頭耐醉眠者乃岑參之詩誤入公集

太白塞上曲騮馬新跨紫玉鞍者乃王昌齡詩亦誤入

昌齡本有二篇前篇乃秦時明月漢時關者也

孟浩然集有贈孟郊一首按東野乃貞元元和間人而浩然終於開元二十八年時代懸遠其詩亦不似浩然必誤入不可不辨也

杜詩五雲高太甲六月曠摶扶太甲之義殆不可曉得非高太乙耶乙誤為甲蓋亦相近以星對風庶從其類也

杳杳東山攜漢妓泠泠修竹待王歸攜漢妓無義理疑是攜妓去蓋子美於絕句每喜對偶耳臆見如此

更俟宏識也王荆公百家詩選葢本於唐人英靈間氣集其初明皇德宗薛稷劉希夷高適韋述之詩無少增損次序亦同孟浩然但增其數儲光羲後方是荆公自去取前卷讀之盡佳非其選擇之精葢盛唐人之詩無不可觀者至於大歴以後其去取深不滿人意况唐人如沈宋王楊盧駱陳拾遺張曲江賈至王維獨孤及韋應物孫逖祖詠劉昚虛綦毋潛劉長卿李長吉諸公皆大名家李杜韓柳元白以家有其集故不載而此集無

之荆公當時所選但據宋次道家之所有耳其序乃言觀唐詩者觀此足矣豈不誣哉今人但以荆公所選斂衽而莫敢議可嘆也

荆公有一家但取一二首而不可讀者如曹唐二首其一首云年少風流好丈夫大家望拜執金吾閒眠曉日聽鵾鴂笑倚東風仗轆轤深院吹笙從漢婢靜街調馬任奚奴牡丹花下鉤簾看獨凭紅肌捋虎鬚此不足以書屏幛但可與閭巷小人為文背之詞又買劒一首云

青天霹抜雲霓泣黒地潛擘鬼魅愁但可與巫師念誦也唐人類集一代之詩不特英靈間氣極玄又玄也顧陶作唐詩類選竇常有南薰集韋縠有才調集又有正聲集不記何人有小選集選詞兆瓊華雅言系述其他必尚有之也

予嘗見方子通墓誌言唐詩有八百家子通所藏有五百家今則世不見有惜哉

柳子厚漁翁夜傍西巖宿之詩東坡刪去後二句使子

厚復生亦必心服

謝朓洞庭張樂地瀟湘帝子游雲去蒼梧野水還江漢

流停驂我悵望輟棹子夷猶廣平聽方藉茂陵將見求

心事俱已矣江上徒離憂子謂廣平聽方藉茂陵將見

求一聯亦可削去只用八句尤為渾然不知識者以為

如何

詩人玉屑卷十一

欽定四庫全書

詩人玉屑卷十二

宋　魏慶之　撰

品藻古今人物

古今詩人雖各有評而總論諸賢不容類析者復萃於此

韓詩

周詩三百篇雅麗理訓誥曾經聖人手議論安敢到五言出漢時蘇李首更號東都漸瀰漫泒别百川導建安能者七卓犖變風操逶迤晉宋間氣象日凋耗中間數

鮑謝比近最清澳齊梁及陳隋衆作等蟬噪國朝盛文章子昂始高蹈勃興得李杜萬類困陵暴後來相繼生亦各臻閫奥有窮者孟郊受材實雄驁冥觀洞古今象外逐幽好橫空盤硬語妥帖力排奡敷柔肆紆餘奮猛卷海潦韓薦士詩

諸公品藻相如

樂人過失難於當其尤者臧孫之犯門斬關惟孟椒能數之臧紇謂國有人焉必椒也其難如此司馬相如竊

妻滌器開巴蜀以困苦鄉邦其過已多至於封禪書則諂諛盖天性不復自新矣子美猶云竟無宣室召徒有茂陵求李白亦云果得相如草仍餘封禪文和靖獨不然曰茂陵他日求遺稿尤喜曾無封禪書言雖不廹責之深矣李商隱云相如解草長門賦却用文君取酒錢亦舍其大論其細也舉其大者自西湖始其後有識其諂諛之態死而不已正如捕逐寇盜先為有力者所獲搤其吭而騎其項矣餘人從旁助捶縛耳 碧溪

六代

顔延之嘗問鮑昭己與靈運優劣昭曰謝五言如初發芙蓉自然可愛君詩如鋪錦列繡亦雕繢滿眼南史顔延之傳

范雲婉轉清便如流風回雪邱遲點綴映媚似落花依草南史梁邱遲

江總傷於浮艷南史本傳

初日芙蓉彈丸脱手

古人論詩多矣吾獨愛湯惠休稱謝靈運為初日芙蓉沈約稱王筠為彈丸脱手兩語最當人意初日芙蓉非

人力所能為而精彩華妙之意自然見於造化之外然靈運諸詩可以當此者亦無幾彈丸脫手雖是輸寫便利動無違礙然其精圓快速發之在手筠亦未能盡石林

評鮑謝諸詩

為詩欲詞格清美當看鮑昭謝靈運渾成而有正始以來風氣當看淵明欲清深閑淡當看韋蘇州柳子厚孟浩然王摩詰賈舍人欲氣格豪逸當看退之李白欲法度備足當看杜子美欲知詩之源流當看三百篇及楚

詞漢魏等詩前輩云建安才六七子開元數兩三人前輩所取其難如此予甞與能詩者論書止於晉而詩止於唐盖唐自大歴以來詩人無不可觀者特晚唐氣象衰薾耳雪浪齋日記

品藻古今勝語

池塘生春草園柳變鳴禽世多不解此語為工盖欲以奇求之耳此詩之工正在無所用意卒然與景相遇備以成章不假繩削故非常情之所能到詩家妙處當須

以此為根本而思苦言艱者往往不悟鍾嶸詩評論之最詳其略云思君如流水既非即目高臺多悲風亦惟所見清晨登隴首若無故實明月照積雪非出經史古今勝語多非假補皆由直尋顏延之謝莊尤為繁密於時化之故大明太始中文章殆同書鈔近任昉王元長等辭不貴奇競須新事邇來作者寖以成俗遂乃句無虛語語無虛字牽聯補衲蠹文已甚自然英旨罕遇其人余每愛此言簡切明白易曉但觀者未嘗留意

耳自唐以後既變以律體固不能無拘窘然苟大手筆亦自不妨削鐻於神志之間斵輪於甘苦之外也石林詩話

歷論諸家

詩之興作兆基邃古唐歌虞詠始載典謨商頌周雅方陳金石其後研志緣情二京彌甚含毫瀝思魏晉彌繁李都尉鴛鴦之詞纏綿巧妙班婕妤霜雪之句發越清迥平子桂林理在文外伯喈翠鳥意盡行間河朔人物王劉為稱首洛陽才子潘左為覺先乃若子建之牢籠

羣彥士衡之藉甚當時並文苑之羽儀詩人之龜鑑駱賓王爲詩格高指遠若在天上物外神仙會集雲行鶴駕想見飄然之狀李太白集

左太冲詩

振衣千仞岡濯足萬里流使人飄飄有世表意宋子京

鮑昭淵明

鮑昭詩華而不弱陶潛詩切事情但不文耳

論子厚樂天淵明詩

子厚之貶其憂悲憔悴之嘆發於詩者特為酸楚閔己傷志固君子所不免然亦何至是卒以憤死未為達理也樂天既退閒放蕩物外若真能脫屣軒冕者然榮辱得失之際銖銖校量而自矜其達每詩未嘗不著此意是豈真能忘之者哉亦力勝之耳惟淵明則不然觀其貧士責子與其他所作當憂則憂遇喜則喜忽然憂樂兩忘則隨所遇而皆適未嘗有擇於其間所謂超世遺物者要當如是而後可也觀三人之詩以意逆志人豈

難見以是論賢不肖之實亦何可欺乎蔡寬夫詩話

韓杜

杜之詩韓之文法也詩文各有體韓以文為詩杜以詩為文故不工耳蘇子瞻曰子美之詩退之之文魯公之書皆集大成者也學詩當以子美為師有規矩故可學退之於詩本無解處以才高而好耳淵明之為詩寫其胷中之妙耳學杜不成不失為工無韓之才與陶之妙而學其詩終為樂天耳後山詩話

四家集

王荆公以李太白杜子美韓退之歐陽永叔詩編為四家集以歐公居太白之上公曰太白詞語迅快然十句九句言婦人酒耳冷齋夜話

李杜諸人

作詩者陶冶物情體會光景必貴乎自得盖格有高下才有分限不可强力至也譬之秦武陽氣盖全燕見秦王則戰掉失色淮南王安雖為神仙謁帝猶輕其舉止

此豈由素習哉余以謂少陵太白當險阻艱難流離困躓意欲卑而語未嘗不高至於羅隱貫休得意於偏霸誇雕逞奇語欲高而意未嘗不卑乃知天稟自然有不能易也西清詩話

詩人各有所得

詩人各有所得清水出芙蓉天然去雕飾此李白所得也或看翡翠蘭苕上未掣鯨魚碧海中此老杜所得也橫空盤硬語妥帖力排奡此韓愈所得也荆公

老杜之仁心優於樂天

老杜茅屋為秋風所破歌云自令喪亂少睡眠長夜沾濕何由徹安得廣廈千萬間大庇天下寒士俱歡顏風雨不動安如山嗚呼何時眼前突兀見此屋吾廬獨破受凍死亦足樂天新製布裘云安得萬里裘蓋裹周四垠穩煖皆如我天下無寒人新製綾襖成百姓多寒無可救一身獨暖亦何情心中為念農桑苦耳裏如聞饑姓名偶見二人集亦未必不為幸也蔡寬夫詩話

唐人

王右丞韋蘇州澄淡精緻格在其中豈妨於道哉賈浪仙誠有警句視其全篇意思殊餒大抵附於寒澁方可致才亦為體之不備也司空圖

方干

方干詩清潤小巧蓋未升曹劉之堂或者取之太過余未曉也王贊嘗稱之曰鏝飢滌骨氷瑩霞絢嘉殺自將不吮餘雋麗不葩芬苦不癯棘當其得志倏與神會孫

卻嘗稱之曰其秀也蓝於常花其鳴也靈鼉於衆響其所作登靈隱峰詩云山疊雲霞際川傾世界東送喻坦之詩云風塵辭帝里舟楫到家林此直兒童語也寄喻鳧云寒蕪隨楚盡落葉渡淮稀而送喻坦之下第又云過楚寒方盡浮淮月正沉贈路明府詩云吟成五字句用破一生心而贈喻鳧又云纔吟五字句又白幾莖鬢稱心寺中島云雲接停猿樹花藏浴鶴泉而寄越上人又云窗接停猿樹巖飛浴鶴泉其語言重複如先有以

見其窘也至於野渡波搖月空城雨翳鐘白猿垂樹窗邊月紅鯉驚鈎竹外溪義行相識處貧過少年時等句誠無愧於孫王所賞 韻語陽秋

苦吟句蹈襲句

陳去非嘗謂余言唐人皆苦思作詩所謂吟成一箇字撚斷數莖鬚句向夜深得心從天外歸蟾蜍影裏清吟苦舴艋舟中白髮生之類者是也故造語皆工得句皆奇但韻格不高故不能參少陵之逸步後之學詩者儻

能取唐人語而掇入少陵繩墨步驟中此速肖之術也余嘗以此語少藴少藴然之李益詩云開門風動竹疑是故人來沈亞之詩云徘徊花上月虛度可憐宵皆佳句也鄭谷掇取而用之乃云睡輕可忍風敲竹飲散那堪月在花真可與李沈作奴僕由是論之作詩者興致先自高遠則去非之言可用儻不然便與鄭都官無異

欲識為詩苦秋霜苦在心杜牧之

為人性僻耽佳句語不驚人死不休杜詩

搜天斡地覓詩情 元稹白集序

擅場

唐人燕集必賦詩推一人擅場郭曖尚升平公主盛集李端擅場送劉相巡江淮錢起擅場 李肇國史補

詩中有助語

詩中有助語若牀頭歷日無多子借問別來大瘦生之句子與生字初不當輕重 漫叟詩話

詩言志

孫少述栽竹詩曰更起粉牆高百尺莫令牆外俗人看晏臨淄曰何用粉牆高百尺任教牆外俗人看處士之節宰相之量各言其志

王蘇黄杜

詩欲其好則不能好矣王介甫以工蘇子瞻以新黄魯直以奇而杜子美之詩奇常工易新陳莫不好也后山集

王黄晚年詩

東坡嘗以所作小詞示无咎文潛曰何如少游二人皆

對云少游詩似小詞先生小詞似詩陳無已云荆公晚年詩傷工魯直晚年詩傷奇王直方詩話

蘇黄

晦庵云蘇黄只是今人詩蘇才豪黄費安排

韓无咎

晦庵云韓无咎詩做著者儘和平有中原之舊無南方啁哳之音

蘇子美吕吉甫

子美詩笠澤鱸肥人膾玉洞庭橘熟客分金呂吉甫詩魚出清波庖膾玉菊含寒露酒浮金蘇勝於呂盖人客兩字勝於庖酒二字也

慈母溪

徐師川言作詩自立意不可蹈襲前人因誦其所作慈母溪詩且言慈母溪與望夫山相對望夫山詩甚多而慈母溪古今無人題詩末兩句云離鸞只說閨中事舐犢那知母子情呂氏童蒙訓

四雨

介甫云梨花一枝春帶雨桃花亂落如紅雨朱簾暮捲西山雨皆警句也然不若院落深沉杏花雨為佳予謂杏花雨固佳然而梨花院落溶溶月柳絮池塘淡淡風却於風月上寫出柳絮梨花尤有精神然嘗欲轉移兩句作溶溶院落梨花月淡淡池塘柳絮風此老杜香稻啄餘鸚鵡粒碧梧棲老鳳凰枝格也休齋先得之句

曼卿一日春初見階砌初生之草其屈如鈎而顏色未變因得一句云草屈金鈎緑未回遂作早春一篇旬日方足成曰簷垂氷筯晴先滴草屈金鈎緑未回其不逮先得之句逺甚始知古人一篇之中率是先得一聯云或一句其最警拔者是也桐江詩話

謝伯景

歐陽文忠公詩話稱謝伯景之句如園林換葉梅初熟不若庭草無人隨意緑也池館無人燕學飛不若空梁

落燕泥也盖伯景句意凡近似所謂西崑體而王胄薛道衡峻潔可喜也隱居詩話

田舍翁火爐頭之作

杜彬好評詩李建勳罷孫魴于齋中伺彬至以魴詩訪之彬曰此非有風雅但得田舍翁火爐頭之作爾魴遽出讓彬曰非有風雅固聞命矣擬田舍翁無乃太過乎彬笑曰子夜坐句云劃多灰漸冷坐久席成痕此非田舍翁火爐上所作而何闔坐大笑

詩可以觀人

呂獻可誨嘗云丁謂詩有天門九重開終當掉臂入王元之禹偁讀之曰入公門猶鞠躬如也天門豈可掉臂入乎此人必不忠後果如其言高齋詩話

詩人玉屑卷十二

欽定四庫全書

詩人玉屑卷十三

宋　魏慶之　撰

兩漢

古詩十九首

古人淵邈人代難詳推其文體固是炎劉之制非衰周之唱鍾嶸詩評讀古詩十九有及曹子建詩如明月入高樓流光正徘徊之類詩皆思深遠而有餘意言有盡而意

無窮也學者當以此等詩常自涵養自然下筆高妙呂氏童蒙訓

蘇李

蘇子卿李少卿之徒工為五言雖文律各異雅鄭之音亦雜而詞意簡遠指事言情自非有為而為則文不妄作唐元稹撰子美墓誌

秦少游云蘇李之詩長於高妙

晦菴論垓下帳中之歌

項羽所作垓下帳中之歌其詞慷慨激烈有千載不平之餘憤若其成敗得失則亦可以為强不知義者之深戒

晦菴論大風歌

文中子曰大風安不忘危其霸心之存乎美哉乎其言之大也漢之所以有天下而不能為三代之王其以是夫然自千載以來人主之詞亦未有若是其壯麗而奇偉者也嗚呼雄哉

王仲宣

仲宣詩其源出於李陵若發愀愴之辭文秀而質羸在曹劉間别構一體方陳思不足比魏文有餘詩評

劉公幹

公幹詩其源出於古詩仗氣愛奇動多振絶貞骨陵霜高風跨俗但氣過其文然陳思已往稍稱獨步詩評

六代

總論

漢魏後陵遲衰微訖于有晉太康中三張二陸兩潘一左勃然復興踵武前王流風未沬亦文章之中興也永嘉時貴黄老尚虚談于時篇什理過其辭淡然寡欲爰及江表微波尚傳孫綽許詢桓庾諸公詩皆平淡以道德論建安風力盡矣於是郭景純用儁士之才變創其體劉越石仗清剛之氣贊成厥美使彼衆我寡亦未動俗逮義熙中謝益壽斐然之作永嘉有謝靈運才高辭盛富艷難蹤固以含劉跨郭凌轢潘左故知陳思爲建

安之傑公幹仲宣陸機為輔此皆五言之冠冕文辭之命世也詩評

晦菴云齊梁間人詩讀之使人四肢皆懶慢不收拾

褒貶不同

六朝諸人之詩不可不熟讀如蕭慤芙蓉露下落楊柳月中疎鍛鍊至此自唐以來無人能及也退之云齊梁及陳隋衆作等蟬噪此語吾不敢議亦不敢從許彥周詩話

五言之警策

阮籍詠懷子卿雙凫稽康雙鸞茂先寒食平叔單衣安仁倦暑景陽苦雨靈運鄴中士衡擬古越石感亂景純游仙王微風月謝客山水叔元離燕明遠戍邊太冲詠史延之入洛陶公詠貧之製惠連擣衣之作斯皆五言之警策者也所謂篇章之珠澤文彩之鄧林乎（鍾嶸詩評下同）

阮嗣宗

嗣宗詩其源出於風雅無雕蟲之巧而詠物詠懷可以舒性靈發幽思言猶耳目之内情寄八荒之外洋洋乎

源於風雅使人忘其鄙近自致遠大詩評

張茂先

茂先詩其源出於王粲其體浮艷興託多奇巧用文繪以其妍冶雖名高曩代而敦亮之士猶恨兒女情多風流氣少謝康樂云張公雖復千箱猶一體耳今置之甲品疑弱乙之中品恨少在季孟之間耳詩評

潘安仁

安仁詩其源出於仲宣翰林嘆其翩翩奕奕如翔禽之

羽毛衣帔之綃縠猶尚淺於陸機則機為深矣謝混云潘詩爛若舒錦無處不佳陸文如披沙揀金往往得寶余嘗言陸事如海潘才如江詩評

張景陽

景陽詩其源出於王粲文體華淨少病累有巧構形似之言雄於潘岳靡於太冲風流調達實曠代之高才其辭葱蒨音韻鏗鏘使人味之亹亹不絕詩評

陸士衡

士衡詩其源出於陳思才髙辭贍舉體華密氣少於公幹文劣於仲宣但尚規矩不貴綺錯有傷直寄之奇也且咀嚼英華厭飫膏澤故文章之源泉也張嘆其大異信矣人云古詩其源出於國風陸機擬詩十二首文澤以麗意悲而切驚心動魄幾於一字千金詩評

劉越石

越石詩其源出於王粲善為悽戾之辭且有清拔之氣琨既體良才又離厄運故善叙喪亂多感恨之言詩評

晦庵曰劉琨詩高東晉詩已不逮前人齊梁益浮薄矣

郭景純

景純詩憲潘岳文體相輝彪炳可翫變中元平淡之體故稱中興第一翰林以為詩首遊仙之作辭多慷慨乏玄遠之詩宗詩評

文選注云遊仙之制文多自叙志狹中區而辭無俗累

三謝

唐子西語録云三謝詩靈運為勝當就選中寫出熟玩

方知其優劣也又云江左諸謝詩文見文選者六人希逸無詩宣遠叔源有詩不工今取靈運惠連元暉詩合六十四篇為三謝詩是三人者詩至元暉語益工然蕭散自得之趣亦復少減漸有唐風矣於此可以觀世變也又云靈運在永嘉因夢惠連遂有池塘生春草之句元暉在宣城因登三山遂有澄江淨如練之句二公妙處蓋在於鼻無堊目無膜爾鼻無堊斤將曷運目無膜鎞將曷施所謂混然天成天球不琢者歟靈運如矜名

道不足適已物可忽清暉能娛人遊子澹忘歸元暉詩如春草秋更綠公子未西歸大江流日夜客心悲未央等語皆得三百篇之餘韻是以古今以為奇作

靈運

池塘生春草園柳變鳴禽世人多不解此語為工盖欲以奇求之爾此語之工正在無所用意猝然與景相遇得以文章不假繩削故非常情之所能到詩家妙處當須以此為根本而思苦言艱者往往不悟石林詩話

惠連

二謝才思富健恨其蘭玉早彫長轡未騁秋懷擣衣之作雖靈運鋭思何以加焉詩評

元暉

元暉詩其源出於謝琨徵傷細密一章之中自有玉石然奇章秀句足使叔原失步明遠變色詩評

靖節

清淡之宗

淵明意趣真古清淡之宗詩家視淵明猶孔門視伯夷也西清詩話

蕭統論淵明

鍾嶸評淵明詩為古今隱逸詩人之宗余謂陋哉斯言豈足以盡之不若蕭統云淵明文章不羣詞彩精拔跌宕昭彰獨超衆類抑揚爽朗莫之與京横素波而傍流干青雲而直上語時事則指而可想論懷抱則曠而且真加以貞志不休安道苦節不以躬耕為耻不以無財

爲病自非大道篤志與道汚隆孰能如此乎此言盡之矣漁隱

不可及

淵明詩所不可及者冲澹深粹出於自然若曾用力學然後知淵明詩非著力之所能成龜山語録

悠然見南山

東坡以淵明有採菊東籬下悠然見南山而無識者以見爲望不啻碔砆之與美玉予觀樂天效淵明詩有云

時傾一樽酒坐望東南山然則流俗之失久矣惟韋蘇州答長安丞裴棁詩有云採菊露未晞舉頭見秋山乃知真得淵明詩意而東坡之說為可信

晦庵論歸去來辭

歐陽公言兩晉無文章幸獨有歸去來辭一篇耳然其詞義夷曠蕭散雖託楚聲而無其尤怨切蹙之病云

歐陽公論歸去來辭

六一居士惟重陶淵明歸去來以為江左高文當世莫

及涪翁云顏謝之詩可謂不遺鑪錘之功矣然淵明之牆數仞而不能窺也東坡晚年尤喜淵明詩在儋耳遂盡和其詩荆公在金陵作詩多用淵明詩中事至有四韻詩全使淵明詩者遯齋閒覽

李格非論歸去來辭

李格非善論文章嘗曰諸葛孔明出師表劉伶酒德頌陶淵明歸去來辭李令伯乞養親表皆沛然如肝肺中流出殊不見斧鑿痕是數君子在後漢之末西晉之間

初未嘗欲以文章名世而其詞意超邁如此冷齋夜話

休齋論歸去來辭

陶淵明罷彭澤令賦歸去來而自命曰辭迨今人歌之頓挫抑揚自協聲律蓋其詞高甚晉宋而下欲追躡之不能漢武帝秋風詞盡蹈襲楚辭未甚敷暢歸去來則自出機杼所謂無首無尾無終無始前非歌而後非辭欲斷而復續將作而遽止謂洞庭鈞天而不淡謂霓裳羽衣而不綺此其所以超然乎先秦之世而與之同軌

者也

詞簡理足

飲酒詩云衰榮無定在彼此更共之山谷云此是西漢人文章他人多少言語盡得此理苕溪詩話

詩人以來無此句

荆公嘗言其詩有奇絶不可及之語如結廬在人境而無車馬喧問君何能爾心遠地自偏由詩人以來無此句也然則淵明趨向不羣詞彩警拔晉宋之間一人而

已茗溪漁隱曰荆公詩云先生歲晚事田園魯叟遺書廢討論問訊桑麻憐已長按行松菊喜猶存農人調笑追尋甃稚子懽呼出候門遙謝載醪袪惑者吾今欲辨已忘言所謂四韻全使淵明詩者即此詩是也

得此生

東坡云秋菊有佳色裛露掇其英泛此忘憂物遠我遺世情一觴雖獨進盃盡壺自傾日入羣動息歸鳥趨林鳴笑傲東軒下聊復得此生靖節以無事爲得此生則

見役於物者非失此生耶

酒詩

飲酒詩云客養千金軀臨化消其寶寶不過軀軀化則寶亡矣人言靖節不知道吾不信也

知道

東坡拈出淵明談理之詩有曰採菊東籬下悠然見南山二曰笑傲東軒下聊復得此生三曰客養千金軀臨化消其寶皆以為知道之言蓋摛章繪句嘲風弄月雖

工何補若觀道者出語自然超詣非常人能蹈其軌轍也韻語陽秋

悟道

彭澤歸去來辭云既自以心爲形役奚惆悵而獨悲是此老悟道處若人能用此兩句出處有餘裕也許彦周詩話

辨詩品所論淵明詩

魏晉間人詩大抵專攻一體如侍宴從軍之類故後來相與祖習者亦但因所長而取之耳謝靈運擬鄴中七

子與江淹雜擬是也梁鍾嶸作詩品皆云某人詩出於某人亦以此為然論陶淵明乃以為出應璩此語不知其所據應璩詩不多見惟文選載其百一詩一篇所謂下流不可處君子慎厥初者與陶詩了不相類五臣注引文章録云曹爽多違法度璩作詩以刺在位若百分有補於一者淵明正以脫略世故超然物外為適顧區區在位者何足累其心哉且此老何嘗有意欲以詩自名而追取一人而模倣之此乃當時文士與進取而爭

長者所爲何期此老之淺蓋嶫之陋也石林

坡谷歎淵明之絕識

山谷云東坡在潁州時因歐陽叔弼讀元載傳歎淵明之絕識遂作詩云淵明求縣令本緣食不足束帶向督郵小屈未爲辱翻然賦歸去豈不念窮獨重以五斗米折腰嘗口腹云何元相國萬鍾不滿欲胡椒銖兩多安用八百斛以此殺其身何翅抵鵲玉往者不可悔吾其反自燭淵明隱約栗里柴桑之間或飯不足也顔延年

送錢二十萬即日送酒家與蓄積不知紀極至藏胡椒八百斛者相去遠近豈直睢陽蘇合彈與蜣蜋糞丸比哉

東坡論淵明詩

東坡云古之詩人有擬古之作矣未有追和古人者也追和古人則始於東坡吾於詩人無所甚好獨好淵明之詩淵明作詩不多然其詩質而實綺癯而實腴自曹劉鮑謝李杜諸人皆莫及也

山谷論淵明詩

山谷云寧律不諧而不使句弱寧用字不工不使語俗此庾開府之所長也然有意於為詩也至於淵明則所謂不煩繩削而自合者雖然巧於斧斤者多疑其拙窘於檢括者輒病其放孔子曰甯武子其知可及也其愚不可及也淵明之拙與放豈可為不知者道哉道人曰如我按指海印發光汝暫舉心塵勞先起說者曰若以法眼觀無俗不真若以世眼觀無真不俗淵明之詩要

當與一邱一壑者共之耳

秦太虚效淵明挽辭

淵明自作挽辭秦太虚亦效之余謂淵明之辭了達太虚之辭哀怨淵明三首今録其一云有生必有死早死非命促昨暮同為人今旦在鬼録魂氣散何之枯形寄枯木嬌兒索父啼良久撫我哭得失不復知是非安能覺千秋萬歲後誰知榮與辱但恨在世時飲酒不得足太虚云嬰釁徒窮荒茹哀與世辭官來錄我槖吏來檢

我屍籐束木皮棺藳葬路傍陂家鄉在萬里妻子天一
涯孤魂不敢歸惴惴猶在玆昔忝柱下史通籍黄金䦆
奇禍一朝作飄零至於斯弱孤未堪事返骨定何時修
途繚山海豈勉從闍維荼毒復荼毒彼蒼那得知歲均
殫江急鳥獸鳴聲悲空濛寒雨零慘淡陰風吹殯宮生
蒼蘚紙錢挂空枝無人設薄奠誰與飯黄緇亦無挽歌
者空有挽歌辭東坡謂太虚齊死生了物我戲出此語
其言過矣此言淵明可以當之若太虚者情鍾世故意

戀生理一經遷謫則不能自釋遂快忿而作此辭豈真若是乎 漁隱

貧士詩

貧士詩云九十行帶索飢寒況當年近一名士作詩云九十行帶索榮公老無依余謂之曰陶詩本非警策因有君詩乃見陶之工或譏余貴耳賤目後錯舉兩聯人多不能辨其孰為陶孰為今詩也則為解曰謍啓期事近出列子不言榮公可知九十則老可知行帶索則無

依可知五字皆贅也若淵明意謂至於九十猶不免行而帶索則自少壯至於長老其飢寒艱苦宜如此窮士之所以可深悲也此所謂君子於其言無所苟而已矣古人文章必不虛設耳詩眼

止酒詩

止酒詩云坐止高蔭下步止蓽門裏好味止園葵大懽止稚子余嘗反覆味之然後知淵明之用意非獨止酒而於此四者皆欲止之故坐止於樹蔭之下則廣厦華

堂吾何羨焉步止於蓽門之裏則朝市聲利吾何趨焉好味止於噉園葵則五鼎方丈吾何欲焉大歡止於戲稚子則燕歌趙舞吾何樂哉在彼者難求而在此者易為也淵明固窮守道安於丘園疇肯以此而易彼乎漁隱

責子詩

山谷云陶淵明責子詩曰白髮被兩鬢肌膚不復實雖有五男兒總不好紙筆阿舒已二八懶惰故無匹阿宣行志學而不愛文術雍端年十三不識六與七通子垂

九齡但覓梨與栗天運苟如此且進盃中物觀淵明此詩想見其人慈祥戲謔可觀也俗人便謂淵明諸子皆不肖而淵明愁歎見於詩耳又云杜子美詩陶潛避俗翁未必能達道觀其著詩篇頗亦恨枯槁達士豈是足默識蓋不早生子賢與愚何其挂懷抱子美困頓於三川蓋爲不知者詬病以爲拙於生事又往往譏議宗文宗武失學故聊解嘲耳其詩名曰遣可解也俗人便爲譏病淵明所謂癡人前不得説夢也

詩人玉屑卷十三

欽定四庫全書

詩人玉屑卷十四

宋 魏慶之 撰

草堂

墓誌銘元稹作

余讀詩至杜子美而知古人之才有所總萃焉始唐虞時君臣以賡歌相和是後人繼作歷夏商周千餘年仲尼緝拾選練取其干預教化之尤者三百篇其餘無聞

馬騷人作而怨憤之態繁然猶去風雅日近尚相比擬秦漢以來采詩之官既廢天下俗謡民謳歌頌諷賦曲度嬉戲之詞亦隨時間作至漢武帝賦栢梁詩而七言之體具蘇子卿李少卿之徒尤工為五言雖句讀文律各異雅鄭之音亦雜而詞意闊遠指事言情自非有為而為則文不妄作建安之後天下之士遭罹兵戰曹氏父子鞍馬間為文往往横槊賦詩故其遒壯抑揚怨哀悲離之作尤極於古晉世風槩稍存宋齊之間教失根

本士以簡慢矯飾相尚文章以風容色澤放曠精清為高盖吟寫性靈流連光景之文也意義格力無取焉陵遲至梁陳淫艷刻飾佻巧小碎之極又宋齊之所不取也唐興學官大振歷世之文能者互書而又沈宋之流研練精切穩順聲勢謂之律詩由是而後文變之體極焉而又好古者遺近務華者去實效齊梁則不逮於晉魏工樂府則力屈於五言律切則骨格不存閑暇則纖穠莫備至於子美所謂上薄風雅下該沈宋言奪蘇李

氣吞曹劉掩顔謝之孤高雜徐庾之流麗盡得古今之體勢而兼人人之所獨專如使仲尼考鍛其旨要尚不知貴其多乎哉苟以爲能無可不可則詩人已來未有如子美者是時山東人李白亦以奇文取稱時人謂之李杜余觀其壯浪縱恣擺去拘束模寫物象及樂府歌詩誠以差肩於子美至若鋪陳終始排比聲韻大或千言次猶數百詞氣奮邁而風調清深屬對律切而脱棄凡近則李尚不能歷其藩翰況堂奥乎苕溪漁隱宋子

京作唐史杜甫贊秦少游作進論皆本元稹之説意同而詞異耳

宋子京贊

唐興詩人承陳隋風流浮靡相矜至宋之問沈佺期等研揣聲音浮切不差而號律詩競相沿襲逮開元間稍裁以雅正然恃華者質反妍麗者壯違人得一槩皆自名所長至甫渾涵汪茫千彙萬狀兼古今而有之他人不足甫乃厭餘殘膏賸馥沾丐後人多矣故元稹謂詩

人以來未有如子美者甫又善陳時事律切精深至千言不少衰世號詩史昌黎韓愈於文章慎許可至歌詩獨推曰李杜文章在光焰萬丈長誠可信云

少游進論

杜子美之於詩實集衆家之長適當其時而已昔蘇武李陵之詩長於高妙曹植劉公幹之詩長於豪逸陶潛阮籍之詩長於冲澹謝靈運鮑昭之詩長於峻潔徐陵庾信之詩長於藻麗子美者窮高妙之格極豪逸之才

色沖澹之趣兼峻潔之姿備藻麗之態而諸家之作所不及焉然不集諸子之長子美亦不能獨至於斯也豈非適當其時故耶孟子曰伯夷聖之清者也伊尹聖之任者也柳下惠聖之和者也孔子聖之時者也孔子之謂集大成嗚呼子美亦集詩之大成者歟

冷齋魯訔序

騷人雅士同知祖尚少陵同欲模楷聲韻同苦其意律深嚴難讀也余謂少陵老人初不事艱澁左隱以病人

其平易處有賤夫老婦所可道者至其深純宏妙千言不可追迹則序事穩實立意渾大遇物寫難狀之景抒情出不說之意借古的確感時深遠若江海浩瀁以沼切大水貌風雲蕩泊蛟龍黿鼉出沒其間而變化莫測風澄雲霽象緯回薄錯峙偉麗細大無不可觀又云其夐邈高聳則若鑿大虛而噭萬籟其馳驟怪駭則若仗天策而騎箕尾其直截峻整則若儼鉤陳而界雲漢樞機日月開闔雷電昂昂然神其謀挺其勇握其正以高視天壤

趨入作者之域所謂真粹氣中人也公之詩分而爲六家孟郊得其氣𦒿張籍得其簡麗姚合得其清雅賈島得其奇僻杜牧薛能得其豪健陸龜蒙得其贍博皆出公之奇偏爾尚軒然自號一家赫世烜俗後人師擬不暇矧合之乎風雅而下唐而上一人而已是知唐之言詩公之餘波及爾

王彦輔序

唐興承陳隋之遺風浮靡相矜莫崇理致開元之間去

雕篆黕浮華稍裁以雅正雖絺句繪章人得一槩各爭所長如太羮玄酒者則薄滋味如孤峰絶岸者則駭廓廟穠華可愛者乏風骨爛然可珍者多玷缺逮至子美之詩周情孔思千彙萬狀茹古涵今無有端涯森嚴昭煥若在武庫見戈戟布列蕩人耳目非特意語天出尤工於用字故卓然為一代冠而歷世千百膾炙人口

半山老人畫像賛

吾觀少陵詩謂與元氣侔力能排天斡九地壯顔毅色

不可求浩蕩八極中生物豈不稠醜妍巨細千萬殊竟
莫見以何雕鎪惜哉命之窮顛倒不見收青衫老更斥
餓走半九州瘦妻僵前子仆後穰穰盜賊森戈矛吟哦
當此時不廢朝廷憂嘗願天子聖文臣各伊周寧令吾
廬獨破受凍死不忍四海赤子寒颼颼傷屯悼屈止一
身嗟時之人我所羞所以見公像再拜涕泗流推公之
心古亦少願起公死從之遊

三百篇之後便有子美

六經之後便有司馬遷三百五篇之後便有杜子美六經不可學亦不須學故作文當學司馬遷作詩當學杜子美二書亦須常讀所謂不可一日無此君也唐子西語録

老杜似孟子

孟子七篇論君與民者居半其欲得君蓋以安民也觀杜陵詩云窮年憂黎元嘆息腸内熱又云誰能叩君門下令減征賦寄梅學士詩幾時高議排金門長使蒼生有環堵茅屋爲秋風所破歌安得眼前突兀見此屋寧

令吾廬獨破受凍死亦足見其志大庇天下仁心廣大真得孟子之所存矣東坡問老杜何如人或言似司馬遷但能名其詩耳吾謂老杜似孟子蓋原其心也（碧溪）

晦菴論杜詩

杜詩初年甚精細晚年曠逸不可當如自秦川入蜀諸詩分明如畫乃其少作也

杜甫夔州以前詩佳夔州以後自出規模不可學

陵陽論詩能盡寫物之工

杜少陵詩云兩箇黄鸝鳴翠柳一行白鷺上青天王維詩云漠漠水田飛白鷺陰陰夏木囀黄鸝極盡寫物之工後來惟陳無已有云黒雲映黄槐更著白鷺度無愧前人之作室中語

用詩書語

子美多用經書語如曰車轔轔馬蕭蕭未嘗外入一字如曰濟潭鱣發發春草鹿呦呦皆渾然嚴重如入天陛赤墀植璧鳴玉法度森嚴然後人不敢用者豈所造語

膚淺不類耶黄尚明詩話

詩史

先生以詩鳴於唐凡出處去就動息勞佚悲歡憂樂忠憤感激好賢惡惡一見於詩讀之可以知其世學士大夫謂之詩史孫僅序

唐書列女傳王珪微時母盧氏嘗云子必貴但未知汝與游者珪一日引房玄齡杜如晦過之母曰汝貴無疑所載止此而已質之少陵詩事未究也送重表姪王砅

云我之曾老姑爾之高祖母爾祖夫顯時歸爲尚書婦則珪母杜氏非盧氏也又云隋朝大業末房杜俱交友長者來在門荒年自餬口家貧自供給客位但箕帚傚頃羞頗珍寂寞人散後入怪鬢髮空吁嗟爲之乆自陳翦髻鬟鬻市充沽酒上云天下亂宜與英俊厚向竊窺數公經綸亦俱有次問最少年虬髯十八九子等成大名皆因此人手下云風雲合龍虎一吟吼願展丈夫雄得辭兒女醜秦王時在坐真氣驚户牖及乎貞觀初尚

書跋台斗夫人常肩輿上殿稱萬壽六宮師柔順法則
化妃后至尊均嫂叔盛事垂不朽其上下詳締如此且
一婦人識真主於側微尤偉甚史缺失而謬誤獨少陵
載之號詩史信矣桐江詩話云西清詩話辨王珪母姓
杜不姓盧引少陵詩為證今觀其詩不特不姓盧乃王
珪之妻非母也史氏之訛如此少陵詩云我之曾老姑
爾之高祖母爾祖未顯時歸為尚書婦即知王珪之妻
也西清詩話

胷中吞幾雲夢

洞庭天下壯觀自昔騷人墨客題之者衆矣如水涵天影闊山拔地形高四顧疑無地中流忽有山鳥飛應畏墮帆遠却如閒皆見稱於世然未若孟浩然氣蒸雲夢澤波撼岳陽城則洞庭空曠無際氣象雄張如在目前至讀子美詩則又不然吴楚東南坼乾坤日夜浮不知少陵胷中吞幾雲夢也同上

學老杜之法

老杜詩凡一篇皆工拙相半古人文章類如此皆拙而無取使其皆工則峭急無古氣如李賀之流是也然後世學者當先學其工精神氣骨皆在於此如望嶽詩云齊魯青未了洞庭詩云吳楚東南坼乾坤日夜浮語既高妙有力而言東嶽與洞庭之大無過於此後來文士極力道之終有限量益知其不可及望嶽第二句如此故先云岱宗夫何如洞庭詩先如此故後云親朋無一字老病有孤舟使洞庭詩無前兩句而皆如後兩句語

雖健終不工望嶽詩無第二句而云岱宗夫何如雖曰亂道可也今人學詩多得老杜平慢處乃鄰女效顰耳

詩眼

工妙至到人不可及

詩人以一字為工世固知之惟老杜變化開闔出奇無窮殆不可以形迹捕詰如江山有巴蜀棟宇自齊梁則其遠數千里上下數百年只在有與自兩字間而吞山川之氣俯仰古今之懷皆見於言外滕王亭子古牆猶

竹色虛閣自松聲若不用猶與自兩字則餘八字凡亭子皆可用不必滕王也此皆工妙至到人力不可及而此老獨雍容閑肆出於自然略不見其用力處今人多取其已用字模倣用之偃蹇狹陋盡成死法不知意與境會出言中節凡字皆可用也石林詩話

一飯未嘗忘君

太史公論詩以為國風好色而不淫小雅怨誹而不亂以予觀之是特識變風變雅耳烏覩詩之正乎昔先王

之澤衰然後變風發乎情雖衰而未竭是以猶止於禮義以為賢於無所止者而已若夫發於性止於忠孝者其詩豈可同日而語哉古今詩人衆矣而杜子美為首豈非以其流落飢寒終身不用而一飯未嘗忘君也歟東坡

妙絶古今

有問荆公老杜詩何故妙絶古今公曰老杜固嘗言之讀書破萬卷下筆如有神東皋雜録

古今絕唱

杜子美詩古今絕唱也李伯紀杜公部集序

高雅大體

山谷嘗言少時曾誦薛能詩云青春背我堂堂去白髮欺人故故生孫莘老問曰此何人詩對曰老杜莘老云杜詩不如此後山谷語傳師云庭堅因莘老之言遂曉老杜詩高雅大體傳師云若薛能詩正俗所謂欺世耳詩眼

優柔感諷

劉攽詩話載子美詩云蕭條六合内人少虎狼多少人慎勿投虎多信所過飢有易子食獸猶畏虞羅言亂世人惡甚於虎狼也予觀老杜潭州詩岸花飛送客檣燕語留人與前篇同意喪亂之際人無樂善喜士之心至於一將一迎曾不若岸花檣燕也詩在優柔感諷不在逞豪放而致詬怒也隱居詩話

高深

讀少陵詩如馳騖晉楚之郊以言其高則鄧林千巖梗楠杞梓扶疎摩雲以言其深則溟波萬頃蛟龍黿鼉徜徉排空拭背極目方且心駭神悸莫知所以若其甄别名狀實難爲功韓退之推其光燄萬丈長殆謂是矣鄭印

序

詩有近質處

子美之詩詞有近質者如麻鞋見天子垢膩脚不韈之句所謂轉石於千仞之山勢也學者尤效之而過甚豈

遠大者難窺乎　王琪序

大雅堂

予謫居黔州盡書子美兩川夔峽詩以遺丹稜楊素翁俾刻之石使大雅之音久湮没而復盈三巴之耳素翁又欲作髙屋廣楹庇此石因請名焉予名之曰大雅堂仍為作記其略云由杜子美以來四百餘年斯文委地文章之士隨其所能傑出時輩未有升子美之堂者況室家之好耶余嘗欲隨欣然會意處箋以數語終以汩

没世俗初不暇給雖然子美詩妙處乃在無意於文夫無意而意已至非廣之以國風雅頌深之以離騷九歌安能咀嚼其意味闖然入其門耶故使後生輩自求之則得之深矣使後之登大雅堂者能以余説而求之則思過半矣彼喜穿鑿者棄其大旨取其發興於所遇林泉人物草木魚蟲以為物物皆有所託如世間商度隱語者則子美之詩委地矣山谷

三種句

禪宗論雲門有三種語其一為隨波逐浪句謂隨物應機不主故常其二為截斷衆流句謂超出言外非情識所到其三為函盖乾坤句謂泯然皆契無間可伺其深淺以是為序余嘗戲為學子言老杜詩亦有此三種語但先後不同以波漂菰米沉雲黒露冷蓮房墜粉紅為函盖乾坤句以落花遊絲白日靜鳴鳩乳燕青春深為隨波逐浪句以百年地僻柴門迥五月江深草閣寒為截斷衆流句若有解此當與渠同參石林詩話

畫山水詩

畫山水詩少陵數首無人可繼者惟荊公觀燕公山水詩前六句東坡煙江疊嶂圖一詩差近之茗溪漁隱曰少陵題畫山水數詩其間古風二篇尤為超絶荊公東坡二詩悉録于左時時哦之以快滯懣少陵奉先劉少府新畫山水障歌云堂上不合生楓樹怪底江山起煙霧聞君掃却赤縣圖乘興遣畫滄洲趣畫師亦無數好手不可遇對此融心神知君重毫素豈但祁岳與鄭虔

筆跡遠過楊契丹得非玄圃裂無乃瀟湘翻悄然坐我

天姥下耳邊已似聞清猿反思前夜風雨急乃是蒲城

鬼神入元氣淋漓障猶濕真宰上訴天應泣野亭春還

雜花遠漁翁暝踏孤舟立滄浪水深青溟闊欹岸側島

秋毫末不見湘妃鼓瑟時至今斑竹臨江活劉侯天機

精愛畫入骨髓自有兩兒郎揮灑亦莫比大兒聰明到

能添老樹顛崖裏小兒心孔開貌得山僧及童子若耶

溪雲門寺吾獨胡為在泥滓青鞋布韈從此始戲題王

宰畫山水圖歌云十日畫一水五日畫一石能事不受相促迫王宰始肯留真跡壯哉崑崙方壺圖挂君高堂之素壁巴陵洞庭日本東赤岸水與銀河通中有雲氣隨飛龍舟人漁子入浦漵山木盡亞洪濤風尤工遠勢古莫比咫尺應須論萬里焉得并州快剪刀剪取吴淞半江水荆公題燕侍郎山水圖云往時濯足瀟湘浦獨上九疑尋二女蒼梧之野煙漠漠斷壠連岡散平楚暮年傷心波浪阻不意畫中能更覩燕公侍書燕王府王

求一筆終不與奏論讞死誤當赦全活至今何可數仁
人義士埋黃土秖有粉墨歸囊楮東坡題王定國所藏
煙江疊嶂圖云江上愁心千疊山浮空積翠如雲煙山
耶雲耶遠莫知煙空雲散山依然但見兩崖蒼蒼暗絶
谷中有百道飛來泉縈林絡石隱復見下赴谷口為奔
川川平山開林麓斷小橋野店依山前行人稍度喬木
外漁舟一葉江吞天使君何從得此本點綴毫末分清
妍不知人間何處有此境徑欲往買二頃田君不見武

昌樊口幽絶處東坡先生留五年春風揺江天漠漠暮雲卷雨山娟娟丹楓翻鴉伴水宿長松落雪驚醉眠桃花流水在人世武陵豈必皆神仙江山清空我塵土雖有去路尋無緣還君此畫三歎息山中故人應有招我歸來篇許彥周詩話

詞氣如百金戰馬

老杜陷賊時有哀江頭詩曰少陵野老吞聲哭春日潛行曲江曲江頭宮殿鎖千門細柳新蒲為誰綠憶昔霓

旌下南苑苑中萬物生顔色昭陽殿裏第一人同輦隨君侍君側輦前才人帶弓箭白馬嚼齧黄金勒翻身向天仰射雲一箭正墜雙飛翼明眸皓齒今何在血汙游魂歸不得清渭東流劍閣深去住彼此無消息人生有情淚沾臆江水江花豈終極黄昏胡騎塵滿城欲往城南望城北予愛其詞氣如百金戰馬注坡驀澗始履平地得詩人之遺法如白樂天詩詞甚工然拙於紀事寸步不遺猶恐失之此所以望老杜之藩垣而不及也

有抔土障黃流氣象

凡人做詩中間多起問答之辭往往至數十言收拾不得便覺氣象委帖子美贈衛處士詩略云焉知二十載重上君子堂昔别君未婚兒女忽成行怡然敬父執問我來何方若使他人道到此下須更有數十句而甫便云問答未及已兒女羅酒漿此有抔土障黃流氣象謏齋

語録

九日詩

孟嘉落帽前人以為勝絶子美九日詩云羞將短髪還吹帽笑倩傍人為正冠其文雅曠達不減昔人故謂詩非力學可致正須胷中度世耳后山詩話

送人詩

劉路左車為予言嘗收得唐人雜編時人詩冊有送惠二歸故居詩云惠子白駒瘦歸溪惟病身皇天無老眼空谷滯斯人崖蜜松花熟山盃竹葉新柴門了生事黄綺未稱臣真子美語也白駒或作驢字洪駒父詩話

八哀詩紀行詩

八哀詩在古風中最為大筆崔德符嘗論斯文可以表之雅頌中古作者莫及也兩紀行詩發秦州至鳳凰臺發同谷縣至成都府合二十四首皆以經行為先後無復差舛昔韓子蒼嘗論此詩筆力變化當與太史公諸贊並駕學者宜常諷誦之少陵詩總目

夔州後詩

好作奇語自是文章一病但當以理為主理得而辭順

文章自然出羣拔萃觀子美到夔州後詩退之自潮州還朝後文皆不煩繩削而自合矣山谷

貴其備

以子美之忠厚疑若無愧於論交其投贈哥舒翰開府詩開府當朝傑論兵邁古風先鋒百勝在略地兩隅空其美之可謂至矣及潼關吏詩則曰哀哉桃林戰百萬化爲魚請囑防關將謹勿學哥舒何其先後之相戾若是哉槩以純全之道亦未能無疵也藝苑雌黄

村陋句

解憂詩云減米散同舟路難思同濟句來雲濤盤衆力亦不細呀帆瞥眼過飛櫓本無蒂得失瞬息間致遠思恐泥百慮視安危分明曩賢計兹理庶可廣拳拳期勿替杜詩固無敵然自致遠以下句真村陋也此取其瑕疵世人雷同不復譏評過矣然亦不能掩其美也東坡

詩人玉屑卷十四

詩人玉屑卷十五

宋 魏慶之 撰

王維

輞川之勝

桃紅復含宿雨柳緑更帶朝煙花落家童未掃鳥啼山客猶眠每哦此句令人坐想輞川春日之勝此老傲睨閒適於其間也漁隱

詩中有畫畫中有詩

味摩詰之詩詩中有畫觀摩詰之畫畫中有詩詩曰藍溪白石出玉山紅葉稀山路元無雨空翠濕人衣此摩詰之詩也或曰非也好事者以補摩詰之遺東坡

造意之妙與造物相表裏

中歲頗好道晚家南山陲興來每獨往勝事空自知行到水窮處坐看雲起時偶然值林叟談笑無回期此詩造意之妙至與造物相表裏豈直詩中有畫哉觀其詩

知其蟬蛻塵埃之中浮游萬物之表者也山谷老人云

余頃年登山臨水未嘗不讀王摩詰詩顧知此老胷次

定有泉石膏肓之疾後湖集

晦庵謂詩清而少氣骨

王維以詩名開元間遭祿山亂陷賊中不能死事平復

幸不誅其人既不足言詞雖清雅亦萎弱少氣骨獨山

中人與望終南迎送神為勝

韋蘇州

清深妙麗

韓子蒼云韋蘇州少時以三衛郎事玄宗豪縱不羈玄宗崩始折節務讀書然余覩其人為性高潔鮮食寡欲所居掃地焚香而坐與豪縱者不類其詩清深妙麗雖唐詩人之盛亦少其比又豈似晚節把筆學為者豈蘇州自序之過歟苕溪漁隱曰韓子蒼云韋蘇州少時以三衛郎事玄宗豪縱不羈余因記唐宋遺史云韋應物赴大司馬杜鴻漸宴醉宿驛亭醒見二佳人在側驚問

之對曰郎中席上與司空詩因令二樂妓侍寢問記得詩否一妓強記乃誦曰高髻雲鬟宫様妝春風一曲杜韋娘司空見慣渾閒事惱亂蘇州刺史腸觀此則應物豪縱不羈之性暮年猶在也子蒼又云余觀韋蘇州為性高潔鮮食寡欲所居掃地焚香而坐此是韋集後王欽臣所作序載國史補之語但恐溢美耳

自成一家

蘓州歌行才麗之外頗近興諷其五言詩又高雅閒澹

自成一家之體今之秉筆者誰能及之然當蘓州在時人亦未甚愛重必待身後然後貴之白樂天

已為當時所貴

劉太真與韋蘓州書云顧著作來已足下郡齋燕集想亦示何情致暢茂遒逸之如此宋齊間沈謝吳何始精於理意緣情體物備詩人指後之傳者甚失其源惟足下制其横流師摯之始闗雎之亂於足下之文見之矣則知蘓州詩為當時所貴如此燕集所作乃兵衛森畫

戟燕寢凝清香也王直方詩話

逸詩

俗吏閒居少同人會面難偶隨香署客來訪竹林歡暮館花微落春城雨暫寒甕間聊共酌莫使宦情闌陪王郎中尋孔徵君詩也獨有宦遊人偏驚物候新雲霞出海曙梅柳度江春淑氣催黄鳥晴光轉綠蘋忽聞歌古調歸思欲霑巾和晉陵陸丞早春遊望詩也二篇皆佳作而韋集逸去余家有顧陶所編唐詩有之故附見于

此復齋謾録

韋詩流麗

徐師川云人言蘇州詩多言其古淡乃是不知言蘇州詩自李杜以來古人詩法盡廢惟蘇州有六朝風致最為流麗呂氏童蒙訓

古詩勝律詩

韋應物古詩勝律詩李德裕武元衡則律詩勝古詩五字句又勝七字張籍王建詩格極相似李益古律詩相

稱然皆非應物之比也隱居詩話

蘇後湖讀韋詩而有感

余每讀蘇州漠漠帆來重冥冥鳥去遲之語未嘗不茫然而思喟然而嘆嗟乎此余晚泊江西十年前夢耳自余犇竄南北山行水宿所歷佳處固多欲求此夢了不可得豈蒹葭莽蒼無三湘七澤之壯雪蓬煙艇無風檣陣馬之奇乎抑吾且老矣壯懷銷落塵土汩沒而無少日煙霞之想也慶長筆端丘壑固自不凡當為余圖蘇

州之句於壁使余隱几静對神游八極之表耳後湖集

絶唱

蘄州云落葉滿空山何處尋行跡東坡用其韻曰寄語庵中人飛空本無迹此非才不逮蓋絶唱不當和也如東坡羅漢賛空山無人水流花謝此八字還許人再道否許彦周詩話

詩有深意

蘄州詩身多疾病思田里邑有流亡愧俸錢郡中宴集

云自慚居處崇未覩斯民康余謂士君子當切切作此語彼一意供租專事土木而視民如讎者得無愧此詩乎 碧溪

孟浩然

坐詩窮

孟浩然詩不才明主棄多病故人踈唐玄宗聞之曰卿自棄朕朕何棄卿孟貫詩不伐有巢樹多移無主花周世宗聞之曰朕伐叛弔民何謂有巢無主二子正坐詩

窮所謂轉喉觸諱漫叟詩話

高遠

浩然詩掛席幾千里名山都未逢泊舟潯陽郭始見香爐峰但詳看此等語自然高遠呂氏童蒙訓

韻高才短

子瞻謂浩然詩韻高而才短如造內法酒手而無材料耳後山詩話

岑參詩

浩然夜歸鹿門寺歌云山寺鳴鐘晝已昏魚梁渡頭爭渡喧岑參巴南舟中夜書事詩云渡頭欲黃昏歸人爭渡喧岑詩語簡而意盡優於孟也漁隱

山谷贊

山谷題浩然畫像詩浩然平生出處事跡悉能道盡乃詩中傳也其詩云先生少也隱鹿門爽氣洗盡塵埃昏賦詩真可凌鮑謝短褐豈愧公卿尊故人私邀伴禁直誦詩不顧龍鱗逆風雲感會雖有時顧此定知毋枉尺

襄江湫湫泛清流梅殘臘月年年愁先生一往今幾秋後來誰復釣槎頭漁隱

秀句

明皇世章句之風大得建安體論者推李翰林杜工部為尤介其間能不愧者惟吾鄉之孟先生也先生之作遇景入詠不拘奇抉異令齷齪束人口者涵涵然有干霄之興若公輸氏當巧而不巧也北齊美蕭慤芙蓉露下落楊柳月中疏先生有微雲淡河漢疏雨滴梧桐樂

府美王融殘日霽沙嶼清風動甘泉先生則有氣蒸雲夢澤波撼岳陽城謝脁之詩句精者露濕寒塘草月映清淮流先生則有荷風送香氣竹露滴清響此與古人爭勝於毫釐也稱是者衆不可悉類嗚呼先生之道復何言耶謂乎貧則天爵于身謂乎死則不朽於文為士之道亦以至矣先生襄陽人也日休亦襄陽人既慕其名覩其貌盎思文王則嗜昌歜思仲尼則師有若吾於先生見之矣苕溪漁隱曰露濕寒塘草月映清淮流此

以為謝朓詩東觀餘論以為何遜詩東觀見何遜集而云之則日休以為謝朓詩恐誤也皮日休

韓文公

掀雷抉電

韓吏部歌詩累百首而驅駕氣勢若掀雷抉電撐抉於天地之根司空圖題柳集後

變詩格

書之美者莫如顏魯公然書法之壞自魯公始詩之美

者莫如韓退之然詩格之變自退之始東坡

用意

退之詩酩酊馬上知為誰此七字用意哀悲過於痛哭又詩云銀燭未銷窻送曙金釵半墜坐添春殊不類其為人乃知能賦梅花不獨宋廣平許彦周詩話

改一字遂失一篇之意

詩中有一字人以私意竄易遂失古人一篇之意若相公親破蔡州來令親字改作新字是也苕溪漁隱曰酬

王二十舍人雪中見寄云三日柴門擁不開堦庭平滿白皚皚今朝蹋作瓊瑤跡為有詩從鳳沼來今從字改作仙字則失詩題見寄之意也漫叟詩話

公末年詩閒遠有味

子美詩善叙事故號詩史其律詩多至百韻本末貫穿如一辭前此葢未有然荆公作四家詩選而長韻律詩皆棄不取如夔府書懷一百韻亦不載退之詩豪健奔放自成一家世特恨其深婉不足南溪始泛三篇乃末

年所作獨為閒遠有淵明風氣而詩選亦無有皆不可解公宜自有旨也若溪漁隱曰退之詩如何人有酒身無事誰家多竹門可款之句尤閒遠有味蔡寬夫詩話

南溪始泛

洪龜父言山谷於退之詩少所許可最愛南溪始泛以為有詩人句律之深意王直方詩話

后山論退之詩

韓詩如秋懷別元協律南溪始泛皆佳作也后山詩話

琴操

古樂府命題皆有主意後之人用樂府為題者直當代其人而措辭如公無渡河須作妻止其夫之辭太白輩或失之惟退之琴操得體琴操柳子厚不能作子厚皇雅退之亦不能作也唐子西語錄

送李愿歸盤谷

歐陽文忠公言晉無文章惟陶淵明歸去來一篇而已余亦謂唐無文章惟韓退之送李愿歸盤谷序一篇而

已平生欲效此作一文每執筆輒罷因自笑曰不若且放教退之獨步退之尋常詩自謂不逮李杜至於昔尋李愿向盤谷一篇獨不減子美東坡

晉公賡酬

退之和裴晉公征淮西時過女几山詩云旗穿曉日雲霞雜山倚秋空劍戟明敢請相公平賊後暫攜諸吏上崢嶸而晉公之詩無見惟白樂天集載其一聯云待平賊壘報天子莫指仙山示老夫方時意氣自信不疑如

此豈容令狐楚輩沮撓乎晉公文字世不傳晚年與劉白放浪綠野橋多為唱和間見人文集語多質直渾厚計應似其為人如灰心緣忍事霜鬢為論兵之類可謂深婉李文定公廸在中書嘗諷誦此兩句親書於壁蔡寛夫詩話

聯句

雪浪齋日記云退之聯句古無此法自退之斬新開闢余觀謝宣城集有聯句七篇陶靖節集有聯句一篇杜

工部集有聯句一篇則諸公已先為之至退之亦是沿襲其舊若言聯句自退之斬新開闢則非也漁隱

彈琴詩

退之聽穎師彈琴詩云浮雲柳絮無根蔕天地闊遠隨飛揚此泛聲也謂輕非絲重非木也喧啾百鳥羣忽見孤鳳凰泛聲中寄指聲也躋攀分寸不可上吟繹聲也失勢一落千丈強順下聲也僕不曉琴聞之善琴者云此數聲最難工自文忠公與東坡論此詩作聽琵琶詩

之後後生隨例云云柳下惠則可吾則不可故特論之

少為退之雪寃許彥周詩話

評退之詩

沈括存中吕惠卿吉甫王存正仲李常公擇治平中同在館下談詩存中曰韓退之詩乃押韻之文耳雖健美富贍而格不近詩吉甫曰詩正當如是我謂詩人以來未有如退之者正仲是存中公擇是吉甫四人交相詰難久而不決公擇忽正色謂正仲曰君子羣而不黨公

何黨存中也正仲勃然曰我所見如是顧豈黨耶以我偶同存中遂謂之黨然則君非吉甫之黨乎一座大笑

隱居詩話

子由陋聖德詩

詩人詠歌文武征伐之事其於克密曰無矢我陵我陵我阿無飲我泉我泉我池其於克崇曰崇墉言言臨衝閑閑執訊連連攸馘安安是類是禡是致是附四方以無侮其於克商曰維師尚父時維鷹揚諒彼武王肆伐

大商會朝清明其形容征伐之盛極於此矣退之作元和聖德詩言劉闢之死曰婉婉弱子赤立傴僂牽頭曳足先斷腰膂次及其徒體骸撑拄末乃取闢駭汗如雨揮刀紛紜爭切膾脯此李斯頌秦所不忍言而退之自謂無愧於雅頌何其陋也蘇子由

韓柳警句

蔡天啟言嘗與張文潛論韓柳五字警句文潛舉退之暖風抽宿麥清雨卷歸旗子厚壁空殘月曙門掩候蟲

秋皆集中第一

柳儀曹

東坡評柳州詩

蘇李之天成曹劉之自得陶謝之超然固已至矣而杜子美李太白以英偉絶世之資凌跨百代古之詩人盡廢然魏晉以來高風絶塵亦少衰矣李杜之後詩人繼出雖有遠韻而才不逮意獨韋應物柳子厚發纖穠於簡古寄至味於淡泊非餘子所及也唐末司空圖崎嶇

兵亂之間而得詩人高雅獨有承平之遺風其論詩曰梅止於酸鹽止於鹹飲食不可無鹽梅而其美常在於酸鹹之外可以一唱而三歎也子厚詩在陶淵明下韋蘇州上退之豪放奇險則過之而溫麗靖深不及也所貴於枯淡者謂外枯而中膏似淡而實美淵明子厚之流是也若中邊皆枯亦何足道佛言譬如食蜜中邊皆甜人食五味知其甘苦者皆是能分别其中邊者百無一也東坡

休齋評子厚詩

柳子厚小詩窈眇清妍與元劉並馳而爭先而長句大篇便覺窘迫不若韓之雍容惟平淮詩二篇名為唐雅其序云雖不及尹吉甫召穆公等庶施之後代有以佐唐之光明其自視豈後於古人哉其一章云師是蔡人以宥以釐度拜稽首廟於元龜又云其危既安有長如林曾是讙譊化為謳吟甚似古人語而卒章震是朔南以告德音歸牛休馬豐稼于野皆叶於古音南尼心切馬音母野

其卒章云蔡人卒止惟西平有子西平有子惟我有音豎

臣疇允大邦俾惠我人尤得古詩體也

詩眼評子厚詩

子厚詩尤深難識前賢亦未推重自老坡發明其妙學者方漸知之余嘗問人柳詩何好答曰大抵皆好又問君愛何處答曰無不愛者便知不曉矣識文章者當如禪家有悟門夫法門百千差别要須自一轉語悟入如古人文章直須先悟得一處乃可通其他妙處向因讀

子厚晨詣超師院讀禪經詩一段至誠潔清之意參然在前真源了無取妄跡世所逐微言冀可冥繕性何由熟真妄以盡佛理言行以盡薰修此外亦無詞矣道人庭宇靜苔色連深竹蓋遠過竹徑通幽處禪房花木深日出霧露餘青松如膏沐予家舊有大松偶見露洗而霧披真如洗沐未乾染以翠色然後知此語能傳造化之妙澹然離言說悟悅心自足蓋言因指而見月遺經而得道於是終焉其本末立意遣詞可謂曲盡其妙毫

髮無遺恨者也哭呂衡州詩足以發明呂溫之俊偉哭淩員外詩書盡淩凖平生掩役夫張進骸既盡役夫之事又反覆自明其意此二篇筆力規模不減莊周左丘明也劉夢得傷愚溪三首有溪水悠悠春自來草堂無主燕飛回又殘陽寂寞出樵車又柳門竹巷依依在野草青苔日日多謂之佳句正如今之海語於子厚了無益殆折楊黄華之雄易售於流俗耳詩眼

南澗中詩絶妙古今

南澗中詩秋氣集南澗獨遊亭午時回風一蕭瑟林影久參差始至若有得稍深遂忘疲羈禽響幽谷寒藻舞淪漪去國魂已遊懷人淚空垂孤生易為感失路少所宜索寞竟何事徘徊只自知誰為後來者當與此心期柳儀曹詩憂中有樂樂中有憂蓋絕妙古今矣然老杜云王侯與螻蟻同盡隨丘墟儀曹何憂之深也東坡

古今絕唱

楊白華既奔梁元魏胡武靈後作楊白華歌令宮人連臂

踏之聲甚淒斷子厚樂府云楊白華風吹渡江水坐令宮樹無顏色揺蕩春光千萬里茫茫曉月下長秋哀歌未斷城鵶起言婉而情深古今絶唱也許彦周詩話

天賦不可及

東坡言鄭谷詩江上晩來堪畫處漁人披得一蓑歸此村學中詩也子厚云千山鳥飛絶萬逕人蹤滅孤舟蓑笠翁獨釣寒江雪信有格也哉殆天所賦不可及也洪駒父

兩句有不盡之意

子厚聞鶯詩云一聲夢斷楚江曲滿眼故園春草綠其感物懷土不盡之意備見於兩句中不在多也 漁隱

孟東野賈浪仙

論郊島詩

唐之晚年詩人類多窮士如孟東野賈浪仙之徒皆以刻琢窮苦之言為工或謂郊島孰貧曰島為甚也曰何以知之以其詩知之郊曰種稻耕白水負薪斫青山島

曰市中有樵山客舍寒無煙井底有甘泉釜中嘗苦乾孟氏薪米自足而皀家俱無以是知之耳然及其至也清絶高造殆非常人可到唐之野詩稱此兩人為最至於奇警之句往往有之如雞聲茅店月人跡板橋霜則羈旅竆愁想之在目若曰柳塘春水慢花塢夕陽遲則春物融冶人心和暢有言不能盡之意亦未可以為小道無取也苕溪漁隱曰六一居士以雞聲茅店月人跡板橋霜是溫庭筠詩柳塘春水慢花塢夕陽遲是嚴維

詩文潛乃以為郊島詩豈非悮耶張文潛

寒澁

司空圖善論前人詩如謂元白為力勍氣孱乃都會之豪估郊島非附於寒澁無所置才皆切中其病及自評其作乃以南樓山最秀北路邑偏清為假令作者復生亦當以著題見許此殆不可曉當局者迷固人情之通患如樂天所謂斸石破山先觀鑱跡發矢中的兼聽弦聲使不見其詩而聞此語當以為如何哉蔡寬夫詩話

僧敲月下門

唐書載賈島字浪仙初為浮屠名無本來東都時洛陽令禁僧午後不得出島為詩自傷韓愈憐之因教其為文遂去浮屠舉進士當其苦吟雖逢直公卿貴人皆不之覺也一日見京兆尹跨驢不避誶詰之久乃得釋會昌初以普州參軍改司户未受命卒余按劉公嘉話云島初赴舉京師一日於驢上得句云鳥宿池邊樹僧敲月下門始欲著推字又欲著敲字煉之未定遂於驢上

吟哦時時引手作推敲之勢時韓愈吏部權京兆島不覺衝至第三節左右擁至尹前島具對所得詩句云云韓立馬良久謂島曰作敲字佳矣遂與並轡而歸留連論詩與為布衣之交自此名著後以不第乃為僧居法乾寺號無本一日宣宗微行至寺聞鐘樓吟詠聲遂登樓於島案上取詩卷覽之島不識帝遂攘臂睨帝曰郎君何會此耶遂奪取詩卷帝慙愢下樓而去嘗為長江簿號賈長江唐史與嘉話所載不同如此緗素雜記

棹穿波底月

高麗使過海有詩云水鳥浮還没山雲斷復連賈島詐為梢人聯下句云棹穿波底月船壓水中天麗使嘉歎久之自此不復言詩今是堂手錄

桑乾長江二首

賈島詩有影略句韓退之喜之其渡桑乾詩曰客舍并州三十霜歸心日夜憶咸陽無端更渡桑乾水却望并州是故鄉又赴長江道中詩曰策杖離山驛逢人問梓

州長江那可到行客替生愁冷齋夜話

苦吟

孟郊詩蹇澁窮僻琢削不暇真苦吟而成觀其句法格力可見矣其自謂夜吟曉不休苦吟鬼神愁如何不自閒心與身為仇而退之薦其詩云榮華肖天秀捷疾愈響報何也隱居詩話

唐人陋於聞道

唐人工於為詩而陋於聞道孟郊嘗有詩云食薺腸亦

苦強歌聲無歡出門即有礙誰謂天地寬郊耿介之士雖天地之大無以容其身起居飲食有戚戚之憂是以卒窮而死而李翺稱之以為郊詩高處在古無上平處猶下顧沈謝至韓退之亦談不容口甚矣唐人之不聞道也孔子稱顔子在陋巷人不堪其憂回也不改其樂回雖窮困早死而非其處身之非可以言命與郊異矣

蘇子由

郊之胷次形於詩句

孟東野一不第而有出門即有礙誰謂天地寬語若無所容其身者老杜雖落魄不偶而氣常自若如納納乾坤大何其壯哉白樂天亦云無事日月長不羈天地闊與郊異矣然未若邵康節靜處乾坤大閒中日月長尤有味也休齋

韓愈詩

孟郊死葬北邙山日月風雲暫得閒天恐文章聲斷絕故留賈島在人間北夢瑣言

枯寂氣味

賈島哭栢巖禪師詩寫留行道影焚却坐禪身時謂燒殺活和尚此可笑也若步隨青山影坐學白塔骨又獨行潭底影數息樹邊身皆是島詩何精麄頓異也茗溪漁隱曰余於此兩聯但各取一句而已坐學白塔骨可見禪定之不動獨行潭底影可見形影之清孤島嘗為衲子故有此枯寂氣味形之於詩句也如此六一居士詩話

郊寒島瘦

東坡祭柳子玉文郊寒島瘦元輕白俗此語具眼客見詰曰子盛稱白樂天孟東野詩又愛元微之詩而取此語何也僕曰論道當嚴取人當恕此八字東坡論道之語也許彦周詩話

玉川子

月蝕詩

韓退之月蝕詩一篇大半用玉川子句或者謂玉川子月蝕詩豪恠奇挺退之深所歎伏故所作盡摘玉川子

佳句而補成之某切以為不然退之月蝕詩題曰效玉川子作而詩中有以玉川子為言者玉川子涕泗下中庭獨自行又曰玉川子立於庭而言曰地行賤臣仝再拜敢告上天公然則退之幾於代玉川子作也玉川子詩雖豪放然太險恠而不循詩家法度退之乃摘其句而約之以禮故退之詩中兩言玉川子其意若曰玉川子月蝕詩如此足矣故退之詩題曰效玉川子作此退之之意深也不然退之豈不能自為月蝕詩而必用玉

川子句而後成詩耶以謂退之自為月蝕詩則詩中用玉川子涕泗告天公又非其類矣學林新編

有所思飄逸可喜

玉川子詩讀者易觧識者當自知之蕭才子宅問荅詩如莊子寓言高僧對禪機惟有所思一篇語似不類疑他人所作然飄逸可喜其詞曰當時我醉美人家美人顏色嬌如花今日美人棄我去青樓朱箔天之涯娟娟姮娥月三五二八圓又缺翠眉蟬鬢生别離一望不見

心斷絶心斷絶幾千里夢中醉卧巫山雲覺來淚滴湘江水湘江兩岸花木深美人不見愁人心含愁更奏綠綺琴調高絃絶無知音美人兮美人不知爲暮雨兮爲朝雲相思一夜梅花發忽到窻前疑是君雪浪齋日記

評茶歌

玉川子有謝孟諫議惠茶歌范希文亦有鬬茶歌此二篇皆佳作也殆未可以優劣論然玉川歌云至尊之餘合王公何事便到山人家而希文云北苑將期獻天子

林下雄豪先鬬美若論先後之序則玉川之言差勝雖然如希文豈不知上下之分者哉亦各賦一時之事耳苕溪漁隱曰藝苑以此二篇皆佳作未可優劣論今並錄全篇余謂玉川之詩優於希文之歌玉川自出胷臆造言穏貼得詩人之句法希文排比故實巧欲形容宛成有韻之文是果無優劣耶玉川走筆謝孟諫議寄新茶云日高丈五睡正濃軍將扣門驚周公口云諫議送書信白絹斜封三道印開緘宛見諫議面手閲月團三

百片閒道新年入山裏蟄蟲驚動春風起天子須嘗陽
羨茶百草不敢先開花仁風暗結珠琲瓃先春抽出黃
金牙摘鮮焙芳旋封裹至精至好且不奢至尊之餘合
王公何事便到山人家柴門反關無俗客紗帽籠頭自
煎喫碧雲引風吹不斷白花浮光凝椀面一椀喉吻潤
兩椀破孤悶三椀搜枯腸惟有文字五千卷四椀發輕
汗平生不平事盡向毛孔散五椀肌骨清六椀通仙靈
七椀喫不得也唯覺兩腋習習清風生蓬萊山在何處

玉川子乘此清風欲歸去山上羣仙司下土地位清高
隔風雨安得知百萬億蒼生命墮在顛崖受辛苦便為
諫議問蒼生到頭合得蘇息否希文和章岷從事鬭茶
歌云年年春自東南來建溪先暖氷微開溪邊竒茗冠
天下武夷仙人從古栽新雷昨夜發何處家家嬉笑穿
雲去露芽錯落一番榮綴玉含珠散嘉樹終朝采掇未
盈襜唯求精粹不敢貪研膏焙乳有雅製方中圭兮圓
中蟾北苑將期獻天子林下雄豪先鬭美鼎磨雲外首

山銅瓶攜江上中泠水黄金碾畔緑塵飛碧玉甌中翠
濤起鬬茶味兮輕醍醐鬬茶香兮薄蘭芷其間品第胡
能欺十目視而十手指勝若登仙不可攀輸同降將無
窮耻吁嗟天產石上英論功不愧堦前蓂衆人之濁我
可清千日之醉我可醒屈原試與招魂魄劉伶却得聞
雷霆盧仝不敢歌陸羽須作經森然萬象中焉知無茶
星商山丈人休茹芝首陽先生休采薇長安酒價減千
萬城都藥市無光輝不如仙山一啜好冷然便欲乘風

飛君莫羨花間女郎只鬬草贏得珠璣滿斗歸藝苑雌黄

山中絶句

盧仝山中絶句云陽坡草軟厚如織因與鹿麛相伴眠王介甫只用五字道盡此兩句詩云眠分黄犢草豈不簡而妙乎漁隱

李長吉

品題

元和中韓吏部亦頗道其譎詩雲煙綿聯不足為其態

也水之迢迢不足為其清也春之盎盎不足為其和也秋之明潔不足為其格也風檣陣馬不足為其勇也瓦棺篆鼎不足為其古也時花美女不足為其色也荒國陊殿梗莽丘隴不足為其恨怨悲愁也鯨呿鼇擲牛鬼蛇神不足為其虛荒誕幻也葢騷之苗裔理雖不及辭或過之騷有感怨刺懟言及君臣理亂時有以激發之意乃賀所為無得有是賀能探尋前事所以深嘆恨今古未嘗經道者如金銅仙人辭漢歌補梁庾肩吾宮體

謡求取情狀離絶遠去筆墨畦逕間亦殊不能知之賀生二十七年死矣世皆曰使賀且未死少加以理奴僕命騷可也杜牧之

晦庵論李賀詩

李賀較怪得些子不如太白自在又曰賀詩巧

高軒過

李賀年七歲以長短之製名動京華時韓文公與皇甫湜覽賀所作奇之因連騎造門求見賀總角荷衣而出

二公不之信因令面賦一篇賀承命欣然操觚染翰傍若無人仍名曰高軒過云華裾織翠青如葱金環壓轡揺玲瓏馬蹄隱隱聲隆隆入門下馬氣如虹東京才子文章公二十八宿羅心胷元精耿耿貫當中殿前作賦聲摩空筆補造化天無功龐眉書客感秋蓬誰知死草生華風我今垂翅附冥鴻他日不羞蛇作龍二公大驚遂以所乗馬命聯鑣而還所居親為束髮後舉進士賀父名瑨或謗賀不避家諱韓文公特為著諱辨一篇摭言

古錦囊

李賀未始立題然後為詩如他人牽合程課者每旦出小奚奴背古錦囊遇所得書投囊中及暮歸足成之本傳

楊花撲帳春雲熱

長吉詩云楊花撲帳春雲熱才力絕人遠甚如柳塘春水慢花塢夕陽遲雖為歐陽公所稱然不逮長吉之語許彥周詩話

桃花亂落如紅雨

長吉有桃花亂落如紅雨之句以此名世余觀劉禹錫云花枝滿空迷處所揺動繁英墜紅雨劉李出一時決非相為剽竊復齋謾錄

劉賓客

獨步元和

劉夢得竹枝九章詞意高妙元和間誠可以獨步道風俗而不俚追古昔而不愧比之杜子美夔州歌所謂同工而異曲也昔子瞻嘗聞余詠第一篇歎曰此奔軼絶

塵不可追也淮陰行情調殊麗語意尤穩切白樂天元微之為之皆不入此律也唯無耐脫菜時不可觧當待博物洽聞者說也三閣詞四章可以配黍離之詩有國存亡之鑑也大槩夢得樂府小章優於大篇詩優於他文耳山谷

用意深遠

蘓子由晚年多令人學劉禹錫詩以為用意深遠有曲折處後因見夢得歷陽詩云一夕為湖地千年列郡名

霸王迷路處亞父所封城皆歷陽事語意雄健後殆難繼也呂氏童蒙訓

明月可中庭

山谷至廬山一寺與羣僧圍爐因舉生公講堂詩末云一方明月可中庭一僧率爾云何不曰一方明月滿中庭山谷笑去洪駒父詩話

平淮西詩

人豈不自知耶及自愛其文章乃更大繆何也劉禹錫

詩固有好處及其自稱平淮西詩云城中喔喔晨雞鳴城頭鼓角聲和平為盡李愬之美又云始知元和十四載四海重見昇平年為盡憲宗之美吾不知此兩聯為何等語也賈島云獨行潭底影數息樹邊身其自注云二句三年得一吟雙淚流知音如不賞歸卧故山秋不知此兩句有何難道至于三年始成而一吟下淚也隱居詩話

樂天評詩

杜甫善評詩其稱薛稷詩云驅車越陝郊北顧臨大河美矣又稱李邕六公篇恨不見之皇甫湜題浯溪頌云次山有文章可惋只在碎亦善評文者若白居易殊不善評詩其稱徐凝瀑布詩云千古長如白練飛一條界破青山色又稱劉禹錫雪裏高山頭白早海中仙果子生遲沉舟側畔千帆過病樹前頭萬木春此皆常語也禹錫自有可稱之句甚多顧不能知之耳隱居詩話

碁詩

夢得觀碁歌云初疑磊落曙天星次見摶擊三秋兵鴈行布陣衆未曉虎穴得子人皆驚余嘗愛此數語能摹寫奕碁之趣夢得必高於手談也至東坡觀碁則云勝固欣然敗亦可喜優哉游哉聊復爾耳蓋東坡素不觧碁不究此味也漁隱

常建

佳句

丹陽殷璠撰河嶽英靈集首列常建詩愛其山光悅鳥

性潭影空人心之句以為警策歐公又愛建竹徑通幽處禪房花木深欲效建作數語竟不能得以為恨予謂建此詩全篇皆工不獨此兩聯而已其詩曰清晨入古寺初日照高林竹徑通幽處禪房花木深山光悦鳥性潭影空人心萬籟此俱寂但聞鐘磬音洪駒甫詩話

常建詩竹徑通幽處禪房花木深歐陽文忠公最愛賞以為不可及此語誠可人意然於公何足道豈非厭飫芻豢反思螺蛤耶東坡

詩人玉屑卷十五

總校官候補知府臣葉佩蓀

校對官中書臣邱桂山

謄録監生臣張大鼎

詩人玉屑

（一）

宋·魏慶之 撰

中國書店

詩人玉屑

卷一至卷六

一

詳校官主事銜臣徐以坤

臣紀昀覆勘

欽定四庫全書　　集部九

詩人玉屑　　詩文評類

提要

臣等謹案詩人玉屑二十卷宋魏慶之編慶之字醇甫號菊莊建安人是編前有淳祐甲辰黃易序稱其有才而不屑科第惟種菊千叢日與騷人佚士觴詠於其間蓋亦宋末江湖一派也宋人喜為詩話裒集成編者至多

傳於今者惟阮閱詩話總龜無名氏詩林廣記胡仔苕溪漁隱叢話及慶之是編卷帙為富然總龜蕪雜廣記挂漏均不及胡魏兩家之書仔書作於高宗時所録北宋人語為多慶之書作於度宗時所録南宋人語較備二書相輔宋人論詩之概亦畧具矣慶之書以格法分類與仔書體例稍殊兼采齊己風騷旨格僞本詭立句律之名頗失簡擇又如禁

體之中載蒲鞋詩之類亦殊猥陋論韓愈精
衛銜石填海人皆譏造次我獨賞專精二句
為勝錢起曲終人不見江上數峯青二句之
類是非亦未平允然采摭既繁菁華斯寓鍾
嶸所謂披沙揀金往往見寶者亦庶幾焉固
論詩者所必資也乾隆四十九年三月恭校
上

總纂官臣紀昀臣陸錫熊臣孫士毅

總校官臣陸費墀

詩人玉屑序

詩之有評猶醫之有方也評不精何益於詩方不靈何益於醫然惟善醫者能審其方之靈善詩者能識其評之精夫豈易言也哉詩話之編多矣總龜最為疎駁其可取者惟苕溪叢話然貪多務得不泛則冗求其有益於詩者如披砂揀金悶悶而後得之故觀者或不能終卷友人魏菊莊詩家之良醫師也乃立新意别為是編自有詩話以來至於近世之評論博觀約取科别其條

凡升高自下之方蹊麤入精之要靡不登載其格律之明可準而式其鑒裁之公可研而覈其斧藻之有味可咀而食也既又取三百篇騷選而下及宋朝諸公之詩名勝之所品題有補於詩道者盡擇其精而録之蓋始焉束以法度之嚴所以正其趨向終焉極夫古今之變所以富其見聞是猶倉公華佗按病處方雖庸醫得之猶可藉以已疾而況醫之善者哉方今海内詩人林立是書既行皆得靈方取寶囊玉屑之飯瀹之以冰甌雪

盌薦之以菊英蘭露吾知其換骨而仙也必矣姜白石云不知詩病何由能詩不觀詩法何由知病人非李杜安能徑詣聖處吾黨盍相與懋之君名慶之字醇甫有才而不屑科第惟種菊千叢日與騷人佚士觴詠於其間閣學游公受齋先生嘗賦詩嘉之有種菊幽探計何早想應苦吟被花惱之句視其所好事以知其人焉淳祐甲辰長至日 玉林黄易叔暘序

欽定四庫全書

詩人玉屑卷一

宋 魏慶之 撰

詩辨第一

滄浪謂當學古人之詩

夫學詩者以識為主入門須正立志須高以漢魏盛唐為師不作開元天寶以下人物若自生退屈即有下劣詩魔入其肺腑之間由立志之不高也行有未至可加

工力路頭一差愈騖愈遠由入門之不正也故曰學其上僅得其中學其中斯為下矣又曰見過於師僅堪傳授見與師齊減師半德也工夫須從上做下不可從下做上先須熟讀楚詞朝夕諷詠以為之本及讀古詩十九首樂府四篇李陵蘇武漢魏五言皆須熟讀即以李杜二集枕藉觀之如今人之治經然後博取盛唐名家醞釀胷中久之自然悟入雖學之不至亦不失正路此乃從頂𩕳上做來謂之向上一路謂之直截根源謂之

頓門謂之單刀直入也

詩之法有五曰體製曰格力曰氣象曰興趣曰音節

詩之品有九曰高曰古曰深曰遠曰長曰雄渾曰飄逸曰悲壯曰凄婉其用工有三曰起結曰句法曰字眼其大槩有二曰優游不迫曰沈着痛快詩之極致有一曰入神詩而入神至矣盡矣蔑以加矣惟李杜得之他人得之葢寡也

禪家者流乗有小大宗有南北道有邪正具正法眼藏

是謂第一義若聲聞辟支果皆非正也論詩如論禪漢魏晉等作與盛唐之詩則第一義也大歴以還之詩則已落第二義矣晚唐之詩則聲聞辟支果也學漢魏晉與盛唐詩者臨濟下也學大歴以還者曹洞下也大抵禪道惟在妙悟詩道亦在妙悟且孟襄陽學力下韓退之遠甚而其詩獨出退之之上者一味妙悟故也惟悟乃為當行乃為本色然悟有淺深有分限之悟有透徹之悟有但得一知半解之悟漢魏尚矣不假悟也謝靈

運至盛唐諸公透徹之悟也他雖有悟者皆非第一義也吾評之非僭也辯之非妄也天下有可廢之人無可廢之言詩道如是也若以為不然則是見詩之不廣參詩之不熟耳試取漢魏之詩而熟參之次取晉宋之詩而熟參之次取南北朝之詩而熟參之次取沈宋王楊盧駱陳拾遺之詩而熟參之次取開元天寶諸家之詩而熟參之次獨取李杜二公之詩而熟參之又取大歷十才子之詩而熟參之又取元和之詩而熟參之又取

晚唐諸家之詩而熟參之又取本朝蘇黃以下諸公之詩而熟參之其真是非亦有不能隱者儻猶於此而無見焉則是爲外道蒙蔽其真識不可救藥終不悟也

夫詩有别材非關書也詩有别趣非關理也而古人未嘗不讀書不窮理所謂不涉理路不落言筌者上也詩者吟詠情性也盛唐詩人惟在興趣羚羊掛角無跡可求故其妙處瑩徹玲瓏不可湊泊如空中之音相中之色水中之月鏡中之象言有盡而意無窮近代諸公作

感時觸會以文字為詩以議論為詩以才學為詩以是為詩夫豈不工終非古人之詩也葢於一唱三嘆之音有所歉焉且其作多務使事不問興致用字必有來歷押韻必有出處讀之終篇不知著到何在其末流甚者叫噪怒張殊乖忠厚之風殆以駡詈為詩詩而至此可謂一厄也可謂不幸也然則近代之詩無取乎曰有之吾取其合於古人者而已國初之詩尚沿襲唐人王黄州學白樂天楊文公劉中山學李商隱盛文肅學韋蘇

州歐陽公學韓退之古詩梅聖俞學唐人平澹處至東坡山谷始自出己法以為詩唐人之風變矣山谷用工尤深刻其後法席盛行海内稱為江西宗派近世趙紫芝翁靈舒輩獨喜賈島姚合之語稍稍復就清苦之風江湖詩人多效其體一時自謂之唐宗不知止入聲聞辟支之果豈盛唐諸公大乘正法眼者哉嗟乎正法眼之無傳久矣唐詩之說未唱唐詩之道有時而明也今既唱其體曰唐詩矣則學者謂唐詩誠止於是耳兹詩

道之重不幸邪故予不自量度輒定詩之宗旨且借禪以為喻推原漢魏以來而截然謂當以盛唐為法後捨漢魏而獨言盛唐者謂唐律之體備也雖獲罪於世之君子不辭也

詩法　第二

晦菴謂胷中不可著一字世俗言語

古今之詩凡有三變葢自書傳所記虞夏以來下及漢魏自為一等自晉宋間顔謝以後下及唐初自為一等自沈宋以後定著律詩下及今日又為一等然自唐初

以前其為詩者固有高下而法猶未變至律詩出而後詩之與法始皆大變以至今日益巧益密而無復古人之風矣故嘗妄欲抄取經史諸書所載韻語下及文選漢魏古詞以盡乎郭景純陶淵明之所作自為一編而附于三百篇楚詞之後以為詩之根本準則又於其下二等之中擇其近於古者各為一編以為之羽翼輿衛且以李杜言之則如李之古風五十首杜之秦蜀紀行遣興出塞潼關石壕夏日夏夜諸篇律詩則如王維韋應物輩亦自有蕭散之趣未至如今日之細碎卑冗無餘味也其不合者則悉去之不

使其接於吾耳目而入於吾之胷次要使方寸之中無一字世俗言語意思則其詩不期於高遠而自高遠矣

晦菴抽關啟鑰之論

來諭欲漱六藝之芳潤以求真澹此誠極至之論然亦恐須先識得古今體製雅俗鄉背仍更洗滌得盡腸胃間夙生葷血脂膏然後此語方有所措如其未然竊恐穢濁為主芳潤入不得也近世詩人正緣不曾透得此關而規規於近局故其所就皆不滿人意無足深論

誠齋翻案法

孔子程子相見傾蓋鄒陽云傾蓋如故孫侔與東坡不相識以詩寄東坡和云與君蓋亦不須傾劉寬為吏以蒲為鞭寛厚至矣東坡云有鞭不使安用蒲杜詩云忽憶往時秋井塌古人白骨生蒼苔如何不飲令人哀東坡云何須更待秋井塌見人白骨方銜盃此皆翻案法也余友人安福劉浚字景明重陽詩云不用茱萸仔細看管取明年各强健得此法矣

誠齋又法

唐律七言八句一篇之中句句皆奇一句之中字字皆奇古今作者皆難之余嘗與林謙之論此事謙之慨然曰但吾輩詩集中不可不作數篇耳如杜九日詩老去悲秋强自寛興來今日盡君歡不徒入句便字字對屬又第一句頃刻變化纔說悲秋忽又自寛以自對君自者我也羞將短髮還吹帽笑倩旁人為正冠將一事翻騰作一聯又孟嘉以落帽為風流少陵以不落為風流

翻盡古人公案最為妙法藍水遠從千澗落玉山高並兩峯寒詩人至此筆力皆衰今方且雄傑挺拔喚起一篇精神非筆力拔山不至於此明年此會知誰健醉把茱萸仔細看則意味深長悠然無窮矣東坡煎茶詩云活水還將活火烹自臨釣石汲深清第二句七字而具五意水清一也深處取清者二也石下之水非有泥土三也石乃釣石非尋常之石四也東坡自汲非遣卒奴五也大瓢貯月歸春甕小杓分江入夜瓶其狀水之清

美極矣分江二字此尤難下雪乳已翻煎處脚松風仍作瀉時聲此倒語也尤為詩家妙法即少陵香稻啄餘鸚鵡粒碧梧棲老鳳凰枝也枯腸未易禁三椀卧聽山城長短更又翻却盧仝公案仝喫到七椀坡不禁三椀山城更漏無定長短二字有無窮之味

趙章泉詩法

或問詩法於晏叟因以五十六字答之云問詩端合如何作待欲學耶毋用學今一秃翁曾總角學竟無方作

無畧欲從鄙律恐坐縛力若不加還病弱眼前草樹聊渠若子結成陰花自落

趙章泉謂規模既大波瀾自濶

贛川曾文清公題吳郡所刊東萊呂居仁公詩後語云詩卷熟讀治擇工夫已勝而波瀾尚未濶欲波瀾之濶須令規模宏放以涵養吾氣而後可規模既大波瀾自濶少加治擇功已倍於古矣嘗苦人來問詩荅之費辭一日閲東萊詩以此語爲四十字異日有來問者當

塍以示之云若欲波瀾濶規模須放弘端由吾氣養匪
自歷階升勿漫工夫覓况於治擇能斯言誰語汝吕昔
告于曾

趙章泉論詩貴乎似

論詩者貴乎似論似者可以言盡耶少陵春水生二首
云二月六夜春水生門前小灘渾欲平鸕鷀鸂鶒莫漫
喜吾與汝曹俱眼明一夜水高二尺强數日不敢更禁
當南市津頭有船賣無錢即買繫籬傍曾空青清樾軒

二詩云臥聽灘聲潺潺流冷風淒雨似深秋江邊石上烏臼樹一夜水長到稍頭竹間嘉樹密扶疎異鄉物色似吾廬清曉開門出負水已有小舟來賣魚似耶不似耶學詩者不可以不辨

趙章泉題品三聯

隔林彷彿聞機杼知有人家住翠微片片梅花隨雨脱渾疑春雪墮林梢三年受用惟栽竹一日工夫半為梅淵明不可得見矣得見菊花斯可爾前十四字或以為

坡語或以為參寥子十四字師號余亦以後六句為道
章少隱王夢徵應求范炎黄中十四字師號范乃稼軒
壻也

章泉謂可與言詩

王摩詰云行到水窮處坐看雲起時少陵云水流心不
競雲在意俱遲介甫云細數落花因坐久緩尋芳草得
歸遲徐師川云細落李花那可數偶行芳草步因遲知
詩者於此不可以無語或以二小詩復之曰水窮雲起

初無意雲在水流終有心儻若不將無有判渾然誰會伯牙琴誰將古瓦磨成硯坐久歸遲總是機草自偶逢花偶見海漚不動瑟音希公曰此所謂可與言詩矣

趙章泉學詩

閱復齋閒記所載吳思道龔聖任學詩三首因次其韻

學詩渾似學參禪識取初年與暮年巧匠何能雕朽木

燎原寧復死灰然學詩渾似學參禪要保心傳與耳傳

秋菊春蘭寧易地清風明月本同天學詩渾似學參禪

束縛寧論句與聯四海九州何歷歷千秋萬歲孰傳傳

吳思道學詩

吳公思道學詩渾似學參禪竹榻蒲團不計年直待自家都了得等閒拈出便超然學詩渾似學參禪頭上安頭不足傳跳出少陵窠臼外丈夫志氣本衝天學詩渾似學參禪自古圓成有幾聯春草池塘一句了驚天動地至今傳

龔聖任學詩

襲相聖任學詩渾似學參禪悟了方知歲是年點鐵成金猶是妄高山流水自依然學詩渾似學參禪語可安排意莫傳會意即超聲律界不須鍊石補青天學詩渾似學參禪幾許搜腸覓句聯欲識少陵奇絶處初無言句與人傳

白石詩說

大凡詩自有氣象體面血脈韻度氣象欲其渾厚其失也俗體面欲其宏大其失也狂血脈欲其貫穿其失也

露韻度欲其飄逸其失也輕

作大篇尤當布置首尾停匀腰腹肥滿多見人前面有

餘後面不足前面極工後面草草不可不知也

詩之不工只是不精思耳不思而作雖多亦奚以為

雕刻傷氣敷演露骨若鄙而不精巧是不雕刻之過拙

而無委曲是不敷演之過

人所易言我寡言之人所難言我易言之自不俗

花必用柳對是兒曹語若其不切亦病也

難説處一語而盡易説處莫便放過僻事實用熟事虛用説理要簡易説事要圓活説景要微妙多看自知多作自好矣

小詩精深短章醞藉大篇有開闔乃妙

喜辭鋭怒辭戾哀辭傷樂辭荒愛辭結惡辭絶欲辭屑樂而不淫哀而不傷其唯關雎乎

學有餘而約以用之善用事者也意有餘而約以盡之善措辭者也乍叙事而間以理言得活法者也

不知詩病何由能詩不觀詩法何由知病名家者各有一病大醇小疵差可耳

篇終出人意表或反終篇之意皆妙

守法度曰詩載始末曰引體如行書曰行放情曰歌悲如蛩螿曰吟通乎俚俗曰謡委曲盡情曰曲

詩有出於風者出於雅者出於頌者屈宋之文風出也韓柳之詩雅出也杜子美獨能兼之

三百篇美刺箴怨皆無跡當以心會心

陶淵明天資既高趣詣又遠故其詩散而莊澹而腴斷不容作邯鄲步也

語貴含蓄東坡云言有盡而意無窮者天下之至言也山谷尤謹於此清廟之瑟一唱三嘆遠矣哉後之學詩者可不務乎若句中無餘字篇中無長語非善之善者也句中有餘味篇中有餘意善之善者也

體物不欲寒切須意中有景景中有意

思有窒礙涵養未至也當益以學

歲寒知松栢難處見作者

波瀾開闔如在江湖中一波未平一波已作如兵家之陣方以為正又復是奇方以為奇忽復是正出入變化不可紀極而法度不可亂

文以文而工不以文而妙然捨文無妙聖處要自悟

意出於格先得格也格出於意先得意也吟詠情性如印印泥在乎禮義貴涵養也

沈着痛快天也自然與學到其為天一也

意格欲高句法欲響只求工於句字亦末矣故始於意格成於句字句意欲深欲遠句調欲清欲古欲和是為作者

詩有四種高妙一曰理高妙二曰意高妙三曰想高妙四曰自然高妙礙而實通曰理高妙出事意外曰意高妙寫出幽微如清潭見底曰想高妙非奇非怪剝落文采知其妙而不知其所以妙曰自然高妙

一篇全在尾句如截犇馬辭意俱盡如臨水送將歸意

盡辭不盡若夫辭盡意不盡剡溪歸櫂是已辭意俱不盡溫伯雪子是已所謂辭意俱盡者急流中截後語非謂辭窮理盡者也所謂意盡辭不盡者意盡於未當盡處則辭可以不盡矣非以長語益之者也至如辭盡意不盡者非遺意也辭中已彷彿可見矣辭意俱不盡者不盡之中固已深盡之矣

一家之語自有一家之風味如樂之二十四調各有韻聲乃是歸宿處摹倣者語雖似之韻亦無矣雞林其可

欺哉

詩說之作非為能詩者作也為不能詩者作而使之能詩能詩而後能盡吾之說是亦為能詩者作也雖然以吾之說為盡而不造乎自得是足以為詩哉後之賢者有如以水投水者乎有如得魚忘筌者乎嘻吾之說已得罪於古之詩人後之人其勿重罪予乎

滄浪詩法

學詩先除五俗一曰俗體二曰俗意三曰俗句四曰俗

字五曰俗韻　有語忌有語病語病易除語忌難變語病古人亦有之惟語忌不可有　須是本色須是當行　對句好可得結句好難得發句好尤難得　發端忌作舉止收拾貴有出場　不必大著題不在多使事押韻不必有出處用字不必拘來歷　下字貴響造語貴圓　意貴透不可隔靴搔癢　語貴脫灑不可拖泥帶水　最忌骨董最忌趂貼　語忌直意忌淺脈忌露味忌短音韻忌散緩亦忌迫促詩難處在結裹譬如番刀須用北人結裹

若南人便非本色 須參活句勿參死句 詞氣可頡頏不可乖崖律詩難於古詩絕句難於八句七言律詩難於五言律詩五言絕句難於七言絕句學詩有三節其初不識好惡連篇累牘肆筆而成既識羞愧始生畏縮成之極難及其透徹則七縱八横信手拈來頭頭是道矣 看詩當具金剛眼睛庶不眩於旁門小法禪家有金剛眼睛之說 辨家數如辨蒼白方可言詩荆公評文章先體製而後文之工拙詩之是非不必爭以己詩置古人詩

中興識者觀之而不能辨則真古人矣

詩人玉屑卷一

詩人玉屑卷二

宋 魏慶之 撰

詩評

誠齋品藻中興以來諸賢詩

自隆興以來以詩名家林謙之范至能陸務觀尤延之蕭東夫近時後進有張鎡功父趙蕃昌父劉翰武子黄景說巖老徐似道淵子項安世平甫鞏豐仲至姜夔堯

章徐賀恭仲汪經仲權前五人皆有詩集傳世譙之常稱重其友方翥次雲詩云秋明河漢外月近斗牛旁延之有云去年江南荒趂逐過江北江北不可住江南歸未得有寄友人云胷中襞積千般事到得相逢一語無又台州秩滿而歸云送客漸稀城漸遠歸塗應減兩三程東夫飲酒云信脚到太古一登岳陽樓不作蒼茫去真成浪蕩遊三年夜郎客一柁洞庭秋得句鷺飛處看山天盡頭猶嫌未奇絶更上岳陽樓又荒村三月不肉

味併與瓜茄倚閣休造物於人相補報問天賒得一山秋至能有云月從雪後皆奇夜天到梅邊有别春功父云斷橋斜取路古寺未關門絶似晚唐人詠金林檎花云梨花風骨杏花妝黄蔷薇云已從槐借葉更染菊為裳寫物之工如此余歸自金陵功父送未章云何時重來桂隱軒為我醉倒春風前看人喚作詩中仙看人喚作飲中仙此詩超然矣昌父云紅葉連村雨黄花獨徑秋詩窮真得瘦酒薄不禁愁武子云自鋤明月種梅花

又云吹入征鴻數字秋淵子云煖分煨芋火明借績麻燈又容路二千零五十向人猶自說歸耕平甫題釣臺醉中偶爾閒伸脚便被劉郎賣作名恭仲云碎斫生柴爛煑詩又有姚宋佐輔之一絶句云梅花得月太清生月到梅花越樣明梅月蕭踈兩奇絶有人踏月繞花行僧顯萬亦能詩萬松嶺上一間屋老僧半間雲半間三更雲去作行雨回頭方羨老僧閒又梅詩探枝春色墻頭朶闖入風光竹外梢又河横星斗三更後月過梧桐

一丈高又有麗右甫者使金過汴京云蒼龍觀闕東風外黄道星辰北斗邊月照九衢平似水蓄兒吹笛内門前

誠齋題品諸楊詩

吾族前輩諱存字正叟諱朴字元素諱杞字元卿諱輔世字昌英皆能詩元卿年十八第進士其叔正叟賀之云月中丹桂輸先手鏡裏朱顔正後生吾鄉民俗稲未熟摘而蒸之舂以為米其飯絶香元素有詩云和露摘

残雲浅碧帶香炊出玉輕黄余先太中貧嘗作小茅屋三間而未有門扉干元卿求一扉元卿以絶句送至云三間茅屋獨家村風雨蕭蕭可斷䰟舊日相如猶有壁如今無壁更無門昌英有絶句云碧玉寒塘瑩不流紅蕖影裏立沙鷗便當不作南溪看當得西湖十里秋梧州詩人瀘溪先生安福王民瞻名廷珪弱冠貢入京師太學已有詩名有絶句云江水磨銅鏡面寒釣魚人在蓼花灣回頭貪看新月上不覺竹竿流下灘紹興間

宰相秦檜力主和戎之議鄉先生胡邦衡名銓時為編
修官上書乞斬檜謫新州民瞻送行詩一封朝上九重
關是日清都虎豹寒百辟動容觀奏議幾人回首愧朝
班名高北斗星辰上身落南州瘴海間不待百年公議
定漢廷行召賈生還大廈元非一木支要將獨力拄傾
危癡兒不了公家事男子要為天下奇當日姦諛皆膽
落平生忠義秖心知端能飽喫新州飯在處江山足護
持有歐陽安永上飛語告之除名竄辰州孝宗登極召

為國子監簿以老請奉祠除直敷文閣宫觀

誠齋評李杜蘇黄詩體

問君何意棲碧山笑而不荅心自閑桃花流水窅然去别有天地非人間又相隨遥遥訪赤城三十六曲水回縈一溪初入千花明萬壑度盡松風聲此李太白詩體也麒麟圖畫鴻鴈行紫極出入黄金印又白摧朽骨龍虎死黑入太陰雷雨垂又指揮能事回天地訓練强兵動鬼神又路經灧澦雙蓬鬢天入滄浪一釣舟此杜子

美詩體也明月易低人易散歸來呼酒更重看又當其下筆風雨快筆所未到氣已吞又醉中不覺度千山夜聞梅香失醉眠又李白畫像西望太白横峨岷眼高四海空無人大兒汾陽中令君小兒天台坐忘身平生不識高將軍手涴吾足乃敢嗔此東坡詩體也風光錯綜天經緯草木文章帝杼機又濶松無心古鬚鬛天球不瑑中粹温又兒呼不蘇驢失脚猶恐醒來有新作此山谷詩體也

誠齋評爲詩隱蓄發露之異

太史公曰國風好色而不淫小雅怨誹而不亂左氏傳曰春秋之稱微而顯志而晦婉而成章盡而不汙此詩與春秋紀事之妙也近世詞人閒情之靡如伯有所賦趙武所不得聞者有過之無不及焉是得爲好色而不淫乎惟晏叔原云落花人獨立微雨燕雙飛可謂好色而不淫矣唐人長門怨云珊瑚枕上千行淚不是思君是恨君是得爲怨誹而不亂乎惟劉長卿云月來深殿

早春到後宮遲可謂怨誹而不亂矣近世陳克詠李伯時畫寧王進史圖云汗簡不知天上事至尊新納壽王妃是得為微為晦為婉為不汙穢乎惟李義山云侍燕歸來更漏永薛王沈醉壽王醒可謂微婉顯晦盡而不汙矣

以畫為真以真為畫

杜蜀山水圖云沱水流中座岷山赴北堂白波吹粉壁青嶂插雕梁此以畫為真也曾吉父云斷崖韋偃樹小

雨郭熙山此以真為畫也誠齋

臞翁詩評

因暇日與弟姪輩評古今諸名人詩魏武帝如幽燕老將氣韻沈雄曹子建如三河少年風流自賞鮑明遠如饑鷹獨出奇矯無前謝康樂如東海揚帆風日流麗陶彭澤如絳雲在霄舒卷自如王右丞如秋水芙蕖倚風自笑韋蘇州如園客獨繭暗合音徽孟浩然如洞庭始波木葉微脫杜牧之如銅丸走坂駿馬注坡白樂天如

山東父老課農桑言言皆實元微之如李龜年說天寶
遺事貌悴而神不傷劉夢得如鏤冰雕瓊流光自照李
太白如劉安雞犬遺響白雲覈其歸存恍無定處韓退
之如囊沙背水惟韓信獨能李長吉如武帝食露盤無
補多慾孟東野如埋泉斷劍卧壑寒松張籍如優工行
鄉飲醻獻秩如時有詼諧氣柳子厚如高秋獨眺霽曉孤
吹李義山如百寶流蘇千絲鐵網綺密瓌偉要非適用
本朝蘇東坡如屈注天潢倒連滄海變眩百怪終歸雄

渾歐公如四瑚八璉止可施之宗廟荆公如鄧艾縋兵入蜀要以嶮絶為功山谷如陶弘景祇詔入宫析理談玄而松風之夢故在梅聖俞如闗河放溜瞬息無聲秦少游如時女步春終傷婉弱后山如九臯獨唳深林孤芳沖寂自妍不求識賞韓子蒼如梨園按樂排比得倫吕居仁如散聖安禪自能奇逸其他作者未易彈陳獨唐杜工部如周公製作後世莫能擬議

滄浪詩評

大歷以前分明別是一副言語晚唐分明別是一副言語本朝諸公分明別是一副言語如此見得方許具一隻眼　盛唐人有似粗而非粗處盛唐人有似拙而非拙處　五言絕句法衆唐人是一樣少陵是一樣韓退之是一樣王荆公是一樣本朝諸公是一樣　盛唐人詩亦有一二濫觴晚唐者晚唐人詩亦有一二可入盛唐者要當論其大槩耳　唐人與本朝人詩未論工拙直是氣象不同　唐人命題言語亦自不同雜古人之

集而觀之不必見詩望其題引而知其為唐人今人矣大歷之詩高者尚未失盛唐下者漸入晚唐矣晚唐之下者亦墮野狐外道鬼窟中　或問唐詩何以勝我朝唐人以詩取士故多專門之學我朝之詩所以不及也詩有詞理意興南朝人尚詞而病於理本朝人尚理而病於意興唐人尚意興而理在其中漢魏之詩詞理意興無跡可尋　漢魏古詩氣象混沌難以句摘晉以還方有佳句如陶淵明採菊東籬下悠然見南山謝靈運

池塘生春草之句謝所以不及陶者康樂之詩精工淵明之詩質而自然耳謝靈運無一字不佳黄初之後惟阮籍詠懷之作極為高古有建安風骨　晉人舍陶淵明阮嗣宗外惟左太沖高出一時陸士衡獨在諸公之下顔不如鮑鮑不如謝文中子獨取顔鮑非也　建安之作全在氣象不可尋枝摘葉靈運之詩已是徹首尾成對句矣是以不及建安也　謝朓之詩已有全篇似唐人者當觀其集方知之　戎昱在盛唐為最下已濫

觴晚唐矣戎昱之詩有絶似晚唐者權德輿之詩却有絶似盛唐者　權德輿或有似韋蘇州劉長卿處　顧況詩多在元白之上稍有盛唐風骨處　冷朝陽在大歴才子中最為下　馬戴在晚唐諸人之上　劉滄吕温亦勝諸人　李頻不全是晚唐閒有似劉隨州處　陳陶之詩在晚唐人中最無可觀　薛逢最淺俗大歴以後吾所深取者李長吉柳子厚劉言史權德輿李涉李益耳　大歴後劉夢得之絶句張籍王建之樂府吾

所深取耳　李杜二公正不當優劣太白有一二妙處子美不能道子美有一二妙處太白不能作　子美不能為太白之飄逸太白不能為子美之沈鬱　太白夢遊天姥吟遠别離等子美不能道子美北征兵車行垂老别等太白不能作論詩以李杜為凖挾天子以令諸侯也　少陵詩法如孫吳李白詩法如李廣　少陵如節制之師　李杜數公如金翅擘海香象渡河下視郊島輩直蟲吟草間耳　觀太白詩者要識真太白處太

白天才豪逸語多率然而成者學者於每篇中要識其安身立命處可也　少陵詩憲章漢魏而取材於六朝至其自得之妙則前輩所謂集大成者也人言太白仙才長吉鬼才不然太白天仙之詞長吉鬼仙之詞耳

高岑之詩悲壯讀之使人感慨孟郊之詩刻苦讀之使人不懽玉川之怪長吉之瑰詭天地間自欠此體不得

韓退之琴操極高古正是本色非盛唐諸賢所及

釋皎然之詩在唐諸僧之上唐詩僧有法震法照無可護國靈一清江不特無本

齊己貫休也　集句惟荆公最長胡笳十八拍混然天成絶無痕跡如蔡文姬肝肺間流出　擬古惟江文通最長擬淵明似淵明擬康樂似康樂擬左思似左思擬郭璞似郭璞獨擬李都尉一首不似西漢耳　雖謝康樂擬鄴中諸子之詩亦氣象不類至於劉玄休擬行行重行行等篇鮑明遠代君子有所思之作仍是其自體耳和韻最害人詩古人酬唱不次韻此風始盛於元白皮陸而本朝諸賢乃以此而鬬工遂至往復有八九和者

孟郊之詩憔悴枯槁其氣局促不伸退之許之如此何耶詩道本正大孟郊自為之艱阻耳　孟浩然諸公之詩諷味之久有金石宫商之聲　唐人七言律詩當以崔顥黄鶴樓為第一唐人好詩多是征戍遷謫行旅離别之作往往尤能感動人意　蘇子卿詩幸有弦歌曲可以喻中懷請為遊子吟泠泠一何悲絲竹厲清聲慷慨有餘哀長歌正激烈中心愴以摧欲展清商曲念子不能歸今人觀之必以為一篇重複之甚豈特如蘭膏

絲竹弦歌之語耶古詩正不當以此論也　十九首青青河畔草鬱鬱園中柳盈盈樓上女皎皎當牕牖娥娥紅粉妝纖纖出素手一連六句皆用疊字在首今人必以為句法重複之甚古詩正不當以此論也　任昉哭范僕射詩一首中凡兩用生字韻三用情字韻夫子值狂生干齡萬恨生生猶是兩義猶我故人情生死一交情欲以遺離情三字皆同一意天厨禁臠謂平韻可重押若或平或仄韻則不可彼以八仙歌言之耳何見之陋

耶　詩話謂東坡兩耳字韻二耳義不同故可重押亦非也　劉公幹贈五官中郎將詩昔我從元后整駕至南鄉過彼豐沛都與君共翺翔元后葢指曹操至南鄉謂伐劉表之時豐沛都喻操譙郡也王仲宣從軍詩云籌策運帷幄一由我聖君聖君亦指操也又曰竊慕負鼎翁願厲朽鈍姿是欲效伊尹負鼎干湯以伐夏也是時漢帝尚存而二子之言如此一曰元后一曰聖君正與荀彧比曹操為高光同科春秋誅心之法二子其何

逃古人贈荅多相勉之詞蘇子卿云願君崇令德隨時愛景光李少卿云努力崇明德皓首以為期劉公幹云勉哉修令德北面自寵珍杜子美云君若登台輔臨危莫愛身亦是此意高達夫贈王徹云吾知十年後季子多黄金金何足道又甚於以名位期人者此達夫偶然漏逗處也

詩體上

風雅頌既亡一變而為離騷再變而為西漢五言三變

而為歌行雜體四變而為沈宋律詩五言起於李陵蘇武或云枚乘七言起於漢武柏梁四言起於漢楚王傅韋孟六言起於漢司農谷永三言起於晉夏侯湛九言起於高貴鄉公以時而論則有

建安體漢末年號曹子建父子及鄴中七子之詩

黄初體魏年號與建安相接其體一也

正始體魏年號嵇阮諸公之詩

太康體晉年號左思潘岳二陸三張諸公之詩

元嘉體宋年號顔鮑謝諸公之詩

永明體齊年號齊諸公之詩

齊梁體通兩朝而言之

南北朝體通魏周而言之與齊梁體一也

唐初體唐初猶襲陳隋之體

盛唐體景雲以後開元天寶諸公之詩

大歴體大歴十才子之詩

元和體元白諸公

晚唐體本朝體通前後而言之

元祐體蘇黄陳諸公

江西宗派體山谷為之宗

以人而論則有蘇李體李陵蘇武也

曹劉體子建公幹也

陶體淵明也

謝體靈運也

徐庾體徐陵庾信也

沈宋體佺期之問也

陳拾遺體陳子昂也

王楊盧駱體王勃楊炯盧照鄰駱賓王也

張曲江體始興文獻公九齡也

少陵體太白體高達夫體高常侍適也

孟浩然體岑嘉州體岑參也

王右丞體王維也

韋蘇州體韋應物也

韓昌黎體柳子厚體韋柳體蘇州與儀曹合言之

李長吉體李商隱體即西崑體也

盧仝體白樂天元微之體微之樂天其體一也

杜牧之體張籍王建體謂樂府之體同也

賈浪仙體孟東野體杜荀鶴體東坡體山谷體后山體后山本學杜其語之似者但數篇他或似而不全又其他則本其自體耳

王荆公體公絕句最高其詩得意處高出蘇黃陳之上

而與唐人尚隔一關

邵康節體陳簡齋體陳去非與義也亦江西之派而小異

楊誠齋體其初學半山后山最後亦學絶句於唐人已而盡棄諸家之作而别出機杼葢其自序如此

又有所謂選體選詩時代不同體製隨異今人例用五言古詩為選體

柏梁體漢武帝與羣臣共賦七言每句韻後人謂此體

為柏梁

玉臺體 玉臺集乃徐陵所序漢魏六朝之詩皆有之或者但謂纖艷者為玉臺體其實不然

西崑體 即李商隱體然兼温庭筠及本朝楊劉諸公而名之也

香奩體 韓偓之詩有裙裾脂粉之語有香奩集

宮體 梁簡文傷於輕靡時號宮體

又有古詩有近體 即律詩也

有絶句有雜言有三五七言自三言而終以七言隋鄭世翼有此詩

有半五六言晉傅休奕鴻鴈生塞北之篇是也

有一字至七字唐張南史雪月花草等篇是也又隋人應詔有三十字詩凡三句七言一句九言不足為法故不列於此也

有三句之歌高祖大風歌是也古華山畿二十五首各三句之詞其他古人詩多如此者

有兩句之歌荆卿易水歌是也又古詩青驄白馬共戲樂女兒子之類皆兩句之詞

有一句之歌漢書枹鼓不平董少年一句之歌也又漢童謡千乘萬騎上北芒梁童謡青絲白馬壽陽來皆一句也

有口號或四句或八句

有歌行古有鞠歌行放歌行長歌行短歌行又有單以歌名者單以行名者不可枚述

有樂府漢武帝定郊祀立樂府採齊楚趙魏之聲以入以其音調可被於絃歌也樂府俱備諸體兼統衆名也

有楚詞屈宋以下倣楚詞體者皆謂之楚詞

有琴操古有水仙操辛德源所作別鶴操高陵牧子所作

曰謠沈炯有獨酌謠王昌齡有箜篌謠穆天子之傳有白雲謠也

曰吟古詞有隴頭吟樂府有梁父吟相如有白頭吟

曰詞選有漢武秋風詞樂府有木蘭詞

曰引古曲有霹靂引走馬引飛龍引

曰詠選有五君詠唐儲光羲有羣鵁詠

曰曲古有大堤曲梁簡文有烏棲曲

曰篇選有名都篇京洛篇白馬篇

曰唱魏明帝有氣出唱

曰弄古樂府有江南弄

曰長調曰短調有四聲有八病四聲設於周顒八病嚴於沈約

又有以嘆名者古詞有楚妃嘆明君嘆

以怨名者文選有四怨樂府有獨處怨

以樂名者齊武帝有估家樂朱臧質有石城樂

以別名者杜子美有無家別垂老別新昏別也

以思名者太白有靜夜思

有全篇雙聲疊韻者東坡經字韻詩是也

有全篇字皆平聲者天隨子夏日詩四十字皆平聲又

有一句全平聲一句全仄聲

有全篇字皆仄聲者梅聖俞酌酒與婦飲之詩是也

有律詩上下句雙用韻者第一句第三五七句押一仄

韻第二句第四第六句押一平韻唐章碣有此體不

足為法謾列於此以備其體耳又有四句平入之體

四句仄入之體無關詩道今皆不取

有轆轤韻者雙入雙出

有進退韻者一進一退

有古詩一韻兩用者文選曹子建美女篇用兩難字謝康樂述祖德詩用兩人字其後多有之

有古詩一韻三用者文選任彦昇哭范僕射詩三用情字也

有古詩三韻六七用者古焦仲卿妻詩是也

有古詩重用二十許韻者焦仲卿妻詩是也

有古詩旁取六七許韻者韓退之此日足可惜篇是也

凡雜用東冬江陽庚青六韻歐陽公謂退之遇寛韻則故旁入他韻非也此乃用古韻耳於焦韻自見之

有古詩全不押韻者古採蓮曲是也

有律詩至百五十韻者少陵有古韻律詩白樂天亦有之而本朝王黄州有百五十韻五言律

有律詩止三韻者唐人有六句五言律如李益詩漢家今上郡秦塞古長城有日雲常慘無風沙自驚當今天子聖不戰四夷平是也

有律詩徹首尾對者少陵多此體不可槩舉

有律詩徹首尾不對者盛唐諸公有此體如孟浩然詩掛席東南望青山水國遥舳艫争利涉來往接風潮問我今何適天台訪石橋坐看霞色曉疑是赤城標又水國無邊際之篇是又李太白牛渚西江夜之篇皆文從字順音韻鏗鏘八句皆無對偶

有後章字接前章者選曹子建贈白馬王彪之詩是也

有四句通者如少陵神女峰娟妙昭君宅有無曲留明

怨惜夢盡失歡娛是也

有絶句折腰者有八句折腰者有擬古有聯句有集句

有分題古人分題或各賦一物如云送某人分題得某

物也亦曰探題

有分韻有用韻有和韻有借韻如押四支韻可借八微

或十二齊一韻也

有協韻楚詞及選詩多用協韻

有今韻有古韻如韓退之此日足可惜詩用古韻也葢

選詩多如此

有古律陳子昂及盛唐諸公多此體

有今律有頷聯有發端有落句結句也

有十字對劉眘虛滄浪千萬里日夜一孤舟

有十字句常建曲徑通幽處禪房花木深等是也

有十四字對劉長卿江客不堪頻北望塞鴻何事又南飛是也

有十四字句崔顥黄鶴一去不復返白雲千載空悠悠

太白鸚䳇西飛隴山去芳洲之樹何青青是也

有扇對又謂之隔句對如鄭都官昔年共照松溪影松折碑荒僧已無今日還思錦城事雪銷花謝夢何如等是也葢以第一句對第三句第二句對第四句

有借對孟浩然廚人具雞黍稚子摘楊梅太白水春雲母碓風掃石楠花少陵竹葉於人既無分菊花從此不須開皆借字作對也

有就對者又曰當句有對如少陵小院迴廊春寂寂浴

梟飛鷺晚悠悠李嘉祐孤雲獨鳥川光暮萬井千山

一氣秋是也前輩於文亦多此體如王勃龍光射牛

斗之墟徐孺下陳蕃之榻乃就句對也

論雜體則有風人上句述一語下句釋其義如古子夜

歌讀曲歌之類多用此體

藁砧古樂府藁砧今何在山上復安山何日大刀頭破

鏡飛上天

五雜俎見樂府

兩頭纎纎亦見樂府

盤中玉臺集蘇伯玉妻作寫之盤中屈曲成文也

迴文起於竇滔之妻織錦以寄其夫也

反覆舉一字而誦皆成句無不押韻反覆成文也李公詩格有此二十字詩

離合字相拆合成文孔融漁父屈節之詩是也

雖不關詩道之重輕其體製亦古至於建除鮑明遠有建除詩每句首冠以建除平滿等字其詩雖佳蓋

鮑本工詩非因建除之體而佳也

字謎人名卦名數名藥名州名之詩只成戲論不足為法也

又有六甲十屬之類及藏頭歇後等體今皆削之近世有李公詩格泛而不備惠洪天廚禁臠最為誤人今此卷有旁參二書者蓋其是處不可易也

滄浪編

詩體下

總論

古人文章自應律度未嘗以音韻為主自沈約增崇韻學其論文則曰欲使宫羽相變低昂殊節若前有浮聲則後須切響一篇之内音韻盡殊兩句之中輕重悉異妙達此旨始可言文自後浮巧之語體製漸多如傍犯蹉對假對雙聲疊韻之類詩又有正格偏格類例極多故有三十四格十九圖四聲八病之類今畧舉數條如徐陵云陪遊馺娑騁纖腰於結風長樂鴛鴦奏新聲於

度曲又云厭長樂之疎鐘勞中宫之緩箭雖兩長樂義不同不為重複此為傍犯如九歌云蕙殽蒸兮蘭芳奠桂酒兮椒漿蒸蕙殽對奠桂酒今倒用之謂之蹉對又自朱耶之狼狽致赤子之流離不唯赤對朱耶對子兼狼狽流離乃獸名對鳥名又如廚人具雞黍稚子摘楊梅以雞對楊如此之類皆為假對如幾家村草裏吹唱隔江聞幾家村草吹唱隔江皆雙聲如月影侵簪冷江光逼履清侵簪逼履皆疊韻詩第二字側入謂之正格

如鳳歷軒轅紀龍飛四十春之類第二字平入謂之偏格如四更山吐月殘夜水明樓之類唐名輩詩多用正格如杜甫詩用偏格者十無二三筆談

江左體

引韻便失粘既失粘則若不拘聲律然其對偶特精則謂之骨含蘇李體浣花流水水西頭主人為卜林塘幽己知出郭少塵事更有澄江銷客愁無數蜻蜓齊上下一雙鸂鶒對沈浮東行萬里堪乘興須向山陰上小舟

杜子美卜居

蜂腰體

頷聯亦無對偶然是十字叙一事而意貫上二句及頸聯方對偶分明謂之蜂腰格言若已斷而復續也下第

唯空囊如何住帝鄉杏園啼百舌誰醉在花傍淚落故山遠病來春草長知音逢豈易狐棹負三湘 賈島下第

詩

隅句體

破題與頷聯便作隔句對若施之於賦則曰幾思靜話對夜雨之禪牀未得重逢照秋燈於影室也幾思聞靜話夜雨對禪牀未得重相見秋燈照影堂孤雲終負約薄宦轉堪傷夢遠長松榻遥焚一炷香　鄭谷弔僧詩

偷春體

其法頷聯雖不拘對偶疑非聲律然破題已的對矣謂之偷春格言如梅花偷春色而先開也無家對寒食有淚如金波斫却月中桂清光應更多仳離放紅蘂想像

嚬青娥牛女漫愁思秋期猶渡河 杜子美寒食夜詩

折腰體

謂中失粘而意不斷渭城朝雨裛輕塵客舍青青柳色新勸君更盡一杯酒西出陽關無故人 王維贈別

絶絃體

其語似斷絃而意存如絃絶而其意終在也燕鴻去後湖天遠欲寄知音問水居七歲弄竿今八十錦鱗吞鈎不吞書 僧譙寄遠

五仄體

晏元獻守汝陰梅聖俞往見之將行公置酒穎河上因言古人章句中全用平聲製字穩帖如枯桑知天風是也恨未見側字詩聖俞既引舟遂作五側體寄公云月出斷岸口影照別舸背且獨與婦飲頗勝俗客對月漸上我席暝色亦稍退豈必在秉燭此景已可愛西清詩話

回文體

謂倒讀亦成詩也潮隨暗浪雪山傾遠浦漁舟釣月明橋對寺門松逕小巷當泉眼石波清迢迢遠樹江天曉藹藹紅霞晚日晴遥望四山雲接水碧峯千點數鷗輕

東坡題金山寺

五句法

此格即事遣興可作如題物贈送之類則不可用曲江蕭條秋氣高芰荷枯折隨風濤遊子空嗟垂二毛白石素沙亦相蕩哀鴻獨叫求其曹杜子美

即事非今亦非

古長歌激烈梢林莽比屋豪華固難數吾人甘作心似灰弟姪何傷淚如雨杜子美

六句法

此法但可放言遣興不可寄贈杜子美云烈士惡多門小人自同調名利苟可取殺身傍權要何當官曹清爾輩堪一笑山谷云三公未白首十輩擁朱輪只有人看好何益百年身但願身無事清樽對故人

促句法

止於兩體三句一換韻或平聲或側聲皆可江南秋色推煩暑夜來一枕芭蕉雨家在江南白鷗浦一生未歸鬢如織傷心日暮楓葉赤偶然得句應題壁又蘆花如雪灑扁舟正是滄江蘭杜秋忽然驚起散沙鷗平生生計如轉蓬一身長在百憂中鱸魚正美負秋風

平頭換韻法

東坡作太白賛云天人幾何同一漚謫仙非謫乃其遊揮斥八極隘九州化爲兩鳥鳴相酬一鳴一止三千秋

開元有道為少留縻之不得矧肯求東望太白横峨岷眼高四海空無人大兒汾陽中令君小兒天台坐忘身平生不識高將軍手涴吾足矧敢嗔作詩一笑君應聞一韻七句方換韻又是平聲其法不得雙殺雙殺者不得此法也 禁臠

促句換韻法

魯直觀伯時畫馬詩云儀鸞供帳饕蝨行翰林濕薪爆竹聲風簾官燭淚縱横木穿石槃未渠透坐窻不遨令

人瘦貧馬百齧逢一豆眼明見此玉花驄徑思著鞭隨詩翁城西野桃尋小紅此格禁臠謂之促句換韻其法三句一換韻三疊而止此格甚新人少用之余嘗以此格為鄙句云青玻瓈色瑩長空爛銀盤挂屋山東晚涼徐度一襟風天分風月相管領對之技癢誰能忍吟哦自恨詩才窘掃寬露坐發興新浮蛆琰琰拋青春不妨舉戲成三人漁隱叢話

拗句

魯直換字對句法如只今滿坐且尊酒後夜此堂空月明清談落筆一萬字白眼舉觴三百盃田中誰問不納屨坐上適來何處蠅𪍿麴門巷火新改桑柘田園春向分忽乘舟去值花雨寄得書來應麥秋其法於當下平字處以仄字易之欲其氣挺然不羣前此未有人作此體獨魯直變之苕溪漁隱曰此體本出於老杜如寵光蕙葉與多碧點注桃花舒小紅一雙白魚不受釣三寸黄甘猶自青外江三峽且相接斗酒新詩終日疎負鹽

出井此溪女打鼓發船何郡郎沙上草閣柳新暗城邊野池蓮欲紅似此體甚多聊舉此數聯非獨魯直變之也今俗謂之拗句者是也禁臠

七言變體

律詩之作用字平側世世固有定體衆共守之然不若時用變體如兵之出奇變化無窮以驚世駭目如老杜詩云竹裏行廚洗玉盤花邊立馬簇金鞍非關使者徵求急自識將軍禮數寬百年地闢柴門逈五月江深草閣

寒看弄漁舟移白日老農何有罄交歡此七言律詩之變體也漁隱叢話

絶句變體

韋蘇州云南望青山滿禁闈曉陪鴛鷺正差池共愛朝來何處雪蓬萊宮裏拂松枝老杜云山瓶乳酒下青雲氣味濃香幸見分鳴鞭走送憐漁父洗盞開嘗對馬軍此絶句律詩之變體也同上

第三句失粘

七言律詩至第三句便失粘落平側亦別是一體唐人用此甚多但今人少用耳如老杜云揺落深知宋玉悲風流儒雅亦吾師悵望千秋一灑淚蕭條異代不同時江山故宅空文藻雲雨荒臺豈夢思最是楚宮俱泯滅舟人指點到今疑嚴武云漫向江頭把釣竿懶眠沙草愛風湍莫倚善題鸚鵡賦何須不著鵕鸃冠腹中書籍幽時曬肘後醫方靜處看興發會能馳駿馬終須重到使君灘韋應物云夾水蒼山路向東東南山豁大河通

寒樹依微遠天外夕陽明滅亂流中孤村幾歲臨伊岸一鴈初晴下朔風為報洛橋遊宦侶扁舟不繫與心同

此三詩起頭用側聲故第三句亦用側聲同上

八句仄入格

唐末蜀川有唐求放曠疏逸方外人也吟詩有所得即將稾撚為丸投入瓢中後卧病投瓢於江曰兹文苟不沈浸得之者方知吾苦心耳瓢至新渠江有識者曰此唐山人詩瓢也接得十纔二三題鄭處士隱居曰不信

最清曠及來愁已空數點石泉雨一溪霜葉風叢在有山處道成無事中酌盡一盃酒老夫顏亦紅（古今詩話）

進退格

鄭谷與僧齊己黃損等共定今體詩格云凡詩用韻有數格一曰葫蘆一曰轆轤一曰進退葫蘆韻者先二後四轆轤韻者雙出雙入進退韻者一進一退失此則繆矣余按倦游録載唐介為臺官廷疏宰相之失仁廟怒謫英州別駕朝中士大夫以詩送行者頗衆獨李師中

待制一篇為人傳誦詩曰孤忠自許衆不與獨立敢言人所難去國一身輕似葉高名千古重於山並遊英俊顔何厚未死姦諛骨已寒天為吾君扶社稷肯教夫子不生還此正所謂進退韻格也按韻畧難字第二十五山字第二十七寒字又在二十五而還字又在二十七一進一退誠合體格豈率爾而為之哉近閱冷齋夜話載當時唐李對答語言乃以此詩為落韻詩葢渠伊不見鄭谷所定詩格有進退之説而妄為云云也湘素雜

記子蒼於五言八句近體詩亦用此格其詩云盜賊猶如此蒼生困未蘇今年起安石不用哭包胥子去朝行在人應問老夫髭鬚衰白盡瘦地日擕鉏蓋蘇夫在十虞字韻胥鉏在九魚字韻

平側各押韻

唐末有章碣者乃以八句詩平側各有一韻如東南路盡吳江畔正是窮愁暮雨天鷗鷺不嫌斜兩岸波濤欺

得送風船偶逢島寺停帆看深羨漁翁下釣眠今古若論英達筭鴟夷高興固無邊自號變體此尤可怪者也

蔡寬夫詩話

雙聲疊韻

南史謝莊傳曰王元謨問莊何者為雙聲何者為疊韻荅曰互護為雙聲磝碻為疊韻某按古人以四聲為切韻紐以雙聲疊韻必以五音為定葢謂東方喉聲為木音西方舌聲為金音南方齒聲為火音北方唇聲為水

音中央牙聲為土音也雙聲者同音而不同韻也疊韻者同音而又同韻也互護同為唇音而二字不同韻故謂之雙聲礉碻同為牙音而二字又同韻故謂之疊韻若彷彿熠燿騏驥慷慨咿喔霢霂皆雙聲也若侏儒童蒙崆峒巃嵸螳蜋滴瀝皆疊韻也按李羣玉詩曰方穿詰曲崎嶇路又聽鈎輈格磔聲詰曲崎嶇乃雙聲也鈎輈格磔乃疊韻也 學林新編

東坡作吃語詩江干高居堅關扃耕犍躬駕角掛經孤

航繫舸菰茭隅笳鼓過軍雞狗驚解襟顧景各箕踞擊劒高歌幾舉觥荆笄供膾愧攪聒乾鍋更戛甘瓜羹漫叟詩話

扇對法此與前隔句體同

律詩有扇對格第一與第三句對第二與第四句對如杜少陵哭台州司戶蘇少監詩云得罪台州去時危棄碩儒移官蓬閣後穀貴歿前夫東坡和鬱孤臺詩云邂逅陪車馬尋芳謝朓洲淒涼望鄉國得句仲宣樓又唐人

絶句亦用此格如去年花下留連飲暖日天桃鶯亂啼今日江邊容易別淡烟衰草馬頻嘶之類是也漁隱叢話

蹉對法

僧惠洪冷齋夜話載介甫詩云春殘葉密花枝少睡起茶多酒盞疎多字當作親世俗傳寫之誤洪之意蓋欲以少對密以疎對親予作荆南教官與江朝宗匯者同僚偶論及此江云惠洪多妄誕殊不曉古人詩格此一聯以密字對疎以多字對少正交股用之所謂蹉對法

也藝苑雌黄

離合體前雖不取此特存其大畧耳

藥名詩起自陳亞非也東漢已有離合體至唐始著藥名之號如張籍荅鄱陽客詩云江臯歲暮相逢地黄葉霜前半夏枝子夜吟詩向松桂心中萬事豈君知是也西清詩話

禽言詩當如藥名詩用其名字隱入詩句中造語穩貼無異尋常詩乃為造微入妙如藥名詩云四海無遠志

一溪甘遂心遠志甘遂二藥名也禽言詩云喚起窗全曙催歸日未西喚起催歸二禽名也梅聖俞禽言詩如泥滑滑苦竹岡之句皆善造語者也漁隱叢話

人名

荊公詩有老景春可惜無花可留得莫嫌柳渾青終恨李太白之句以古人姓名藏句中蓋以文為戲或者謂前無此體自公始見之余讀權德輿集其一篇云藩宣秉戎寄衡石崇勢位言紀信不留弛張良自愧樵蘇則

為愜瓜李斯可畏不顧榮宦尊每陳農畝利家林類巖巘負郭躬斂積忌滿寵生嫌養蒙恬勝利疎鍾皓月曉晚景丹霞異澗谷永不變山梁冀無累論自王符摩學得展禽志從此直不疑支離疎世事則權德輿已嘗為此體乃知古今文章之變殆無遺蘊德輿在唐不以詩名然詞亦雅暢此篇雖主意在別立體然不失為佳製也石林詩話

藥名

嘗見近世作藥名詩或未工要當字則正用意須假借如日側柏陰斜是也若側身直上天門東風月前湖夜湖東二字即非正用孔毅夫有詩云鄙性嘗山野尤甘草舍中鈎簾陰卷柏障壁坐防風客土依雲實流泉架木通行當歸老矣已逼白頭翁又此地龍舒國池隍獸血餘木香多野橘石乳最宜魚古瓦松杉冷旱天麻麥踈題詩非杜若牋膩粉難書 漫叟詩話

詩人玉屑卷二

詩人玉屑卷三

宋　魏慶之　撰

句法

有三種句

命題屬意如有神助歸於自然之句命題立意援筆立成歸於容易之句命題用意求之不得歸於苦求之句

金針

錯綜句法

老杜云香稻啄殘鸚鵡粒碧梧棲老鳳凰枝舒王云繰成白雪桑重緑割盡黄雲稻正青鄭谷云林下聽經秋苑鹿江邊掃葉夕陽僧以事不錯綜則不成文章若平直叙之則曰鸚鵡啄殘香稻粒鳳凰棲老碧梧枝以香稻列上以鳳凰列下者錯綜之也言繰成則知白雪為絲言割盡則知黄雲為麥也秦少游得其意特發奇語其作睡足軒則曰長年憂患百端慵開斥僧坊頗有功

地徹敲虧僧界靜人除荒穢王奩空青天併入揮毫裏白鳥時來隱几中最是人間佳絶處夢殘風鐵響丁東

冷齋

影畧句法

鄭谷詠落葉未嘗及彫零飄墜之意人一見之自然知為落葉詩曰返蟻難尋穴歸禽易見窠滿廊僧不厭一箇俗嫌多 冷齋

象外句

唐僧多佳句其琢句法比物以意而不指言一物謂之象外句如無可上人詩曰聽雨寒更盡開門落葉深是落葉比雨聲也又曰微陽下喬木遠燒入秋山是微陽比遠燒也用事琢句妙在言其用而不言其名耳

折句

六一居士詩云靜愛竹時來野寺獨尋春偶過溪橋山谷謂之折句盧贊元雪詩云想行客過梅橋滑免老農憂麥壠乾效此格也余亦嘗云鷓鴣盃且酌清濁麒麟閣

懶畫丹青漁隱

佳句

宋莒公見公佳句皆書於齋壁如無可奈何花落去似曾相識燕歸來静尋啄木藏身處閒看遊絲到地時樓臺冷落收燈夜門巷蕭條掃雪天已定復摇春水色似紅如白野棠花之類後人不可及青箱雜記

雄偉句

吳江長橋詩世稱三聯子美云雲頭灎灎開金餅水面

沉沉卧緑虹楊次公云八十丈虹晴卧影一千頃玉碧無瑕鄭毅夫云挿天螮蝀玉腰闊跨海鯨鯢金背高歐陽永叔謂子美此句雄偉余謂次公毅夫兩聯麄豪較以子美之句二公殊少醖藉也漁隱

雄健句

句法之學自是一家工夫昔嘗問山谷耕田欲雨刈欲晴去得順風來者怨山谷云不如千巖無人萬壑静十步回頭五步坐此專論句法不論義理盖七言詩四字

三字作兩節也此句法出黄庭經自上有黄庭下關元已下多此體張平子四愁詩句句如此雄健穩愜至五言詩亦有三字二字作兩節者老杜云不知西閣意肯别定留人肯别耶定留人耶山谷尤愛其深遠閑雅蓋與上七言同 詩眼

一人名而分用之句

一人名而分用之者如劉越石宣尼悲獲麟西狩泣孔丘謝惠連雖好相如達不同長卿慢等語若非前後相

映帶殆不可讀然要非全美也唐初餘風猶未殄陶冶至杜子美始淨盡矣

兩句純好難得

劉昭禹云五言如四十個賢人著一個屠酤不得覓句若掘得玉匣子有底有蓋但精心必獲其寶然昔人園柳變鳴禽竟不及池塘生春草餘霞散成綺不及澄江靜如練春水船如天上坐不若老年花似霧中看閒几硯中窺水淺不如落花徑裏得泥香停盃嗟别久不及

對月喜家貧神林社日鼓不若茅屋午時雞此數公未始不精心以此知其全實未易多得茗溪

兩句不可一意

晉宋間詩人造語雖秀拔然大抵上下句多出一意如魚戲新荷動鳥散餘花落蟬噪林逾靜鳥鳴山更幽之類非不工矣終不免此病蔡寬夫詩話

王荆公以風定花猶落對鳥鳴山更幽則上句靜中有動下句動中有靜沈括存中述筆談

置早意於殘晚中置静意於喧動中

唐詩曰海月生殘夜江春入暮年置早意於殘晚中有曰鷺蟬移别柳鬭雀墮閒庭置静意於喧動中山谷

句中有眼

句中眼者世人不能解王荆公欲新政作雪詩曰勢合便宜包地勢功成終欲放春回農家不念豐年瑞只欲青雲萬里開泠齋

句中當無虛字

或問余東坡有言詩至於杜子美天下之能事畢矣老杜之前人固未知有老杜後世安知無過老杜者余曰如一片花飛減却春若詠落花則語意皆盡所以古人既未到決知後人更無好語如畫馬詩云玉花却在御榻上榻上庭前屹相向則曹將軍能事與造化之功皆不可以有加矣至其他吟詠人情摹寫物景皆如是也老杜謝嚴武詩云雨映行宫辱贈詩山谷云只此雨映兩字寫出一時景物此句便雅健余然後曉句中當無

虛字詩眼

句法不當重疊

淮海小詞云杜鵑聲裏斜陽暮東坡曰此詞高妙但既云斜陽又云暮則重出也欲改斜陽作簾櫳余曰既言孤館閉春寒似無簾櫳公曰亭傳雖未必有簾櫳有亦無害余曰此詞本摹寫牢落之狀若曰簾櫳恐損初意先生曰極難得好字當徐思之然余因此曉句法不當重疊

重疊詩眼

言簡而意不遺之句

或有稱詠松句云影摇千尺龍蛇動聲撼半天風雨寒者一僧在坐曰未若雲影亂鋪地濤聲寒在空或以語聖俞聖俞曰言簡而意不遺當以僧語為優王直方詩話

句豪而不畔於理

吟詩喜作豪句須不畔於理方善如東坡觀崔白冬景圖云扶桑大繭如甕盎天女織綃雲漢上往來不遺鳳御梭誰能鼓臂投三丈此語豪而甚工石敏若橘林文

中詠雪有燕南雪花大於掌氷柱懸簷一千丈之語豪則豪矣然安得爾高屋耶余觀李太白北風行云燕山雪花大如席秋浦歌云白髮三千丈其句可謂豪矣奈無此理何如秦少游秋日絶句云連卷雌蜺挂西樓逐雨追晴意未休安得紅妝相向舞酒酣聊把作纒頭此語亦豪而工矣藝苑雌黃

句中有問答之詞

古人造語俯仰紆餘各有態小麥青青大麥枯 誰當穫

者婦與姑丈夫何在西擊胡凡此句中每涵問荅之詞大麥乾枯小麥黄問誰腰鐮胡與羌句法實有所自潘子真詩話

誠齋論一句有三意

詩有一句七言而三意者杜云對食暫餐還不能退之云欲去未到先思回有一句五言而兩意者陳后山云更病可無醉猶寒已自和

誠齋論驚人句

詩有驚人句杜山水障堂上不合生楓樹怪底江山起烟霧又斫却月中桂清光應更多白樂天云遥憐天上桂華孤爲問嫦娥更要無月中幸有閒田地何不中央種兩株韓子蒼衡嶽圖故人來自天柱峯手提石廩與祝融兩山坡陁幾百里安得置之行李中此亦是用東坡云我持此石歸袖中有東海杜牧之云我欲東名龍伯公上天揭取北斗柄蓬萊頂上斟海水水盡見底看海空李賀云女媧鍊石補天處石破天驚逗秋雨

誠齋稱李大方警句

李方叔之孫大方字允蹈少時嘗作思故山賦諸公間稱之以為似邢居實晚得一鶚冠今為雜買場寄予詩一篇多有驚句如三百年來今幾秋天地自老江自流如笛聲吹起白玉盤正照御前楊柳碧如可憐一代經綸業不抵鍾山幾首詩如後院落花人不到黃鸝飛逐石榴陰大似唐人

誠齋論警句

士大夫間有口傳一兩聯可喜而莫知其所本者如人情似紙番番薄世事如棊局局新又飽諳世事慵開眼會盡人情只點頭又薄有田園歸去好苦無官況莫來休又賀人休官重碧杯中天更大軟紅塵裏夢初收竟不知何人詩也又有嘲巧宦而事反拙者當初只謂將勤補到底翻為弄巧成此本可笑

陵陽論警句

公嘗曰昨嘗與吕居仁閒論前輩所作上元詩居仁曰

晏元獻云梅臺冷落收燈夜花巷清虚掃雪天最佳直是說得出不可及後見吕郎中有詩云江城氣候猶含雪草市人家已掛燈豈用晏意耶室中語

少陵坡谷句法

前人文章各有一種句法如老杜今君起拖春光流予亦江邊具小舟同心不減骨肉親每語見許文章伯如此之類老杜句法也東坡秋水今幾竿之類自是東坡句法魯直夏扇日在摇行樂亦云聊此魯直句法也學

者若能遍考前作自然度越流輩呂氏童蒙訓

蔣道士詩句

衡州蔣道士云石壓笋斜出岸懸花倒生後因太守怒不掃地辱之守見詩愛而名之乃上詩曰春來不是人慵掃為惜莓苔襯落花守悔焉欲招之飲蔣有詩謝曰敲開敗籜露新竹拾上落花妝舊枝復為湘人所重青瑣

省題詩句

湘靈鼓瑟落句曲終人不見江上數峯青含蓄不盡意

或謂錢起得之夢未必然也韓昌黎精衛銜石填海篇有人皆識造次我獨賞專精則語意超詣不可以加矣

灘聲句

宿龍宫灘詩浩浩復湯湯灘聲抑更揚魯直云退之裁聽水句尤見工所謂浩浩湯湯抑更揚者非客裏夜卧飽聞此聲安能周旋妙處如此耶 韓詩補注

清健句

三過門中老病死一彈指頃去來今句法清健天生對

也陸務觀詩云老病已多惟欠死貪嗔雖盡尚餘癡不失望東坡而近世亦無人能到此蔡藿人詩話

詩句可入畫

呂居仁春日即事云雪消池館初春後人倚闌干欲暮時此自可入畫人之情意物之容態二句盡之遺珠

燕詩

歐陽公愛王君玉燕詩烟徑掠花飛遠遠曉窻驚夢語怱怱梅聖俞以爲不若李堯夫花前語澁春猶泠江上

飛高雨乍晴 遺珠

唐人句法

朝會

閶闔開黄道衣冠拜紫宸 杜甫

退朝花底散歸院柳邊迷 杜甫晚出左掖

碧霄傳鳳吹旭日在龍旗 楊巨源春日獻聖壽

爐烟添柳重宫漏出花遲 同前

鈎陳霜騎肅御道雨師清 皇甫冉東郊迎氣

御爐香焰暖馳道玉聲寒　竇叔向春日應制

金闕曉鐘開萬戶玉階仙仗擁千官　岑参早朝

花明劔珮星初没柳拂旌旗露未乾　同前

宫掖

春風開紫殿天樂下珠樓　李白宫中行樂詞

鶯歌聞太液鳳吹繞瀛洲　同前

鐘來宫轉漏月過閣移陰　喻坦之宿省中

鶯歸漢宫柳花隔杜陵烟　郎士元春宴

玉堦閒墜葉羅幌見飛螢沈佺期長門怨

繡户香風暖紗窻曙色新李白

夢裏君王近宫中河漢髙劉方平長信宫

竹外仙亭出花間輦路分喬知之應制

一聲啼鳥禁門静滿地落花春日長王隨

長樂鐘聲花外盡龍池柳色雨中深錢起闕下贈裴舍人

懷古

古墻猶竹色虚閣自松聲杜甫

野花留寶靨蔓草見羅裙 杜甫琴臺

江山九秋後風月六朝餘 杜牧企望

竹送清溪月苔移玉座春 杜甫玄元皇帝廟

輦路江楓暗宮朝野草春 司空曙金陵懷古

峴首羊公愛長沙賈誼愁 孟浩然送王昌齡之嶺南

二女竹上淚湘妃水底魂 韓愈泊三江口

碑已無文字人猶敬子孫 任蕃經墮淚碑

野廟向江春寂寂斷碑無字草芊芊 李羣玉黄陵廟

晴川歷歷漢陽樹春草凄凄鸚鵡洲 崔顥登黃鶴樓

送別

人分千里外興在一杯中 李白別宋之悌

飲中相顧色送後獨歸情 韓愈

人由戀德泣馬亦别羣鳴 韓愈寄王中丞

九江春水闊三峽暮雲深 陳陶溢城贈别

住接猿啼處行逢鴈過時 許渾送客歸峽州

塞草連天暮邊風動地秋 張佀送王相公赴幽州

楊柳北歸路蒹葭南渡舟　許渾泊松江渡

落葉淮邊雨孤山海上秋　錢起送人

長亭叫月新秋鴈官渡含風古樹蟬　武元衡送韋秀才赴滑州

蟬聲驛路秋山裏草色河橋落照中　韓翃送人歸青州

地名

水落魚龍夜山空鳥鼠秋　杜甫句魚龍鳥鼠皆地名

弓抱關西月旗翻渭北風　岑參送李太保充渭北節度

雲送關西雨風傳渭北秋　岑參客舍寄許嚴二山人

秋草靈光殿寒雲曲阜城 韓翃送故人歸魯

明月雙溪水清風八詠樓 嚴維送人入金華

樓看滄海日門聽浙江潮 宋之問靈隱寺

人離京口日潮送岳陽船 周賀送楊岳

江流嶓冢雨帆入漢陰山 方干金州客

瓜步早潮吞建業蒜山晴雪照揚州 朱文長

樹隔五陵秋色早水連三晉夕陽多 張喬

人名

草生元亮徑花暗子雲居　王績田家

雲藏神女館雨到楚王宮　皇甫冉巫山高

春山子敬宅古木謝敷家　朱文長贈别

江山清謝朓草木媚丘遲　張子容贈張司勲

去思今武子餘教昔文翁　釋皎然送李中丞

暮雨揚雄宅秋風向秀園　李郢園居

黄霸初臨郡陶潛未去官　李嘉祐江陰道中作

阮籍生涯懶嵇康意氣疎　王績思家

江遶武侯籌筆地雨昏張載勒銘山 唐彥謙興元沈氏莊

劉琨坐嘯風清塞謝朓裁詩月滿樓 武元衡酬嚴司空見寄

寫景

人煙寒橘柚秋色老梧桐 李白

樹交花兩色溪合水重流 蔣別南溪別業

鳥歸沙有跡帆過浪無痕 賈島江亭晚望

江樹臨州晚沙禽對水寒 劉長卿七里灘

秋應為紅葉雨不厭蒼苔 李義山

霜空極天靜寒月帶江流　張說

風度蟬聲遠雲開鴈路長　隋王胄雨晴

草木窮秋後山川落照時　杜牧寄友人

就暖風光偏著柳辭寒雪影半藏梅　馬懷素應制

春融只恐乾坤醉水閣深知世界浮　羅隱春日湘中亭岳麓寺

詠物

白波吹粉壁青嶂挿雕梁　杜甫嚴公廳事岷山沱江圖

綠攢傷手刺紅墮斷腸英　朱餘慶薔薇

影高羣木外香滿一輪中　張喬月中桂
氣蒙楊柳重寒勒牡丹遲　劉得仁春雨
小葉風吹長寒花露濯鮮　符子珪方樹
千載白衣酒一生青女霜　羅隱詠菊
雲凝巫峽夢簾閉景陽妝　牡丹
誰憐一片影相失萬重雲　杜甫孤鴈
花間燕子棲鳷鵲竹下鵷鶵繞鳳凰　蘇頲寓直
鶴盤遠勢投孤嶼蟬曳殘聲過別枝　魚元機

造理

病知新事少老别故交難 崔塗別故人

馬爲賒來貴童因借得頑 姚合

雪晴山脊見沙淺浪痕交 章八元江行

樓高驚雨闊木落覺城空 李洞聽白公話舊

興因樽酒洽愁爲故人輕 張繼春夜皇甫冉宅勸酒

徑轉危峯逼橋斜缺岸妨 杜審言山池

爲月牕從破因詩壁重泥 項斯題令孤處士溪居

寺遠僧來少橋危客過稀 許渾題韋處士山居

買栽池館恐無地看到子孫能幾家 羅鄴牡丹

自緣今日人心別未必秋香一夜衰 鄭谷十日菊

入畫

碧知湖外草紅見海東雲 杜甫

天晴一鴈遠海闊孤帆遲 李白送張舍人

松門天竺寺花洞若耶溪 張說送盧處士遊吴越

山昏函谷雨木落洞庭波 許渾送人南遊

山遠疑無樹潮平似不流孟浩然浮江

曉煙平似水高樹暗如山雍陶塞上

桑柘晴川口牛羊落照間呂温宴别

驛道青楓外人煙綠嶼間孫逖登子江樓

春朝帶雨晚來急野渡無人舟自横韋應物滁州西澗

綠樹遶村含細雨寒潮背郭捲平沙温庭筠送人

典重

上公周太保副相漢司空岑參送李太保

八荒開壽域一氣轉洪鈞杜甫

氣蒸雲夢澤波撼岳陽城孟浩然洞庭

黄閣開帷幄丹墀拜冕旒錢起

地控吳襟帶才光漢搢紳皇甫冉送常君赴昇州

聖藻垂寒露仙杯落晚霞沈佺期應制

星月懸秋漢風霜入曙鐘李嶠餞駱四

天勢圍平野河流入斷山暢當登鸛雀樓

鑾輿迥出仙門柳閣道遥看上苑花王維和御製

簾捲青山巫峽曉煙開碧樹渚宮秋 武元衡酬嚴司空見寄

清新

小桃初謝後雙燕恰來時 鄭谷杏花

貞爲臺裏柏芳作省中蘭 包何寓直

一宵猶幾刻兩歲欲平分 曹松除夜

微月初三夜新蟬第一聲 白居易聞蟬

野色寒來淺人家亂後稀 羅隱秋浦

行到水窮處坐看雲起時 王維入山

曉日尋花去春風帶酒歸 李郢少年行

樹初黃葉日人欲白頭時 白居易途中感秋

留連戲蝶時時舞自在嬌鶯恰恰啼 杜甫

蝴蝶夢中家萬里子規枝上月三更 崔塗

奇偉

戟枝迎日動閣影助松寒 劉禹錫春日退朝

霜蹄千里駿風翮九霄鵬 杜甫

蟄龍三冬卧老鶴萬里心 杜甫

風流峴首客花艷大堤倡　韓愈送李尚書赴襄陽

水聲巫峽裏山色夜郎西　李嘉祐送人

秦地吹簫女湘波鼓瑟妃　韓愈凉國公主挽詩

盖海旗幢出連天觀閣開　韓愈送鄭尚書赴南海

壁壘依寒草旌旗動夕陽　郎士元早春登城

殘星數點鴈横塞長笛一聲人倚樓　趙嘏

玉節在船清海怪金函開詔拜夷王　姚合送源中丞赴新羅

綺麗

御鞍金騕褭宮硯玉蟾蜍 杜甫贈李秘書

風筝吹玉柱露井凍銀牀 杜甫謁玄元皇帝廟

柳塘春水漫花塢夕陽遲 嚴維

舞鬟金翡翠歌頸玉蠐螬 白居易獻裴令公

錦帳郎官醉羅衣舞女嬌 李白寄王漢陽

風暖鳥聲碎日高花影重 杜荀鶴春宮怨

酒緑市橋春漏閒宮殿午 李正封清明日

露曉紅蘭重雲晴碧柱高 許渾曉發寄李師晦

急管晝催平樂酒春衣夜宿杜陵花 韓翃贈張千牛

歌繞夜梁珠宛轉舞嬌春席雪朦朧 羅隱商於驛東望有感

刻琢

露菊班豐鎬秋蔬影澗瀍 杜甫夔府詠懷

墜露清金閣流螢點玉除 喬備長門怨

苦調琴先覺愁容鏡獨知 王適古離别

道進愁還淺年加壢却輕 盧得仁秋夜寄友人

雲蔽望鄉處雨愁爲客心 戴戭清溪館作

杜魄呼名吽巴江學字流 李遠送友人入蜀

雲迎出塞馬風捲渡河旗 沈佺期送人北征

雀聲花外瞑客思柳邊春 温庭筠江岸

五夜有心隨暮雨百年無節待秋霜 無名氏嘲失節婦

三台位缺嚴陵卧百戰功高范蠡歸 温庭筠和友人題壁

自然

只因松上鶴便是洞中人 杜荀鶴訪道者不遇

今宵一別後何處更相逢 于武陵與故人別

飛來南浦水半是華山雲　于武陵贈王隱人

忽聞哀痛詔又下聖明朝　杜甫收京

承恩不在貌教妾若為容　杜荀鶴春宮怨

共看今夜月獨作異鄉人　張謐寄友人

有僧飛錫到留客話松間　冷朝陽遊華嚴寺

羞將新白髮却對舊青山　于武陵西歸

却從城裏攜琴去許到山中寄藥來　賈島送胡道士

朝廷有道青春好門館無私白日閒　薛能獻僕射

寒苦

興幽松雪見心苦硯氷知 李洞感知上李侍郎

暮隨江鳥宿寒共嶺猿愁 許渾送客歸南溪

夜蛩偏傍枕寒鳥數移柯 劉眞卿月下呈章秀才

澗氷妨鹿飲山雪阻僧歸 張喬山中冬夜

水聲氷下咽沙路雪中平 劉長卿

風領衣裳脆天寒筆硯清 姚合秋月山中

雪嶺無人迹氷河足鴈聲 盧綸從軍行

塞迥連天雪河深徹底氷　馬戴邊將

氷橫曉渡胡兵合雪滿窮沙漢騎迷　趙嘏平戎

夜長簷霤寒無寢日晏厨煙冷未炊　窮窘

豪壯

山河扶繡戶日月近雕梁　杜甫玄元皇帝廟

吳楚東南坼乾坤日夜浮　杜甫洞庭湖

黃山四千仞三十二蓮峯　李白送温處士

天上白玉京十二樓五城　李白

虹截半江雨風驅大澤雲王貞白雨後登庾樓

閶闔連雲起巖廊拂霧開沈佺期元日早朝

楚闊天垂草吳空月上波張儐送人東歸

大海天為水蓬萊雪作山宗楚客遇雪應制

伯仲之間見伊吕指揮若定失蕭曹杜甫

帆飛楚國風濤闊馬度藍關雨雪多杜荀鶴辭鄭員外入關赴舉

工巧

浦轉山初盡虹斜雨半分顧飛熊住杭州

木落山城出潮生海棹歸　喻坦之晚泊富春

古樹老連石急泉清露沙　温庭筠處士盧岵山居

芋葉藏山徑蘆花間渚田　岑參晚泊五渡

岩狖牽垂果湍禽接迸魚　顧飛熊天河閣到啼猿閣即事

鳥歸花影動魚没浪痕圓　悟清

樹勢連巴没江聲入楚流　方干送姚合赴金州

水落金沙淺雲高玉葉疎　沈君道應令

暗香惹步澗花落晚影逼簾溪鳥回　羅鄴滄浪峽

野寺山邊斜有徑漁家竹裏半開門 李嘉祐送宋中書遊江東

精絶

月明三峽曙潮滿二江春 張循之巫山高

風清江上樹霜洒月中砧 僧貫休

風兼殘雪起河帶斷冰流 于良史冬月晚望

客尋朝磬至僧背夕陽歸 崔峒崇福寺

客帆和鴈落霜葉向人飛 羅隱東歸途中作

雪侵帆影落風逼鴈行斜 趙蝦江行

晚秋淮水上新月楚人家　劉方平淮上秋夜

晚色寒蕪遠秋聲候鴈多　權德輿送人

楊柳風多潮未落蒹葭霜在鴈初飛　趙嘏長安與友生話舊

燕知社日辭巢去菊為重陽冒雨開　皇甫冉秋日東郊

閒適

水舂雲母碓風掃石楠花　李白送內尋廬山女道士

硯和青靄凍簾對白雲垂　喻坦之寄姚少府

湖聲蓮葉雨野色稻花風　張籍送人及第歸越

子能渠細石吾亦沼清泉杜甫

趂鐘開静户帶葉卷殘書周賀酬吳處士

浥露收新稼迎寒葺舊廬皇甫冉送王山人歸别業

竹引攜琴入花邀載酒過孟浩然山池

地深新事少官散故交踈周賀贈盧長史

閑花半落猶邀蝶白鳥雙飛不避人方干題睦州環溪亭

蒼苔濁酒林中静碧水春風野外昏杜甫漫興

幽野

樹深時見鹿溪午不聞鐘　李白訪戴道士

樹停山鳥鶴茶會石橋僧　周賀贈朱餘慶

簷前花覆地竹外鳥窺人　祖詠清川别業

寺分一派水僧鎖半房山　裴説道林寺

泉湧堦前地雲生户外峯　僧靈一宿天柱觀

一徑野花落孤村春水生　杜甫

竹徑通幽處禪房花木深　常建破山寺

窻接停猿樹巖飛浴鶴泉　温庭筠寄僧

澄江月上見魚擲荒徑葉乾聞犬行 周賀江館書事

隔岸雞鳴春耨去隣家犬吠夜漁歸 方干山中言

羈旅

雞聲荒戍曉鴈過古城秋 許渾泊松江渡

雞聲茅店月人跡板橋霜 温庭筠早行

寒樹鳥初動霜橋人未行 劉禹錫途中早發

客淚題書落鄉愁對酒寛

對酒惜餘景問程愁亂山 戴叔倫逢董校書

燈影秋江寺蓬聲夜雨船温庭筠送僧

見鴈思鄉信聞猨積淚痕岑參巴南舟中即事

衆鳥已歸樹旅人猶過山任藩旅次

楚水晚凉催客早杜陵秋思傍蟬多周賀秋遊南塘寄王知白

鴈飛南浦砧初斷月滿西樓酒半醒夏寶松宿江城因號為夏江城

佳境

岩花點寒溜石磴掃春雲權德輿宿棲岩

山光悅鳥性潭影空人心常建破山寺

碧溪風澹態芳樹雨餘姿 杜牧途中作

煙峯高下翠日浪淺深明 唐太宗春日登眺

江村片雨外野寺夕陽邊 岑參曉發五渡

溪中雲隔寺夜半雪添泉 項斯寄石橋僧

露曉蒹葭重霜晴橘柚垂 許渾曉發寄人

河漢秋生夜杉梧露滴時 馬戴宿僧房

輕烟不入宮中樹佳氣常薰仗外峯 錢起從駕幸甘泉宮

樹色漸分雙闕裏漏聲遥在百花中 皇甫曾早朝

警策

竹陰行處密僧臘別來高　張喬僧房

川迴吳岫失塞闊楚雲低　皇甫冉送人

鴈斷知風急湖平得月多　白居易松江亭

樹隔朝雲合猿窺曉月啼　李嘉祐送人

草礙人行緩花繁鳥度遲　盧照鄰山行

山帶新晴雨溪留閏月花　戎昱閏春宴溪莊

客為忙多去僧因飯暫留　白居易贈韋山人

樹隔高關斷天連大漠空李頻送人往塞北

鴈行雲接參差翼庭樹風開次第花章孝標贈劉侍御三子弟同時及第

文章舊價留鸞掖桃李新陰在鯉庭楊汝士壓倒元白之句

引帶

春山和雪靜寒水帶氷流趙嘏送人歸覲

飛花隨蝶舞艶曲伴鶯嬌李嶠春日應制

孤城向水閉獨鳥背人飛劉長卿餘干旅舍

踈簾看雪捲深戸映花關韓翃題僧房

溪浪和星動松陰帶鶴移 杜荀鶴宿僧院因贈

秋水牽沙落寒藤抱樹疎 庾信窮秋

凍柳含風落寒花照日鮮 劉孝標

巢鶴和鐘唳詩僧倚錫吟 鄭谷題興善寺

月轉碧梧移鵲影露低紅葉濕螢光 許渾宿望亭驛寄蘇州同遊

橋通小市家林近山帶平湖野寺連 韓翃送冷朝陽歸上元

連珠 句中字相對

百年雙白鬢一別五愁螢

四年三月半新筍晚花時元稹題褒城驛

遠山芳草外流水落花中司空曙鮮于秋林園

千峯孤燭外片雨一更中韓翃夜宴

空城流水在荒澤舊村稀李嘉祐

萬水千山路孤舟盡日程賈島

窻燈寒几淨簷雨曉階愁楊衡

五湖三畝宅萬里一歸人沈佺期詩

疊嶂懸流平地起危樓曲閣半天開劉憲山莊應制

積水長天迷遠客荒城極浦足寒雲 皇甫曾送李録事

合璧 句中意相闗

舟移城入樹岸闊水浮村 岑參泛渼陂

沙平寒水落葉脫晚枝空 褚亮喜霽

霧捲晴山出風恬晚浪收 李嶠初霽

徑滑苔粘履潭深水没篙 白居易獻裴令公

砌冷蟲喧坐簾疎月到牀 岑參送鄭侍御

山曉雲和雪汀寒月照霜 皇甫冉送權驊

海曙雲浮日 江遥水合天 李益

簷燕酬鶯語 庭花雜絮飄 姚合

風傳鼓角霜侵戟 雲捲笙歌月上樓 許渾將南行陪崔尚書宴

三春月照千山路 十日花開一夜風 温飛卿

實字妝句

日月低秦樹 乾坤繞漢中 杜甫

樹翳樓臺月 帆飛鼓角風 周繇送薛尚書

沙岸江村近 松門山寺深 孟浩然送人

茶爐天姥客碁席剡溪僧　温庭筠宿僧寺

銀龍銜燭燼金鳳起爐煙　薰放冬夜對妓

氷城朝浴鐵地道夜銜枚　闕名

殘藥沾雞犬靈香出鳳麟　顧況

玉檢茱萸匣金泥蘇合香　吳筠秦王捲衣

旌旗日暖龍蛇動宫殿風微燕雀高　杜甫早朝

潮生水國蒹葭響雨過山城橘柚疎　許渾

虚字粧句

長貧惟要健漸老不禁愁張籍寄王中丞

已行難避雪何處合逢花闕名

身外唯須醉人間半是愁司空曙

飄飄搏擊便容易往來遊杜甫

未滿先求退歸閒不厭貧李嘉祐送房明府

乍見翻疑夢相悲各問年錢起

與世長疎索唯僧得往還朱慶餘

只憂連夜雨又過一年春李敬方飲酒

艷麗最宜新著雨嬌饒全在欲開時 鄭谷海棠

漸老更思深處隱多閒惟借上方眠 賈島

首用虚字

無風雲出塞不夜月臨關 杜甫

無人花色慘多雨鳥聲寒 李嘉祐江陰道中

以吾爲世舊憐爾繼家風 李嘉祐送張秀才

出關逢落葉傍水見寒花 李嘉祐送韋九往濠州

到江吳地盡隔岸越山多 僧處默吳越紀事

似煖花融地無聲玉滿堂李景春雪

載酒尋山宿思人帶雪過司空曙贈李端

無邊落木蕭蕭下不盡長江滾滾來杜甫

但將酩酊酬佳節不用登臨怨落暉杜牧之九日

上三下二七言上五下二

野店寒無客風巢動有禽周繇送宇文虞

似梅花落地如柳絮因風本朝王淡交雪詩

送終時有雪歸葬處無雲任藩哭友人

永夜角聲悲自語中天月色好誰看

輕重對　意高則不覺

江流天地外山色有無中　王維漢江

獨來成悵望不去泥欄干　唐彦謙惜花

自當舟楫路應濟往來人　張衆甫三州渡

桑麻深雨露燕雀半生成　杜甫屏跡

三分割據紆籌策萬古雲霄一羽毛　杜甫

門臨蒼莽經年閉身逐嫖姚幾日歸　李嘉祐

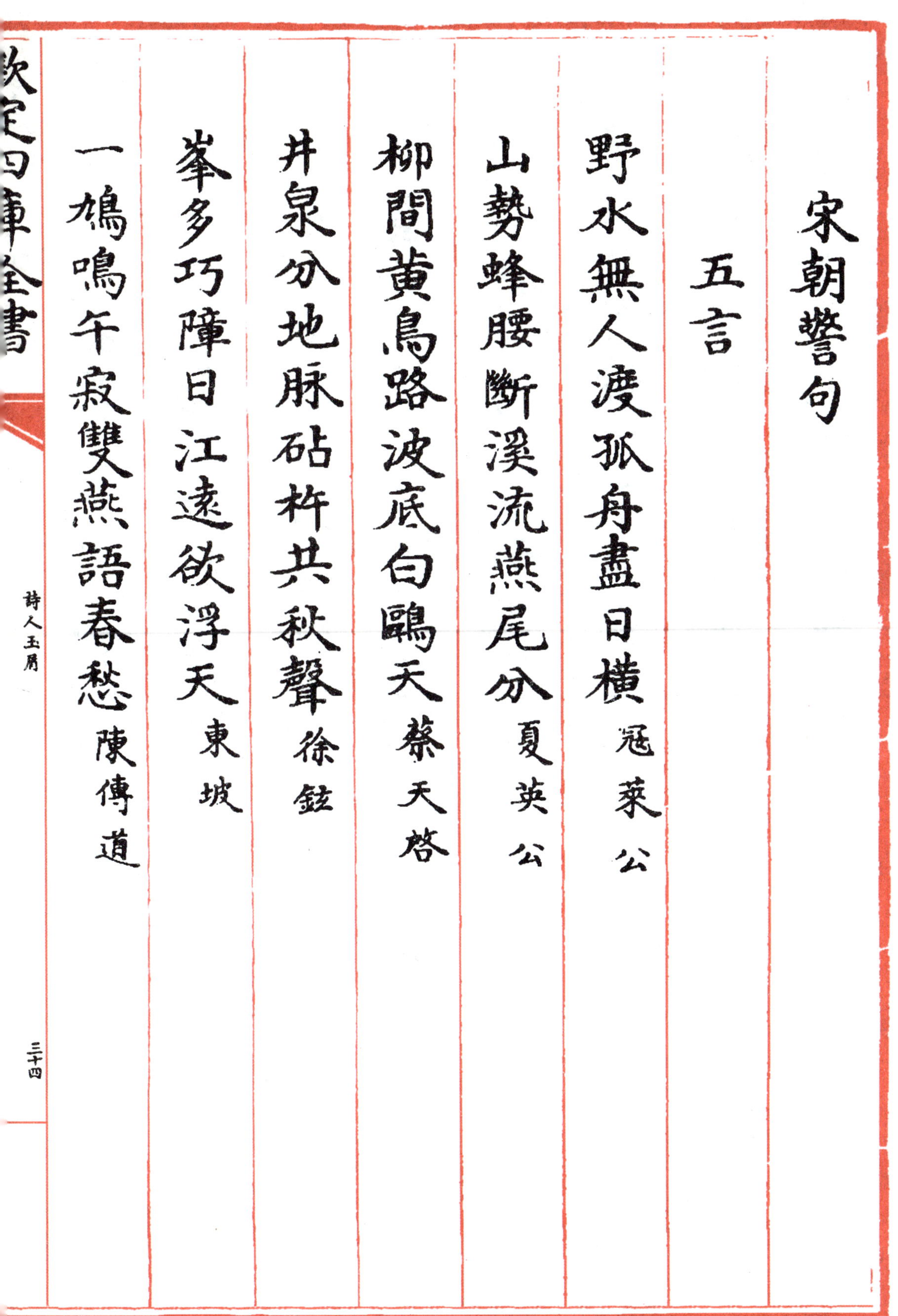

宋朝警句

五言

野水無人渡孤舟盡日横 寇莱公

山勢蜂腰斷溪流燕尾分 夏英公

柳間黄鳥路波底白鷗天 蔡天啓

井泉分地脉砧杵共秋聲 徐鉉

峯多巧障日江遠欲浮天 東坡

一鳩鳴午寂雙燕語春愁 陳傳道

溪聲長在耳山色不臨門　李濤

掃地樹留影拂牀琴有聲　李濤

手香橙熟後髮脫草枯時　唐子西

片雲明外暗斜日雨邊晴　同上

一朝厭蝸角萬里騎鵬背　洪龜父

著衣輕有暈入水淡無痕　徐忻

新霜染楓葉皓月借蘆花　楊徽之

境閒僧度水雲静鶴歸松　惠崇

驚蟬移古柳鬭雀墮寒庭 惠崇

寒禽棲古柳破月入微雲 惠崇

曙分林影外春盡鳥聲中 蔡懋

去路正黄葉別君堪白頭 僧惟鳳秋日送人

雨勢宫城闊秋聲禁樹多 劉筠直禁中

七言

船中聞鴈洞庭夜牀下有蛩長信秋 錢昭度

風前有恨梅千點溪上無人月一痕 吴可

雲埋山麓藏秋雨葉脫林梢帶晚風陳知默

樹移午影重簾靜門對春風十日閒呂居仁

鶴歸已改新城郭牛臥重尋舊墓田錢熙送人拜掃

千斗氣沉龍已化置芻人去榻猶懸晏元獻送人知洪州

偶題巖石雲生筆閒遶庭松露濕衣楊徽之僧舍

遊魚顧影驚寒月宿鷺迷羣下夕陽蔡九峯白蓮

靜尋啄木藏身處閒看遊絲到地時同上

綠章封事緘初啓青鳳求凰尾乍開丁謂芭蕉

窺人鳥喚悠颺夢隔水山供宛轉愁 荆公午枕

細數落花因坐久緩尋芳草得歸遲 荆公

一水護田將緑遶兩山排闥送青來 荆公

隴鴈半驚天在水征人相顧月如霜 王君玉聞角

萬壑松聲山雨過一川花氣水風生 同上

沙軟緑頭相並鴨水深紅尾自跳魚 高子勉

客子光陰詩卷裏杏花消息雨聲中 陳去非

負郭生涯千畝竹長年心事四愁詩 石敏若

千里江山漁笛晚十年燈火客氊寒石敏若

桃李春風一杯酒江湖夜雨十年燈山谷

雪意未成雲著地秋聲不斷鴈連天錢惟演

詩人玉屑卷三

欽定四庫全書

詩人玉屑卷四

宋　魏慶之　撰

風騷句法

五言

萬象入壺上接下下連上

野曠天低樹江清月近人　石梁高瀉月樵路細侵雲

重輪倒影上下接連

落日下平楚孤煙生洞庭　波光揺海月星影入城樓

新月驚鼇上接下

金波麗鳷鵲玉繩低建章　曉雲僧衲潤殘月客帆明

衣袞乘龍下連上

卷幔來風遠移牀得月多　水涵天影闊山拔地形高

真人御風高步清虚

白露明河影清風淡月華　露彩方泛灧月華始俳徊

嫦娥奔月脫棄塵凡

看竹雲垂地尋僧雪滿船　鑿池寒月入掃地白雲生

公明布卦 推究物情

馬倦時銜草人疲數望城　犬迎曾宿客鴉護落巢兒

東方占鵲 精窮物理

芹泥隨燕觜花粉上蜂鬚　魚爛緣吞餌蛾燋為撲燈

陶壁飛梭 雷電交馳

江聲秋入寺雨氣夜侵樓　雪埋寒樹短雲壓夜城低

碧海求珠 採摭故實

舜耕餘草木禹鑿舊山川　卿月升金掌王春度玉墀

華林擷芳搜捕事迹

山藏伯禹穴城壓伍胥濤　鷗眠陶令醉鶴唳屈原醒

閒雲惹碧人逐景

石縫銜枯草查根漬古苔　林迸穿籬筍藤飄落水花

遊絲拖翠景逐人

石角鉤衣破藤枝刺眼新　步壑風吹面看松露滴身

怪石籠雲物對景

春波何限綠　白鳥自由飛　夕寒山翠重　秋靜鴈行高

晚山銜日 景對物

寒禽栖古柳　破月入微雲　曉来山鳥鬧　雨過杏花稀

風轉斷蓬 寄迹

高鳥黄雲暮　寒蟬碧樹秋　十暑岷山葛　三霜楚户砧

鱗處涸轍 窮命

萬事已黄髮　殘生隨白鷗　不爨井晨凍　無衣牀夜寒

龍吟虎嘯 飛動

野雲低度水簷雨細隨風　亂雲低薄暮急雪舞回風

鶴盤鳳翥變動

林花掃更落徑草踏還生　泉聲到池盡山色上樓多

枕石漱流抱道

貌將松共瘦心與竹俱空　雨中耕白水雲外斸青山

拂塵破暗修行

觸風香損印霑雨馨生衣　瓶殘秦地水錫入晉山雲

月浸梨稍明白

蘿月掛明鏡松風鳴夜絃　小蓮娃欲語幽笋稚相攜

泉飛雲竇清興

露館濤驚枕空庭月伴琴　雪殘僧掃石風動鶴歸松

獨鳥投林幽居

門靜眠山鹿堦閑立水禽　秋草閒三徑寒塘獨一家

孤鴻出塞旅情

客愁連蟋蟀亭古帶蒹葭　鳥聲非故國春色是他山

曉妝呵鏡晦明

水暗蒹葭霧月明楊柳風　綠水明秋日青山隔暮雲

夜筵滅燭　獨處

池光不受月野氣欲沉山　雪深迷郢路雲暗失陽臺

文豹隱霧　安時

尋泉上山遠看筍出林遲　紙窗明覺曉布被暖知春

靈龜曳尾　守分

風落收松子天寒割蜜房　草閣平春水柴門掩夕陽

絕壁垂藤　攀仰

鳥道挂疎雨人家殘夕陽　遠水靜林色微雲生夕陽

佩印還鄉 喜悅

罷扇風生竹移牀月過庭　乘舟泊山寺著屐到漁家

江南芳信 春

柳色煙中遠鶯聲雨後新　風輕粉蝶喜花暖蜜蜂喧

河朔劇飲 夏

乳燕並頭語紅葵相對開　清風醒病骨快雨破煩心

宋玉生悲 秋

晚花惟有菊寒葉已無蟬　氣爽衣裳健風疎砧杵鳴

袁安高卧冬

凍餅粘柱礎宿火陷爐灰　凍泉依細石晴雪落長松

啓明戒旦早

林殘數枝月髮冷一梳風　路明殘月在山静宿雲收

長庚告昏晚

疎鐘吟落照歸路指平蕪　牛羊歸徑險鳥雀聚枝深

蜀錦舒空晝

風暖鳥聲碎　日高花影重　窺魚光照鶴　洗鉢影搖僧

承露擎虛 夜

露竹偷燈影　煙松護月明　微雲淡河漢　疎雨滴梧桐

珠佩敲風 風

慢隨雲葉動　高逐桂枝生　幽澗迷松韻　閒窻動竹聲

寶髻簪花 花

紫蠟粘為帶　紅酥點作蕤　落時猶自舞　掃後更聞香

寒梅欺雪 雪

宿浦人迷徑歸林鳥失巢　客帆迷古渡蕃帳隱平沙

澄江浸月月

影開金鏡滿輪抱玉壺清　流處水花急吐時雲葉鮮

一氣飛灰

青門弄煙柳紫閣舞雲松　白髮千莖雪丹心一寸灰

二劒凌空

池緑苔猶少林黄柳尚踈　拔青松直上鋪碧水平流

三星共色

晚菓紅低樹秋苔緑遍墻　古壇青草合徃事白雲空

四瑞效靈

鴨頭新緑水鴈齒小紅橋　柳庭垂緑穗蓮浦落紅衣

五色捧筆

石苔縈棹緑山菓拂舟紅　浪花吹更白嵐色染還青

麟角表瑞

虎嘯夜林動鼉鳴秋澗寒　燕靜銜泥處蜂喧抱蘂回

老蚌含珠

宫鶯嬌欲醉簷燕語還飛　隨蜂收野白尋麝採生香

荆山鑄鼎

破海鯨波息登山豹霧開　柱穿蜂溜蜜棧抉燕添巢

商嶺採芝

小池兼鶴静古木帶蟬秋　將軍分虎竹戰士臥龍沙

連珠散彩

醉上山翁馬寒歌甯戚牛　寒草煙藏虎高松月照鵰

衆星環極繼體守文

北斗承三獻南風入五絃　冕旒當翠殿幢戟滿彤庭

彗氣橫天除舊布新

業定商周鼎功包天地爐　風塵三尺劍社稷一戎衣

芟除荆棘禁暴

箭飛瓊羽合旗動火雲張　鼎魚猶假息穴蟻欲何逃

蕩滌邊塵戢戎

落日黃雲動陰風白草翻　邊月隨弓影胡霜拂劒花

王民鼓腹謳歌

湛露浮堯酒薰風起舜歌　漢典方寬律周官正採詩

白鶴棲松　高尚

石壁藤為路山窗雲作扉　水痕侵岸柳山翠借厨煙

玄蟬飲露　清潔

白石磨樵斧青竿理釣絲　籬下黃花菊丘中白雪琴

鷦鷯巢林　隨分

酒熟憑花勸詩成倩鳥吟　無竹栽蘆看思山疊石為

精衛填海　辛苦

藻密行舟澁灣多轉檝頻　棧懸斜閉石橋斷却尋溪

雷公拭劍 晶熒

木落寒郊逈煙開疊嶂明　沙明連浦月帆白滿船霜

蓮女遺簪 棄置

寶劍依塵席陰符寄藥囊　雨拋金鏁甲苔卧綠沉槍

明鑑張空 追感

古殿吳花草深宮晉綺羅　行人問宮殿耕者得璣珠

竹敲寒夢 悽愴

寶箏橫塞鴈怨笛落江梅　風葉亂辭木雪猿清呌山

火浣重燒始終

皂鵰寒始急天馬老能行　落日心猶壯秋風病欲蘇

隴水分流向背

巢許山林志夔龍廊廟珍　白日依山盡黄河入海流

揮毫染素入畫

鷺巢横卧栁猿飲倒垂藤　千峰隨雨暗一逕入雲斜

炫紫奪朱逼真

拂黛月生指理鬢雲滿梳　雙眸翦秋水十指剝春葱

麋鹿相親山林

亂藤遮石壁絶澗護雲林　蘿落生孫竹門庭上女蘿

梟鸞同處憎愛

惜花愁夜雨病酒怨春鶯　惜蜂收蜜少嫌蠹曝書頻

洞庭摇櫓雙句有聲

霜猿啼曉夢巖鳥和秋吟　秋風吹渭水落葉滿長安

蟾輪輾空雙句無聲

孤舟依岸靜獨鳥向人閒　流年川暗度往事月空明

天仙摇珮 上句有聲

興闌啼鳥緩坐久落花多　山虛風落石樓靜月侵門

阿香挽車 下句有聲

音書秋鴈斷機杼夜空催　澄潭寫度鳥空嶺應鳴猿

鶯轉喬林 先聞後見

海風吹不斷江月照還空　林晚鳥爭樹園春蝶護花

鴈陣驚寒 先見後聞

塔影挂青漢鐘聲和白雲　晴虹橋影出秋鴈櫓聲來

金鱗躍浪 雙句俱動

浴鳬含藻戲鷺帶魚飛　鏡好鸞空舞簾疎燕誤飛

秋水涵虛 雙句俱靜

竹裏柴扉掩庭前鳥雀行　蕭散烟霞晚凄清天地秋

香斷金猊 先動後靜

笙歌歸院落燈火下樓臺　衆鳥高飛盡孤雲獨去閒

高僧出定 先靜後動

野花寒更發山月暝還來　秋盡蟲聲急夜深山雨重

竹影掃塵動中有靜

聽錫樵停斧窺禪鳥立槎　雲穿擣藥屋雪壓釣魚船

潭底遊犀靜中有動

古木花猶發荒臺雨尚懸　庭閒花自落門閉水空流

飛鳥度池動中有靜靜中有動

日出衆鳥散山暝孤猿吟　風轉雲頭斂煙消水面開

齊學楚語借聲

關河一梄旅楊柳十東風　卷簾黄葉下鎖印子規啼

句欲得健

壯節初題柱生涯獨轉蓬　獨鶴歸何晚昏鴉已滿林

字欲得清

月生初學扇雲細不成衣　古墻猶竹色虚閣自松聲

意得欲圓

霄漢愁高鳥泥沙困老龍　草枯鷹眼疾雪盡馬蹄輕

格欲得高

花枝臨太液燕語入披香　無瑕勝玉美至潔過氷清

聲律爲竅

別來頭併白相見眼中青　花濃春寺靜竹細野池幽

物象爲骨

雷霆驅號令星斗煥文章　露濃金掌重天近玉繩低

意格爲髓

勲業頻看鏡行藏獨倚樓　感時花濺淚恨別鳥驚心

諧會五音清便宛轉宫商迭奏金石相宣謂克諧

之聲律摹寫景象巧奪天真探索幽微妙與天隨
神會謂之物象苟無意與格以主之才雖華縟而
藻辭雖雄贍皆無取也要在意圓格高纖穠雅致
俱備句老而字不俗理深而意不雜才縱而氣不
突不怒言簡而事不晦如此之作方入風騷

七言

百川歸海 朝會

九天閶闔開宮殿萬國衣冠拜冕旒

香飄合殿春風轉花覆千官淑景移

雙龍輔日

清洛曉光鋪碧簟上陽霜葉剪紅綃

金鑪香動螭頭暗玉佩聲來雉尾高

鴛鷺成行 侍從

鼇頭忽憶黄金闕鳳背還吹碧玉簫

毫端蕙露滋仙草琴上薫風入禁松

錦繡相鮮 富貴

簾箔垂珠光不夜林花剪綵景長新

紅珠斗帳櫻桃熟金尾屏風孔雀開

鵰翼摩天雄健

陳兵劒閣山將動飲馬珠江水不流

汴水波濤喧鼓角隋堤楊柳拂旌旗

鶚翥秋霄遒勁

擘開華嶽連天色放出黄河到海聲

挿天螮蝀玉腰闊跨海鯨鯢金背高

般輸運斤精巧

樽當霞綺輕初散棹拂荷珠碎却圓

林花著雨胭脂濕水荇牽風翠帶長

逸少揮毫物象

魚吹細浪摇歌扇燕蹴飛花落舞筵

樹頭蜂抱花鬚落池面魚吹柳絮行

洛神凌波映帶

煙開翠扇清風曉水泛紅蓮白露秋

靈脣引水清穿市神禹分山翠入簾

文君織錦 富艷

觸散柳絲迴玉勒約開蓮葉上蘭舟

絲飄弱柳平橋晚雪點寒梅小院春

文虹垂天 精彩

細水浮花歸別澗斷雲含雨入孤村

江月轉空為白晝嶺雲分暝與黃昏

紫電掃巖 陡轉

春入水光成嫩碧日匀花色變鮮紅

殘日花間浮暖艷斷雲樓外卷輕陰

玉壺含氷 洞徹

千里好山雲乍斂一樓明月雨初晴

野色更無山隔斷天光直與水相通

古鏡重磨 晦明

飢鳳羽毛寒不鍛卧龍頭角老方高

驥雖老去壯心在鶴縱病來仙骨清

遼鶴思歸 感懷

殊方日落玄猿哭舊國霜前白鴈來

疎燈自照孤帆宿新月猶懸雙杵鳴

晴鷗點岸 閒靜

掛冠傲吏垂綸坐絕粒高僧擁衲眠

老鶴巢邊松最古毒龍潛處水偏清

珷玞象玉 比並

草螢有耀終非火荷露雖圓豈是珠

滿砌荆花鋪紫毯隔墻榆莢撒青錢

玉葉飄空 變態

黄蜂銜退海潮上白蟻戰酣山雨來

鶯驚鳳輦穿花去魚畏龍顔上釣遲

篆香裊碧 逗帶

流水帶花穿巷陌夕陽和樹入簾櫳

拂石坐來衫袖冷踏花歸去馬蹄香

芳洲拾翠 引用

盃酒英雄君與操文章微婉我知邱

詩成白也知無敵花落虞兮可柰何

行雲度月隱見

嘉樹倚樓青瑣暗晚雲藏雨碧山寒

風吹藥蔓迷樵徑水暗蘆花失釣船

貧女理妝隨分

好鳥迎春歌後院飛花送酒舞前簷

飛來白鷺即佳客相對好花如美人

晚霞成綺 相似

蜃散雲收破樓閣虹殘水照斷橋梁

魚下碧潭當鏡躍鳥還青嶂拂屏飛

晴雲駐彩 容色

睡融春日揉金縷狂發秋霞顫翠翹

皓齒乍分寒玉細黛眉輕蹙遠山微

唾成珠玉 辭藻

翰林風月三千首吏部文章二百年

詩篇落處風雲動筆力停時造化聞

妙入丹青 摸寫

水隔澹煙踈柳寺路經微雨落花村

雲藏島外啼猿樹竹鎻橋邊賣酒家

穩步康莊 平易

睫在眼前長不見道非身外更何求

無可柰何花落去似曾相識燕歸來

長嘯雲煙 高致

青山有雪諳松性碧落無雲稱鶴心
共閒作伴無如鶴與老相隨秪有琴
霞襯赤城神仙
來時一見蟠桃熟別後三驚碧海乾
六甲風雷藏寶籙一壺天地雜靈砂
雲集金田禪律
秋水靜於僧眼碧晚山濃似佛頭青
瓶添澗水盛將月衲挂松枝惹得雲

藕折輕絲　飄蕩

閒聽鶯語移時立思逐楊花觸處飛

紅粉尚留香冪冪碧雲初斷信沉沉

梅損瓠犀　情味

花邊馬嚼金銜去樓上人垂玉筯看

窻殘花月人何處簾捲春風燕復來

女夷鼓歌　春景

柳絲嫋嫋風繰出草縷茸茸雨剪齊

梅無驛使飄零盡草惹王孫取次生

祝融御轡夏景

園林換葉梅初熟池館無人燕學飛

緑香熨齒氷盤菓清冷侵肌水殿風

蓐收執矩秋景

林間煖酒燒紅葉石上題詩掃緑苔

風荷老葉蕭踈緑水蓼殘花寂寞紅

玄冥乘坎冬景

雨被北風吹作雪水愁東海亦成氷

氷堅九曲河聲斷雪擁千峯嶽色低

碧落吹簫上句有聲

風引漏聲來枕上月移花影到窻前

睡輕可忍風敲竹飲散那堪月在花

清江鼓瑟下句有聲

蒼苔路熟僧歸寺紅葉聲乾鹿在林

一溪晚綠浮鸂鶒萬樹春紅叫杜鵑

散耀垂文雙月可觀

千竿碧立依林竹一點黄飛透樹鶯

粉蝶圍飛花轉影彩鴛雙泳水生文

鏗金戛玉雙句有聞

羌管一聲何處曲流鶯百囀最高枝

深秋簾幕千家雨落日樓臺一笛風

歸雲入洞先動後靜

野高自發空臨水江燕初歸不見人

綠竹挂衣涼處歇清風展簟困時眠

蟄蟲應雷 先靜後動

放魚池涸蛙爭聚棲燕梁空雀自喧

簾箔可垂嫌隔燕釣竿慵把恐驚魚

綠樹吟鶯 景對物

巢燕養雛渾去盡江花結子已無多

樂意相關禽對語生香不斷樹交花

彩禽入鑑 物對景

映堦碧草自春色隔葉黄鸝空好音
寺隔江聲秋月上樓依野色夕禽邊
龍吟雲起 比附對
夜棲少共鷄爭樹曉浴先饒鳯占池 鶴
若非琥珀休爲枕不是琉璃莫作屏 簟
虎嘯風生 比類對
初分隆凖山河秀乍點重瞳日月明 畫
翼薄乍舒宫女鬢蜕輕全解羽人尸 蟬

蘭艾同畦 愛憎對

蛇蝎性靈生便毒蕙蘭根異死猶生

風却有情偏動竹雨渾無賴不饒花

鳥獸先知 巢穴對

湘潭雲盡暮山出巴蜀雪消春水來

雷霆入地建溪險星斗逼人梨嶺高

蔦蘿相連 疊韻對

解凍池塘風淅瀝迎秋郊野月嬋娟

鸂鶒刷毛花蕩漾鷺鷥拳足雪離披

鄧艾稱名 疊語對

雲頭灩灩開金餅水面沉沉卧彩虹

青春背我堂堂去白髮欺人故故生

欽定四庫全書

詩人玉屑卷五

宋 魏慶之 撰

口訣

三不可

危稹逢吉曰詩不可強作不可徒作不可苟作強作則無意徒作則無益苟作則無功 驪塘文集

八句法

方回言學詩於前輩得八句法平澹不流於淺俗奇古不鄰於怪僻題詠不窘於物象叙事不病於聲律比興深者通物理用事工者如己出格見於成篇渾然不可鐫氣出於言外浩然不可屈盡心於詩守此勿失王直方

四不　下八條並釋皎然述

氣高而不怒力勁而不犯情多而不暗才贍而不踈

四深

氣象氤氲由深於體勢意度盤薄由深於作用用律不

滯由深於聲對用事不直由深於義類

二要

要力全而不苦澁要氣足而不怒張

二廢

雖欲廢巧尚直而神思不得直雖欲廢言尚意而典麗不得遺

四離

欲道情而離深僻欲經史而離書生欲高逸而離闊遠

欲飛動而離輕浮

六迷

以虛大為高古以緩慢為淡宕以詭譎為新奇以錯用意為獨善以爛熟為穩約以氣劣弱為容易

七至

至險而不僻至奇而不差至苦而無迹至近而意遠至放而不迂至難而狀易至麗而自然

七德

識理高古典麗風流精神質幹體裁

三多

歐公謂爲文有三多看多做多商量多儺於詩亦云

三偷

詩有三偷偷語最是鈍賊如傅長虞日月光太清陳主日月光天德是也偷意事雖可閔情不可原如柳渾太液微波起長楊高樹秋沈佺期小池殘暑退高樹早凉歸是也偷勢才巧意精各無朕迹蓋詩人偷狐白裘手

也如嵇康目送歸鴻手揮五絃王昌齡手携雙鯉魚目送千里鴈是也　李淑詩苑類格

十難　下四條並陳永康吟窓雜録序

一曰識理難二曰精神難三曰高古難四曰風流難五曰典麗難六曰質幹難七曰體裁難八曰勁健難九曰耿介難十曰悽切難

十易

氣高而易怒力勁而易露情多而易暗才贍而易踈道

情而易僻思深而易澁放逸而易迂飛動而易浮新奇而易怪容易而易弱

十戒

一戒乎生硬二戒乎爛熟三戒乎差錯四戒乎直致五戒乎妄誕六戒乎綺靡七戒乎蹈襲八戒乎濁穢九戒乎砌合十戒乎俳諧

十貴

一貴乎典重二貴乎拋擲三貴乎出塵四貴乎瀏亮五

貴乎縝密六貴乎淵雅七貴乎藴藉八貴乎宏麗九貴乎純粹十貴乎瑩淨

二十四名

詩訖于周離騷訖于楚是後詩人流為二十四名賦頌銘贊文誄箴詩行詠吟題怨嘆篇章操引謡謳歌曲詞調自操而下八名皆是起於郊祭軍兵吉凶苦樂由詩而下九名皆屬事而作雖題號不同而悉謂之詩元稹集

初學蹊徑

初學

初學作詩寧失之野不可失之靡麗失之野不害氣質失之靡麗不可復整頓 呂氏童蒙訓

寧拙無巧寧朴無華寧粗無弱寧僻無俗詩文皆然

入門先要識路路真則門易入

學古

大槩學詩須以三百篇楚辭及漢魏間人詩為主方見古人好處自無齊梁間綺靡氣象也 呂氏童蒙訓

東坡教人作詩曰熟讀毛詩國風離騷曲折盡在是矣僕嘗以此語太高後年齒益長乃知東坡之善誘人也

許彦周詩話

學詩須是熟看古人詩求其用心處盖一語一句不苟作也如此看了須是自家下筆要追及之不問追及與不及但只是當如此學久之自有箇道理若令人不學不看古人做詩樣子便要與古人齊肩恐無此道理陳无已云學詩如學仙時至骨自换此語得之漫齋語録

晦庵誨人學陶柳選詩韋蘇州

作詩須從陶柳門庭中來乃佳不如是無以發蕭散冲澹之趣不免於局促塵埃無由到古人佳處也如選詩及韋蘇州詩亦不可不熟讀

晦庵誨人學六朝李杜

作詩不學六朝又不學李杜只學那嶢崎底今便學得十分好後把作甚麽用

作詩先用看李杜如士人治本經然本既立次第方可

看蘇黃以次諸家詩

陵陽誨人學韋詩

公每勸讀韋蘇州詩且云余晚年酷愛此詩後有書見柢猶云多讀杜陵韋柳也室中語

又讀少陵詩學古人詩

嘗有一少年請益公諭之令熟讀杜少陵詩後數日復來云少陵詩有不可解者公曰且讀可解者室中語

杜少陵作八句近體詩卒章有詩而對然語意皆卒章

之辭令人效之臨了却作一景聯一篇之意無所歸大可笑也室中語

一日有客攜所業謁公客退公觀之竟語僕曰此人多讀東坡詩大率作文須學古人學古人尚恐不至古人況學今人哉其不至古人也必矣室中語

呂居仁誨人

楚詞杜黄固法度所在然不若徧考精取悉爲吾用則姿態横出不窘一律矣如東坡太白詩雖規摹廣大學

者難依然讀之使人敢道澡雪滯思無窮苦艱難之狀亦一助也

向背

學老杜詩所謂刻鵠不成尚類鶩也學晚唐時人詩所謂作法於凉其弊猶貪作法於貪弊將若何黃魯直與趙伯充書

學詩當以子美為師有規矩故可學退之於詩本無解處以才高而好耳淵明不為詩寫其胷中之妙耳學杜無成不失為功無韓之才與陶之妙而學其詩終樂天

耳

近時學詩者率宗江西然殊不知江西本亦學少陵者也故陳无己曰豫章之學博矣而得法於少陵故其詩近之今少陵之詩後生少年不復過目抑亦失江西之意乎江西平日語學者為詩旨趣亦獨宗少陵一人而已余為是說蓋欲學詩者師少陵而友江西則兩得之矣 漁隱

悟入

作文必要悟入處悟入必自工夫中來非僥倖可得也如老蘇之於文魯直之於詩蓋盡此理矣 呂氏童蒙訓

須令有所悟入則自然度越諸子悟入之理正在工夫勤惰間耳如張長史見公孫大娘舞劍頓悟筆法如張者專意此事未嘗少忘胸中故能遇事有得遂造神妙使他人觀舞劍有何干涉非獨作文學書為然也 呂居仁

去陋

作詩淺易鄙陋之氣不除大可惡客問何從去之僕曰

熟讀唐李義山詩與本朝黃魯直詩而深思之則去也

許彦周

忌俗

陳參政去非少學詩於崔公德符甞問作詩之要崔曰凡作詩工拙所謂論大要忌俗而已

忌隨人後

文章必自名一家然後可以傳不朽若體規畫圓準方作矩終為人之臣僕古人譏屋下架屋信然陸機曰謝

朝華於已披啓夕秀於未振韓愈曰惟陳言之務去此乃爲文之要若溪漁隱曰學詩亦然若循習陳言規摹舊作不能變化自出新意亦何以名家魯直詩云隨人作計終後人又云文章最忌隨人後誠至論也宋子京筆記

勤讀多爲

頃歲孫莘老識文忠公乗間以文字問之云無他術唯勤讀書而多爲之自工世人患作文字少又懶讀書每一篇出即求過人如此少有至者疵病不必待人指摘

多作自能見之此公以其嘗試者告人故尤有味苕溪漁隱曰舊說梅聖俞日課一詩寒暑未嘗易也聖俞詩名滿世蓋身試此說之效耳東坡

陵陽謂詩本於讀書

公一日見謂曰余老矣回顧與後生東說西話但近年人家子弟往往恃其小有才更不肯讀書但要作詩到古人地位殊不知古人未有不讀書者大可憫嘆耳

陵陽論詩本於學

范季隨嘗請益曰今人有少時文名大著久而不振者其咎安在公曰無他止學耳初無悟解無益也如人操舟入蜀窮極艱阻則曰吾至矣於中流棄去篙榜不施維纜不特其退甚速則將傾覆矣如人之詩止學也

藝熟必精

昔梅聖俞日課一詩余為方孚若作行狀其家以陸放翁手録詩藁一卷為潤筆題其前云七月十一日至九月二十九日計七十八日得詩一百首陸之日課尤勤

於梅二公豈貪多哉藝之熟者必精理勢然也 劉後村

不可彊作

或勵精潛思不便下筆或遇事因感傷時舉揚工夫一也古之作者正如是耳惟不可鑿空彊作出於牽彊如小兒就學俯就課程耳 呂居仁

詩文不可鑿空彊作待境而生便自工耳每作一篇先立大意長篇須曲折三致意乃可成章 山谷

不可泛泛

文章貴衆中傑出如同賦一事工拙尤易見余行蜀道過籌筆驛如石曼卿詩云意中流水遠愁外舊山青膾炙天下久矣然有山水處皆可用不必籌筆驛也詩輿

不可費力

黄魯直與郭公甫曰公做詩費許多氣力做甚此語切當有益於學詩者許彦周

不可作意

朝來庭樹有鳴禽紅緑扶春上遠林忽有好詩生眼底

安排句法已難尋此簡齋之詩也觀末後兩句則詩之為詩豈可以作意為之耶小園解后録

不露斧鑿

有意中無斧鑿痕有句中無斧鑿痕有字中無斧鑿痕須要體認得漫齋語録

不可露斧鑿粘皮骨

作詩貴雕琢又畏有斧鑿痕貴破的又畏粘皮骨此所以為難李商隱柳詩云動春何限葉撼曉幾多枝其有

斧鑿痕也石曼卿梅詩云認桃無緑葉辨杏有青枝恨其粘皮骨也能脱此二病始可以言詩矣

不可粘皮帶骨

亭亭思婦石下閲幾人代蕩子長不歸山椒久相待微雲蔭髮彩初月輝蛾黛秋雨疊苔衣春風舞蘿帶宛然姑射子矯首塵冥外陳迹遂亡窮佳期從莫再脱如魯秋胡妄結桑下愛玉質委泥沙悠悠復安在此賀方回作望夫石詩也交游間無不愛者余謂田承君云此詩

可以見方回得失其所得者琢磨之功所失者大粘著

皮骨耳承君以為然 王直方詩話

言其意不言其名

東坡曰善畫者畫意不畫形善詩者道意不道名東坡

詩曰論畫以形似見與兒童隣作詩必此詩定知非詩

人 禁𩕄

不可太著題

世有青衿集一編以授學徒可以諭蒙若天詩云戴盆

徒仰止測管詎知之席詩云孔堂曾子避漢殿戴馮重可謂著題乃東坡所謂賦詩必此詩也 曼叟詩話

得其短處

學古人文字須得其短處如杜子美詩頗有近質野處如封主簿親事不合詩之類是也東坡詩有汗漫處魯直詩有太尖新太巧處皆不可不知 吕氏童蒙訓

詩意貴開闢

凡作詩使人讀第一句知有第二句讀第二句知有第三

句次第終篇方為至妙如老杜莽莽天涯雨江村獨立時不愁巴道路恐濕漢旌旗是也室中語

詩要聯屬

大槩作詩要從首至尾語脉聯屬如有理詞狀古詩云喚婢打鵶兒莫教枝上啼啼時驚妾夢不得到遼西可為標準室中語

次韻

公平日雖有次韻詩然性不喜為嘗云古人不和況次

韻乎室中語

詩貴傳遠

又云人生作詩不必多只要傳遠如柳子厚能幾首詩萬世不能磨滅僕曰老杜遺興詩謂孟浩然云賦詩不必多往往凌鮑謝正謂此也室中語

詩有正邪

公云詩道如佛法當分大乘小乘邪魔外道惟知者可以語此室中語

得人印可

韓子蒼云作詩文當得文人印可乃自不疑所以前輩汲汲於求知也遺珠

自成一家

學詩須是有始有卒自能名家方不枉下工夫如羅隱杜荀鶴輩至卑弱至今不能泯沒者以其自成一家耳室中語

詩不可言什

詩二雅及頌前二卷題曰某詩之什陸德明釋云歌詩之作非止一人篇數既多故以十篇編爲一卷名之爲什今人以詩爲篇什或稱譽他人所作爲佳什非也

詩有力量

詩有力量猶如弓之斗力其未挽時不知其難也及其挽之力不及處分寸不可强若出塞曲落日照大旗馬鳴風蕭蕭悲笳數聲動壯士慘不驕又八哀詩汝陽讓帝子眉宇眞天人虬鬚似太宗色映塞外春此等力量

不容他人到 許彦周詩話

焚詩

余每見舊所作文章憎之必欲燒棄梅堯臣喜曰公之文進矣僕之詩亦然 宋子京筆記

詩人玉屑卷五

欽定四庫全書

詩人玉屑卷六

宋　魏慶之　撰

命意

總說

凡為詩當使挹之而源不窮咀之而味愈長（隱居詩）

詩當使一覽無遺語盡而意不窮（曾子固）

以意為主

魏文帝曰文以意為主以氣為輔以詞為衛

先意義而後文詞

詩以意義為主文詞次之意深義高雖文詞平易自是奇作世人見古人語句平易倣傚之而不得其意義便入鄙野可笑劉貢甫詩話

老杜劒閣詩云吾將罪真宰意欲剗疊嶂與太白搥碎黄鶴樓剗却君山好語亦何異然劒閣詩意在削平僭竊尊崇王室凜凜有義氣搥碎剗却之語但一味豪放

了故昔人論文字以意為主（碧溪詩話）

古詩之意

詩者不可言語求而得必將觀其意焉故其譏刺是人也不言其所為之惡而言其爵位之尊車服之美而民疾之以見其不堪也君子偕老副筓六珈赫赫師尹民具爾瞻是也其頌美是人也不言其所為之善而言其容貌之盛冠佩之華而民安之以見其無愧也緇衣之宜兮敝予又改為兮服其命服朱芾斯皇是也（東坡）

詩之為言率皆樂而不淫憂而不困怨而不怒哀而不愁如緑衣傷已之詩也其言不過曰我思古人俾無訧兮擊鼓怨上之詩也其言不過曰土國城漕我獨南行至軍旅數起大夫久役止曰自詒伊阻行役無期度思其危難以風焉不過曰苟無飢渴而已至於言天下之事美盛德之形容固不言而可知其與憂愁思慮之作孰能優游不迫也孔子所以有取焉謝顯道說

晦庵論詩有兩重

陳文蔚說詩先生曰謂公不曉文義則不得只是不見那好處如昔人賦梅云踈影横斜水清淺暗香浮動月黄昏這十四字誰人不曉得然而前輩直恁地稱嘆說他形容得好是如何這箇便是難說須要自得他言外之意須是看得他物事有精神方好若看得有精神自是活動有意思跳擲叫喚自然不知手之舞之足之蹈之這个有兩重曉得文義是一重識得意思好處是一重

有渾然意思

江西之詩自山谷一變至楊廷秀又再變遂至今日越要巧越醜拙楊大年輩文字雖要巧然巧中自有渾然意思便巧也使得不覺歐公早漸漸要說出然歐公詩自好所以喜梅聖俞詩蓋枯淡之中自有意思歐公最喜朝士送行兩句云曉日都門道微凉苑樹秋又深喜常建兩句云曲徑通幽處禪房花木深自言平生要學不得今人都不識此意只是要鬬事使難字便謂之好

文字 晦庵

誠齋論句外之意

詩有句中無其辭而句外有其意者巷伯之詩蘇公刺暴公之譖已而曰二人同行誰為此禍杜云遣人向市賒香秔喚婦出房親自饌上言其力貧故曰賒下言其無使令故曰親又東歸貧路自覺難欲別上馬身無力上有相干之意而不言下有戀別之意而不忍又朋酒日歡會老夫今始知嘲其獨遺已而不招也又夏日不

赴而云野雪興難乘此不言熱而反言之也唐人云葛溪漫淬干將劍却是猿聲斷客腸又釣臺如今亦有垂綸者自是江魚賣得錢唐人長門怨錯把黄金買詞賦相如自是薄情人崔道融云如今却羡相如富獨有人間四壁居

陵陽謂須先命意

凡作詩須命終篇之意切勿以先得一句一聯因而成章如此則意多不屬然古人亦不免如此如述懷即事

之類皆先成詩而後命題者也室中語

作詩必先命意意正則思生然後擇韻而用如驅奴隸此乃以意承意故首尾有序令人非次韻詩則遷意就韻因韻求事至於搜求小說佛書殆盡使讀之者惘然不知其所以良有自也室中語

思而得之

古人為詩貴於意在言外使人思而得之故言之者無罪聞之者足以戒也近世詩人惟杜子美最得詩人之

體如國破山河在城春草木深感時花濺淚恨別鳥驚心山河在明無餘物矣草木深明無人矣花鳥平時可娛之物見之而泣聞之而恐則時可知矣他皆類此不可徧舉迂叟

不帶聲色

王維書事云輕陰閣小雨深院晝慵開坐看蒼苔色欲上人衣來舒王云若耶溪上踏莓苔興盡張帆載酒迴汀草岸花渾不見青山無數逐人來兩詩皆含不盡之

意子由謂之不帶聲色

意在言外

聖俞嘗語余曰詩家雖率意造語亦難若意新語工得前人所未道者斯為善耳必能狀難寫之景如在目前含不盡之意見於言外然後為至賈島云竹籠拾山果瓦瓶擔石泉姚合云馬隨山鹿放人逐野禽棲等是山邑荒僻官況蕭條不如縣古槐根出官清馬骨高為工余曰工者如是狀難寫之景含不盡之意何詩為然聖

俞曰作者得於心覽者會以意若嚴維柳塘春水慢花塢夕陽遲則天容時態融和駘蕩豈不在目前乎又如温庭筠雞聲茅店月人跡板橋霜賈島怪禽啼曠野落日恐行人則道路辛苦羇旅愁思豈不見於言外乎金陵語録

冷於陂水淡於秋遠陌初窮到渡頭賴是丹青不能畫畫成應遣一生愁右行色詩故待制司馬公所作也公諱池是生丞相温公梅聖俞嘗言詩之工者寫難狀之

景如在目前含不盡之意見於言外此詩有焉

有不盡之意

鮑當孤鴈云更無聲接續空有影相隨孤則孤矣豈若子美孤鴈不飲啄飛鳴猶念羣誰憐一片影相失萬里雲含不盡之意乎老杜補遺

宮詞云監宮引出暫開門隨例雖朝不是恩銀鑰却收金鎖合月明花落又黃昏斷句極佳意在言外而幽怨之情自見不待明言之也詩貴乎如此若使一覽而意

畫亦何足道哉漁隱

詩要有野意

人之為詩要有野意蓋詩非文不腴非質不枯能始腴而終枯無中邊之殊意味自長風人以來得野意者惟淵明耳如太白之豪放樂天之淺陋至於郊寒島瘦去之益遠予嘗欲作野意亭以居一日題山石云山花有空相江月多清暉野意寫不盡微吟浩亡歸人多與之吾終恐其不似也休齋詩話

狀索寞之意

淇川人楊萬里字通一梧桐夜雨詩云千里暮雲山已黑一燈孤館酒初醒索寞之意盡於此詩史

立意深遠

李義山錦瑟詩云錦瑟無端五十絃一絃一柱思華年莊生曉夢迷蝴蝶望帝春心託杜鵑滄海月明珠有淚藍田日暖玉生煙此情可待成追憶只是當時已惘然山谷道人讀此詩殊不曉其意後以問東坡東坡云此

出古今樂志云錦瑟之為器也其絃五十其柱如之其聲也適怨清和案李詩莊生曉夢迷蝴蝶適也望帝春心託杜鵑怨也滄海月明珠有淚清也藍田日暖玉生煙和也一篇之中曲盡其意史稱其瓌邁奇古信然緗素雜記

用意精深

贈同遊詩喚起窗全曙催歸日未西無心花裏鳥更與盡情啼山谷曰吾兒時每哦此詩而了不解其意自謫

峽川吾年五十八矣時春晚憶此詩方悟之喚起催歸二鳥名若虛設故人不覺耳古人於小詩用意精深如此況其大者乎催歸子規鳥也喚起聲如絡緯圓轉清亮偏如春曉鳴亦謂之春喚冷齋昇按此詩喚起催歸固是二鳥名然題曰贈同遊者實有微意蓋窗已全曙鳥方喚起何其遲也日猶未西鳥已催歸何其蚤也豈二鳥無心不知同遊者之意乎更與我盡情之啼早喚起而遲催歸可也

句中命意

詩有一篇命意有句中命意如老杜上韋見素詩布置如此是一篇命意也至其道遲遲不忍去之意則曰尚憐終南山回首清渭濱其道欲與見素别則曰常擬報一飯況懷辭大臣此句中命意也蓋如此然後頓挫高雅詩眼

語新意妙

退之征蜀聯句云始去杏飛蜂及歸柳嘶蛩語新意妙

詩曰昔我往矣楊柳依依今我來思雨雪霏霏記時也

苕溪漁隱曰山谷亦有去時魚上氷歸來燕哺兒之句

雪浪齋日記

措意

陳克子高作贈别詩云淚眼生憎好天色離腸偏觸病

心情雖韓偓温庭筠未嘗措意如此許彥周詩話

含意

陳無已云山谷最愛舒王扶輿度陽焰窈窕一川花謂

包含數箇意 王直方詩話

委曲

司空圖唐末竟能全節自守其詩有緑樹連村暗黄花入麥稀誠可貴重又云四座賓朋兵亂後一川風月笛聲中句法雖可及而意甚委曲 許彦周詩話

說愁意

予絶喜李頎詩云遠客坐長夜雨聲孤寺秋請量東海水看取淺深愁蓋作客涉遠適當窮秋暮投孤村古寺

中夜不能寐起坐悽惻而聞簷外雨聲其為一時襟抱不言可知而此兩句十字中盡其意態海水喻愁非過語也隨筆

用意太過

東坡跋李端叔詩卷云暫借好詩消永夜每逢佳處輒參禪蓋端叔詩用意太過參禪之語所以警之云

東坡工於命意

東坡和貧士詩云夷齊恥周粟高歌誦虞軒祿產彼何

人能致綺與園古來避世士死灰或餘煙末路益可羞朱墨手自研淵明初亦仕絃歌本誠言不樂乃徑歸視世嗟獨賢此詩言夷齊自信其去雖武王周召不能挽之使留若四皓自信其進雖祿產之聘亦為之出蓋古人無心於功名信道而進退舉天下萬世之是非不能回奪伯夷之非武王綺園之從祿產自合為世所笑不當有名偶然聖賢辯論之於後乃信於天下非其始望故其名之傳如死灰之餘煙也後世君子既不能以道

進退又不能忘世俗之毀譽多作文以自明其出處如荅客難解嘲之類皆是也故曰朱墨手自研韓退之亦云朱丹自磨研若淵明初亦仕絃歌本誠言益無心於名雖晉末亦仕合於綺園之出其去也亦不待以微罪行不樂乃竟歸合於夷齊之去其事雖小其不為功名累其進退益相似使其易地未必不追蹤二子也東坡作文工於命意必超然獨立於衆人之上非如昔人稱淵明以退為高耳故又發明如此詩眼

意脉貫通

打起黄鶯兒莫教枝上啼啼時驚妾夢不得到遼西此唐人詩也人問詩法於韓公子蒼子蒼令參此詩以為法汴水日馳三百里扁舟東下更開帆旦辭杞國風微北夜泊寧陵月正南老樹挾霜鳴窣窣寒花承露落毿毿茫然不悟身何處水色天光共蔚藍此韓子蒼詩也人問詩法於吕公居仁居仁令參此詩以為法後之學詩者熟讀此二篇思過半矣小園解后録

唐人嘗詠十日菊自緣今日人心别未必秋香一夜衰世以為工葢不隨物而盡如酒盞此時須在手菊花明日便愁人自覺氣不長東坡亦云休休明日黄花蝶也愁雖畧小變其語終有此過豈在謫所遇時感慨不覺發是語乎予寓吴江值重九有鬢縁心事時時改依舊在天涯多情惟有籬邊黄菊到處能華詞人讀之凄然以為有含憤意 休齋

造語

誠齋論造語法

初學詩者須用古人好語或兩字或三字如山谷猩猩毛筆平生幾兩屐身後五車書平生二字出論語身後二字晉張翰云使我有身後名幾兩屐阮孚語五車書莊子言惠施此四句乃四處合來又春風春雨花經眼江北江南水拍天春風春雨江北江南詩家常用杜云且看欲盡花經眼退之云海氣昏昏水拍天此以四字合三字入口便成詩句不至生硬要誦詩之多擇字之

精始乎摘用久而自出肝腑縱横出没用亦可不用亦可

陵陽論荆公造語

劉威有詩云遥知楊柳是門處似隔芙蕖無路通意勝而語不勝王介甫用其意而易其語曰漫漫芙蕖難覔路蕭蕭楊柳獨知門室中語

陵陽論用禪語

古人作詩多用方言今人作詩復用禪語葢是厭塵舊

而欲新好也室中語

語要警策

陸士衡文賦云立片言以居要乃一篇之警策此要論也文章無警策則不足以傳世葢不能竦動世人如老杜及唐人諸詩無不如此但晉宋間人專致力於此故失於綺靡而無高古氣味老杜詩云語不驚人死不休所謂驚人語即警策也童蒙訓

忌用工太過

詩語大忌用工太過葢練句勝則意必不足語工而意不足則格力必弱此自然之理也香稻啄餘鸚鵡粒碧梧棲老鳳凰枝可謂精切而在其集中本非佳處不若暫止飛烏將數子頻來語燕定新巢為天然自在其用事若宓子彈琴邑宰日終軍棄繻英妙時雖字字皆本出處然比今日朝廷須汲黯中原將帥憶廉頗雖無出處一字而語意自到故知造語用事雖同出一人之手而優劣自異信乎詩之難也蔡寛夫詩話

語不可熟

韓子蒼言作詩不可太熟亦須令生近人論文一味忌語生往往不佳東坡作聚遠樓詩本合用青山緑水對野草閑花此一字太熟故易以雲山煙水此深知詩病者予然後知陳无已所謂寧拙毋巧寧朴無華寧粗无弱寧僻无俗之語為可信復齋漫録

點石化金

王君玉謂人曰詩家不妨間用俗語尤見工夫雪止未

消者俗謂之待伴嘗有雪詩待伴不禁鴛瓦冷羞明常怯玉鉤斜待伴羞明皆俗語而採拾入句了無痕纇此點瓦礫為黃金手也余謂非特此為然東坡亦有之避謗詩尋醫畏病酒入務又云風來震澤帆初飽雨入松江水漸肥尋醫入務風飽水肥皆俗語也又南人以飲酒為軟飽北人以晝寢為黑甜故東坡云三杯軟飽後一枕黑甜餘此亦用俗語也西清詩話

簡妙

唐人有詩云山僧不解數甲子一葉落知天下秋及覲元亮詩云雖無紀歷志四時自成歲便覺唐人費力如桃源記言尚不知有漢無論魏晉可見造語之簡妙葢晉人工造語而元亮其尤也唐子西語録

綺靡

温庭筠湖陰曲警句云吳波不動楚山碧花壓欄干春晝長庭筠工於造語極為綺靡花間集可見矣更漏子一詞尤佳其詞云玉鑪香紅蠟淚偏照畫堂秋思眉翠

薄鬢雲殘夜長衾枕寒梧桐樹三更雨不道離情正苦一葉葉一聲聲空堦滴到明漁隱

詠物詩造語

詠物詩不待分明說盡只髣髴形容便見妙處如魯直酴醿詩云露濕何郎試湯餅日烘荀令炷爐香義山雨詩云摵摵度瓜園依依傍水軒此不待說雨自然知是雨也後來陳无已諸人多用此體呂氏童蒙訓

東坡詩云賦詩必此詩定知非詩人此或一道也魯直

作詠物詩曲當其理如猩猩筆詩平生幾兩屐身後五車書其必此詩哉同上

作不經人道語

盛次仲孔平仲同在館中雪夜論詩平仲曰當作不經人道語曰斜拖闕角龍千丈澹抹墻腰月半稜坐客皆稱奇絶次仲曰此句甚佳惜其未大乃曰看來天地不知夜飛入園林總是春平仲乃服其工

句中眼

唐詩有曰長因送人處憶得别家時又曰舊國别多日故人無少年而荆公東坡用其意作古今不經人道語荆公詩曰木末北山煙苒苒草根南澗水泠泠繰成白雪桑重綠割盡黄雲稻正青東坡曰春畦雨過羅紈膩夏壠風來餅餌香如華嚴經舉果知因譬如蓮花方其吐花而果具蘂中造語之工至於荆公山谷東坡盡古今之變荆公江月轉空為白晝嶺雲分暝作黄昏又曰一水護田將綠遶兩山排闥送青來東坡海棠詩曰只

恐夜深花睡去高燒銀燭照紅妝又曰我攜此石歸袖中有東海山谷曰此詩謂之句中眼學者不知此妙韻終不勝冷齋夜話

筆力高妙

沙草則衆人所謂水邊林下之物所與遊處者牛羊鷗鳥耳而荆公造而爲語曰眠分黃犢草坐占白鷗沙其筆力高妙殆若天成凡貧賤則語言不爲人所敬信歲寒則無如松竹魯直造而爲語曰語言少味無阿堵氷

雪相看有此君其語便韻禁臠

務去陳言

有一士人攜詩相示首篇第一句云十月寒者余曰君亦讀老杜詩觀其用月字乎其曰二月已風濤則記風流之蚤也曰因驚四月雨聲寒五月江深草閣寒蓋不當寒五月風寒冷佛骨六月風日冷蓋不當冷今朝臘月春意動蓋未當有春意雖不盡如此如三月桃花浪八月秋高風怒濤閏八月初吉十月江平穩之類皆不

繫月則不足以實録一時之事若十月之寒境無所發明又不足記録退之謂惟陳言之務去者非必塵俗之言止為無益之語耳然吾輩文字如十月寒者多矣方當共以為戒也

詩眼

下字

誠齋論用字

詩有實字而善用之者以實為虚杜云弟子貧原憲諸生老服虔老字蓋用趙充國請行上老之

有用文語為詩句者尤工杜云侍臣雙宋玉戰國兩穰苴蓋用如六五帝四三王

陵陽論下字之法

僕嘗請益曰下字之法當如何公曰正如奕棋三百六十路都有好著顧臨時如何耳僕復請曰有二字同意而用此字則穩用彼字則不穩豈牽於平仄聲律乎公曰固有二字一意而聲且同可用此而不可用彼者選詩云庭皋木葉下雲中辨煙樹還可作庭皋樹葉下雲

中辨煙木至此唯可黙曉未易言傳耳室中語

陵陽論下字

因謁公公云已同路公弼作詩送令伯叔[illegible]名埛於桌間取以相示曰雒邑風流餘此老故家文獻有諸孫可為紀實内有句云船擁清溪尚一樽僕曰船擁清溪擁字有所自不公曰何故獨問擁字僕曰蓋不曾見人用耳公曰李白送陶將軍詩將軍出使擁樓船非一船也

響字

潘邠老云七言詩第五字要響如返照入江翻石壁歸雲擁樹失山村翻字失字是響字也五言詩第三字要響如圓荷浮小葉細麥落輕花浮字落字是響字也所謂響者致力處也予竊以為字字當活自然字字皆響

呂氏童蒙訓

一字師

蕭楚才知溧陽縣張乖崖作牧一日召食見公几案有一絶云獨恨太平無一事江南閒殺老尚書蕭改恨作

幸字公出視稾曰誰改吾詩左右以實告蕭曰與公全身公功高位重姦人側目之秋且天下一統公獨恨太平何也公曰蕭弟一字之師也

又

鄭谷在袁州齊已攜詩詣之有早梅詩云前村深雪裏昨夜數枝開谷曰數枝非早也未若一枝齊已不覺下拜自是士林以谷為一字師陶岳五代補

改一字

壁門金闕倚天開五見宮花落古槐明日扁舟滄海去却將雲氣望蓬萊此劉貢甫詩也自館中出知曹州時作舊云雲裏荆公改作雲氣王直方詩話

一字用意

錢内翰希白書景詩云雙蜂上簾額獨鵲裊庭柯裊一字最其所用意處然韋蘇州聽鶯曲有時斷續聽不了飛去花枝猶裊裊已落第二矣復齋漫録

一字之工

詩句以一字為工自然穎異不凡如靈丹一粒點鐵成金也浩然云微雲淡河漢踈雨滴梧桐上字之工在一淡字下句之工在一滴字若非此兩字亦烏得為佳句也哉如陳舍人從易偶得杜集舊本文多脫誤至送蔡都尉云身輕一鳥其下脫一字陳公因與數客各用一字補之或云疾或云落或云起或云下莫能定其後得一善本乃是身輕一鳥過陳公歎服余謂陳公所補四字不工而老杜一過字為工也如鍾山語録云瞑色赴

春愁下得起字最好若下起字便是小兒語也無人覺來往下得覺字大好足見吟詩要一兩字功夫觀此則知余之所論非鑿空而言也漁隱

妙在一字

李太白詩吳姬壓酒喚客嘗見新酒初熟江南風物之美工在壓字老杜畫馬詩戲拈禿筆掃驊騮初無意於畫偶然天成工在拈字柳詩汲井漱寒齒工在汲字工部又有所喜用字如修竹不受暑野航恰受兩三人吹

面受和風輕燕受風斜受字皆入妙老坡尤愛輕燕受風斜以謂燕迎風低飛乍前乍却非受字不能形容也至於能事不受相促迫莫受二毛侵雖不及前句警策要自穩愜爾詩眼

歐陽公下字

歐陽永叔詞云堤上遊人逐畫船拍堤春水四垂天綠楊樓上出秋千此等語皆絕妙只一出字是後人著意道不到處侯鯖錄

東坡下字

東坡作病鶴詩嘗寫三尺長脛瘦軀闕其一字使任德翁輩下之凡數字東坡徐出其槀蓋閣字也此字既出儼然如見病鶴矣東坡詩敘事言簡而意盡惠州有潭潭有潛蛟人未之信也虎飲水其上蛟尾而食之俄而浮骨水上人方知之東坡以十字道盡云潛鱗有飢蛟掉尾取渴虎言渴則知虎以飲水而召灾言飢則蛟食其肉矣唐子西語録

善用俗字

數物以个謂食為喫甚近鄙俗獨杜子美善用之云峽口驚猿聞一个兩个黄鸝鳴翠柳却繞井桐添个个臨岐意頗切對酒不能喫樓頭喫酒樓下卧梅熟許同朱老喫蓋篇中大槩奇特可以映帶之也

忌重疊字

白樂天寄劉夢得詩有歎早白無兒之句劉贈詩曰莫嗟華髮與無兒却是人間久遠期雪裏高山頭白蚤海

中仙菓子生遲于公必有高門慶謝守何煩曉鏡悲幸免如此分非淺祝君長詠夢熊詩注云高山本高于門使之高二字意殊古之詩流曉此唐人忌重疊用字者甚多東坡一詩有兩耳字韻亦曰義不同三山老人語

倒一字語乃健

王仲至召試館中試罷作一絕題云古木森森白玉堂長年來此試文章日斜奏罷長楊賦閒拂塵埃看畫墻荆公見而甚愛之為改作奏賦長楊罷且云詩家語如

此乃健

下字人不能到

霄漢瞻佳士泥塗任此身只一任字即人不到處自衆人必曰嘆曰愧獨無心任之所謂視如浮雲不易其介者也繼云秋天正揺落回首大江濱大知並觀傲睨天地汪汪萬頃奚足云哉

下雙字極難

詩下雙字極難須使七言五言之間除去五字三字外

精神興致全見於兩言方為工妙唐人記水田飛白鷺夏木囀黃鸝為李嘉祐詩摩詰竊取之非也此兩句好處正在添漠漠陰陰四字此乃摩詰為嘉祐點化以自見其妙如李光弼將郭子儀軍一號令之精彩數倍不然嘉祐本句但是詠景耳人皆可到要之當令如老杜無邊落木蕭蕭下不盡長江滚滚來與江天漠漠鳥雙去風雨時時龍一吟等乃為超絕近世王荊公新霜浦溆綿綿白薄晚林巒往往青與蘇子瞻浥浥爐香初泛

夜離離花影欲搖春此可以追配前作也石林詩話

詩人玉屑卷六

總校官候補知府臣葉佩蓀

校對官中書臣邱桂山

謄録監生臣李士堯

宋·魏慶之 撰

詩人玉屑

（三）

中國書店

詩人玉屑

卷十六至卷二十

一

詳校官主事銜臣徐以坤

欽定四庫全書

詩人玉屑卷十六

宋 魏慶之 撰

香山

五長

白樂天諷諭之詩長於激閒適之詩長於遺感傷之詩長於切律詩百言以上長於贍五字七字百言以下長於情詩苑類格

造理

富貴於人造物所靳自古以來多不在於少年嘗在於晚景若少年富貴者非曰無之葢亦鮮矣人至晚景得富貴未免置第宅售妓妾以償其平生所不足者如樂天詩云多少朱門鎖空宅主人到老不曾歸司空曙詩黄金用盡教歌舞留與他人樂少年讀此二詩使人悽然誠不足為此也漁隱

達道

白氏集中頗有遺懷之作故達道之人率多愛之余友李公維錄出其詩名曰養恬集余亦如之名曰助道其詞語蓋於經教法門用此彌縫其闕而直截曉悟於人也余愛其詩云義和走馭趂年光不許人間日月長遂使四時都似電爭教兩鬢不成霜榮銷枯至無非命壯盡衰來亦是常已共身心要約定窮通生死不驚忙予今擬其句語聊加變易入於別韻前述時景之迅遷後述世態之不一而終篇亦斷之以不驚也詩云義和走

駛趂年華不使人間歲月賒春正艷陽春即老日方亭午日還斜時情莫測深如海世事難齊亂似麻已共身心要約定古今如此勿驚嗟法藏碎金

達者之詞

白樂天詩曰無事日月長不羈天地闊此達者之詞也孟東野詩曰出門即有礙誰謂天地寬此褊狹者之詞也青箱雜記

秀句

樂天詩春色辭門柳秋聲到井桐此語未易及許彦周詩話

工於對

杜子美善於用故事及常語多離折或倒其句而用之蓋如此則語峻而體健意亦深穩矣如露從今夜白月是故鄉明之類是也樂天工於用對寄微之詩云白頭吟處變青眼望中穿可為佳句然不若别來頭併白相見眼終青尤為工也麈史

草詩

樂天以詩謁顧況況喜其咸陽原上草云野火燒不盡春風吹又生予以為不若劉長卿春入燒痕青之句語簡而意盡復齋漫錄

昭君詞

古今人作昭君詞多矣余獨愛白樂天一絶云漢使却回憑寄語黄金何日贖蛾眉君王若問妾顔色莫道不如宫裏時葢其意優游而不迫切故也然樂天賦此時年甚少王直方詩話

寒食詩

東坡云與郭生遊寒溪主簿吴亮置酒郭生善作挽歌酒酣發聲坐為悽然郭生言恨無佳詞因改樂天寒食詩歌之坐客有泣者其詞曰烏啼鵲噪昏喬木清明寒食誰家哭風吹荒野紙錢飛古墓纍纍春草緑棠梨花映白楊路盡是死生離别處冥冥重泉哭不聞蕭蕭暮雨人歸去每句雜以散聲 王直方

桑落酒

河中桑落坊有井每至桑落時取其寒暄得所以井水釀酒甚佳故號桑落酒舊京人呼為桑郎蓋語訛耳庾信詩云蒲城桑落酒灞岸菊花秋白居易詩云桑落氣薰珠翠暖柘枝聲引筦絃高國史補

海圖屏風詩

樂天題海圖屏風詩略曰或者不量力謂茲鼇可求贔屭牽不動綸絕沉其鉤一鼇既頓頷諸鼇齊掉頭噴風激飛廉鼓波怒陽侯遂使江漢水朝宗意亦休吾讀此

詩感劉隗李訓薛文通等事為之太息隱居詩話

吳元濟以蔡叛犯許汝以驚東都此豈可不討者也當時議者欲置之固為非策然不得武裴二傑士亦未易辦也樂天豈庸人哉然其議論亦似欲置之者其詩有海圖屏風者可見其意且注云時方討淮蔡吾以是知仁人君子之於兵蓋不忍輕用如此淮蔡且欲以德懷況欲黷所恃以勤無用乎悲夫此未易與世士談也二說未知孰是東坡

玲瓏歌

商玲瓏餘杭歌者樂天作郡日賦歌與之云罷胡琴掩秦瑟玲瓏再拜歌初畢誰道使君不解歌聽唱黄雞與白日黄雞催曉丑時鳴白日催年酉前沒腰間紫綬繫未穩鏡裏朱顔看已失玲瓏玲瓏柰老何使君歌了汝還歌時元微之在越州厚幣邀至月餘使盡歌所唱之曲作詩送行兼寄樂天云休遣玲瓏唱我詞我詞多是寄君詩却向江邊整回棹月落潮平是去時苕溪漁隱

曰東坡用此歌夜飲次韻畢推官云紅燭照庭嘶騕褭黃雞催曉唱玲瓏又次韻蘇伯固主簿重九日云只有黃雞與白日玲瓏應識使君歌又樂天與劉十九同宿詩紅旗破賊非吾事黃紙除書無我名惟共嵩陽劉處士圍碁賭酒到天明故東坡題杜介熙熙堂云白砂碧玉味方永黃紙紅旗心已灰白砂碧玉見續仙傳脞說

東坡似樂天

東坡平日最愛樂天之為人故有詩云我甚似樂天但

無素與蠻又我似樂天君記取華顛賞徧洛陽春又他時要指集賢人知是香山老居士又定似香山老居士世緣終淺道根深而坡在錢塘與樂天所留歲月略相似其句云在郡依前六百日是也王直方詩話

纖豔不逞

杜牧謂白居易詩纖豔不逞非莊人雅士所為淫言媟語入人肌骨不可去唐本贊

甘露詩

沈存中謂樂天詩不必皆好然識趣可尚章子厚謂不然樂天識趣最淺狹謂詩中言甘露事處幾如幸災雖私讎可快然朝廷當此不幸臣子不當形之歌詠也如當公白首同歸日是我青山獨往時之類詩史樂天為王涯所讒謫江州司馬甘露之禍樂天在洛適遊香山寺有詩云當君白首同歸日是我青山獨往時不知者以樂天為幸之樂天豈幸人之禍也哉蓋悲之也東坡

陵陽重厚之論

公嘗曰白樂天詩令人多輕易之大可惜矣大率不曾道得一言半句乃輕薄至於非笑古人此所以不遠到僕曰杜子美云楊王盧駱當時體輕薄為文哂未休正公之意也公曰當時人已如此室中語

老嫗解詩

白樂天每作詩令老嫗解之問曰解否嫗曰解則錄之不解又改之故唐末之詩近於鄙俚也墨客揮犀

玉谿生

九日詩

九日云曾共山公把酒巵霜天白菊遶堦墀十年泉下無消息九日樽前有所思不學漢臣栽苜蓿空教楚客詠江蘺郎君官貴施行馬東閣無因再得窺古今詩話云李商隱依令狐楚以牋奏受知後其子綯有韋平之拜浸踈商隱重陽日商隱造其廳事題此詩綯覩之慙恨扃鎖此廳終身不處又唐史本傳云令狐楚奇其文使與諸子遊楚徙天平宣武皆表署巡官後從王茂元

之辟其子綯以為忘家恩放利偷合謝不通綯當國商隱歸窮綯憾不置則商隱此詩必此時作也若古今詩話以謂綯有韋平之拜浸疎商隱其言殊無所據余故以本傳證之但綯父名楚商隱又受知於楚詩中有楚客之語題於廳事更不避其家諱何耶東坡九日云聞道郎君閉東閣且容老子上南樓又云南屏老宿閑相過東閣郎君懶重尋皆用商隱詩也漁隱

殺風景

義山雜纂品目數十蓋以文滑稽者其一曰殺風景謂清泉濯足花上曬褌背山起樓燒琴煑鶴對花啜茶松下喝道晏元獻慶歷中罷相守潁以惠山泉烹日鑄從客置酒賦詩曰稽山新茗綠如煙靜挈都藍煮惠泉未向人間殺風景更持醪醑醉花前王荆公元豐末居金陵蔣大漕之奇夜謁公于蔣山騶唱甚都公取松下喝道語作詩戲之云扶衰南陌望長楸燈火如星滿地流但怪傳呼殺風景豈知禪客夜相投自此殺風景之語

頗著於世西清詩話

唐人以對花啜茶謂之殺風景故荆公寄茶與平甫詩有金谷看花莫漫煎之句三山老人語錄

斫桂樹

義山詩莫羨仙家有上真仙家暫謫亦千春月中桂樹高多少試問西河斫樹人按酉陽雜俎云舊傳月中有桂有蟾蜍故異書言月桂高五百丈下有一人常斫之樹創隨合人姓吳名剛西河人學道有過謫令伐樹故

宋子京嘲月詩亦曰吳生斫鈍西河斧無奈婆娑又滿輪緗素雜記嘗論吳生斫樹事引李賀瑩篌引云吳質不眠倚桂樹李賀謂之吳質段成式謂之吳剛未詳其義竊意瑩篌引所謂吳質非吳剛也恐别是一事魏有吳季重亦名質藝苑雌黄

詞意深妙

余知制誥日與余恕同考試恕曰夙昔師範徐騎省為文騎省有徐孺子亭記其警句云平湖千畝凝碧乎其

下西山萬疊倒影乎其中它皆常語近得舍人所作涵虚閣記終篇皆奇語自渡江以來未嘗見此信一代之雄文也其相推如此因出義山詩共讀酷愛一絶云珠箔輕明拂玉墀披香新殿鬭腰肢不須看盡魚龍戲終遣君王怒偃師擊節稱嘆曰古人措詞寓意如此之深妙令人感慨不已苕溪漁隱曰東坡快哉亭詞云一千頃都鏡淨倒碧峯用徐騎省語意也談苑

高情遠意

文章貴衆中傑出如同賦一事工拙尤易見余行蜀道過籌筆驛如石曼卿詩云意中流水遠愁外舊山青膾炙天下久矣然有山水處便可用不必籌筆驛也殷潛之與小杜詩甚健麗亦無高意惟義山詩云魚鳥猶疑畏簡書風雲長為護儲胥簡書蓋軍中法令約束言號令嚴明雖千百年之後魚鳥猶畏之也儲胥蓋軍中藩籬言忠義貫神明風雲猶為護其壁壘也誦此兩句使人凛然復見孔明風烈至於管樂有才真不忝關張無

命欲何如屬對親切又自有議論他人亦不及也馬嵬驛唐詩尤多如劉夢得緑野扶風道一篇人頗誦之其淺近乃兒童所能義山云海外徒聞更九州他生未卜此生休語既親切高雅故不用愁怨墮淚等字而聞者為之深悲空聞虎旅鳴宵柝無復雞人報曉籌如親扈明皇寫出當時物色意味也此日六軍同駐馬他時七夕笑牽牛益奇義山詩世人但稱其巧麗至與温庭筠齊名蓋俗學秖見其皮膚其高情遠意皆不識也詩眼

淺近

李義山詩楊大年諸公皆深喜之然淺近者亦多如華清宮詩云華清恩幸古無倫猶恐蛾眉不勝人未免被他褒女笑只教天子暫蒙塵用事失體在當時非所宜言也豈若崔魯華清宮詩云障掩金雞蓄禍機翠華西拂蜀雲飛珠簾一閉朝元閣不見人歸見燕歸又云草遮回磴絕鳴鑾雲樹深深碧殿寒明月自來還自去更無人倚玉闌干語意既精深用事亦隱而顯也義山又

有馬嵬詩云如何四紀為天子不及盧家有莫愁運河中詩云咸陽原上英雄骨半是君家養馬來如此等詩庸非淺近乎漁隱

王建

摭實

歐陽永叔歸田錄言王建宮詞多言唐宮中事羣書闕紀者往往見其詩如內中數日無宣唤傳得滕王蛺蝶圖滕王元嬰高祖子史不著所能獨名書畫記言善畫亦

不云工蛺蝶所書止此殊不知名畫記自編嗣滕王湛然善花鳥蜂蝶又段成式酉陽雜俎亦云嘗見滕王蝶圖有名江夏斑大海眼小海眼菜花子盎湛然非元嬰孰謂張彥遠不載耶又建宮詞云魚藻宮中鎖翠娥先皇行處不曾過如今池底休鋪錦菱角雞頭積漸多事見李石開成承詔錄文宗論德宗奢靡云聞得禁中老宮人每引流泉先於池底鋪錦則知建詩皆摭實非鑿空語也西清詩話

宫詞

王建宫詞荆公獨愛其樹頭樹底覔殘紅一片西飛一片東自是桃花貪結子錯教人恨五更風陳輔之詩話

花蘂夫人詩尤工

王建宫詞云御厨不食索時新每見花開即苦春白日卧多嬌似病隔簾教喚女醫人花蘂夫人宫詞云厨船進食簇時新侍宴無非列近臣日午殿頭宣索膾隔花催喚打魚人二詞紀事雖異造語頗同第花蘂之詞工

建為不及也漁隱

宮詞雜他人詩

余閲王建宮詞選其佳者亦自少得只世所膾炙者數詞而已其間雜以他人之詞如閒吹玉殿昭華管醉折梨園縹蔕花十年一夢歸人世絳縷猶封繫臂紗銀燭秋光冷畫屏輕羅小扇撲流螢天堦夜色凉如水卧看牽牛織女星此並杜牧之也淚滿羅巾夢不成夜深前殿按歌聲紅顔未老恩先斷斜倚薰籠坐到明此白樂

天也實仗平明金殿開暫將紈扇共徘徊玉顔不及寒鵶色猶帶昭陽日影來此王昌齡也建詞凡百有四篇又逸詞九篇或云元微之亦有詞雜於其間余以元氏長慶集檢尋却無之或者之言誤矣漁隱

舊跋

王建太和中為陜州司馬與韓愈張籍同時而籍相友善工為樂府歌行思遠格幽初為渭南尉與宦者王守澄有宗人之分因過飲以相譏戲守澄深憾曰吾弟所

作宫詞禁掖深邃何以知之將奏劾建因以詩解之曰先朝行坐鎮相隨今日春宫見長時脱下御衣偏得著進来龍馬每教騎嘗承密旨還家少獨奏邉情出殿遲不是當家頻向説九重爭遣外人知事遂寢宫詞凡百絶天下傳播傚此體者雖有數家而建為之祖草唐王建宫詞

舊䟦

山居詩

王建云閑門留野鹿分食與山雞魏野云洗硯魚吞墨

烹茶鶴避煙二人之詩巧欲摹寫山居之趣第理有當否如建所言二物何馴狎如此理必無之如野所言雖未必皆然理或有之至若少陵云得食階除鳥雀馴東坡云為鼠長留飯憐蛾不點燈皆當於理人無得以議之矣漁隱

望夫石詩

陳無已詩話云望夫石在處有之古今詩話惟用一律惟劉夢得云望來況是幾千歲只似當年初望時語雖

拙而意工黄叔達魯直之弟也以顧况為第一云山頭日日風和雨行人歸來石應語語意皆工江南望夫石每過其下不風即雨疑况得句處也余家有王建集載望夫石詩乃知非况作其全章云望夫處江悠悠化為石不回頭山頭日日風和雨行人歸來石應語豈無已叔達偶忘之耶苕溪漁隱曰荆公選唐百家詩亦以此詩列建詩中則無已叔達之誤可無疑矣復齋漫錄

杜牧之

二十八字史論

牧之題桃花夫人廟詩細腰宮裏露桃新脈脈無言度幾春至竟息亡緣底事可憐金谷墜樓人僕嘗謂此詩為二十八字史論許彥周詩話

好異

牧之於題詠好異於人如赤壁云東風不與周郎便銅雀春深鎖二喬題商山四皓廟云南軍不袒左邊袖四老安劉是滅劉皆反說其事至題烏江亭則好異而畔

於理詩云勝敗兵家事不期包羞忍恥是男兒江東子弟多才俊卷土重來未可知項氏以八千人渡江敗亡之餘無一還者其失人心為甚誰肯復附之其不能卷土重來决矣漁隱

絶句

牧之云無媒逕路草蕭蕭自古雲林遠市朝公道世間惟白髮貴人頭上不曾饒羅鄴云芳草和煙暖更青閒門要路一時生年年點檢人間事惟有春風不世情余

嘗以此二詩作一聯云白髮惟公道春風不世情蓋竊
人不偶遺興之作也漁隱

遣懷詩

遣懷詩落魄江湖載酒行楚腰纖細掌中輕十年一覺
揚州夢占得青樓薄倖名余嘗疑此詩必有謂焉因閱
芝田錄云牛奇章帥維揚牧之在幕中多微服逸遊公
聞之以街子數輩潛隨牧之以防不虞後牧之以拾遺
召臨別公以縱逸為戒牧之始猶諱之公命取一篋皆

是街子輩報貼云杜書記平善乃大感服方知牧之此詩言當日逸遊之事耳漁隱

小杜華清宫詩雨露偏金穴乾坤入醉鄉如此天下焉得不亂許彦周詩話

陵陽論赤壁詩

杜牧之赤壁詩云折戟沉沙鐵未消細磨蒼蘚認前朝東風不與周郎便銅雀春深鎖二喬令人多不曉卒章其意謂若是東風不與便即周郎不能破曹公二喬歸

魏銅雀臺也僕即叩公更嘗有人如此立意下語否公曰正楚辭所謂太公不遇文王兮身至死而不得逞乃嚴助所作哀時命室中語

命意之失

牧之作赤壁詩謂赤壁不能縱火即為曹公奪二喬置之銅雀臺上也孫氏霸業繫此一戰社稷存亡生靈塗炭都不問只恐捉了二喬可見措大不識好惡許彦周詩話

吴興張水戲

太和末杜牧自侍御史出佐沈傳師宣城幕雅聞湖州為浙西名郡風物妍好且多麗色往遊之時刺史崔君亦牧之素所厚者頗喻其意凡籍之名妓悉為致之牧殊不愜所望崔君復候其意牧曰願得張水戲使州人畢觀俟其雲合牧當閒行寓目冀此際忽有閱焉崔君大喜如其言至日兩岸觀者如堵迨暮竟無所得將罷忽有里姥引髽髻女年十餘歲牧熟視之曰此真國色也因使語其姥將致舟中姥女皆懼牧曰且不即納當

為後期吾十年必為此郡若不來乃從所適因以重幣結之尋拜黃池二州皆非意也洎周墀入相牧以其素善乃併上牋干墀乞守湖州大中三年移授湖州刺史比至郡則十四年所約之姝已從人三載而生二子焉牧即政之夕亟使召之夫母懼其見奪也因攜幼以詣之牧詰其母曰曩既許我矣何為適人母拜曰向約十年不來而後嫁嫁已三年矣牧俛首曰其詞直强則不祥乃禮而遣之因為悵別詩曰自恨尋芳到已遲往年

曾見未開時如今風擺花狼藉綠葉成陰子滿枝苕溪漁隱曰顔魯公題謝公塘碑陰云太保謝公東晉咸和中以吳興山水清遠求典此郡故東坡將之湖州戲贈莘老詩云亦知謝公到郡久應怪杜牧尋春遲鬢絲只好對禪榻湖亭不用張水嬉麗情集

分司洛陽

牧之為御史分司洛陽時李司徒罷鎮閑居聲妓為當時第一一日開筵朝士爭赴以杜嘗持憲不敢邀飲杜

諷坐客達意願預斯會李馳書杜聞命遽來會中女妓百餘皆絶色殊藝杜獨坐南行瞪目注視滿引三巵問李曰聞有紫雲者孰是李指示之杜凝睇良久曰名不虛得宜以見惠李俯首而笑諸妓亦皆回首破顔杜又自引三爵朗吟而起曰華堂今日綺筵開誰喚分司御史來忽發狂言驚滿座兩行紅粉一時回意氣閑逸傍若無人古今詩話

杜荀鶴

杜荀鶴詩鄙俚近俗惟宮詞為唐第一云早被嬋娟誤欲妝臨鏡慵承恩不在貌教妾若為容風暖鳥聲碎日高花影重年年越溪女相憶採芙蓉故諺云杜詩三百首惟在一聯中風暖鳥聲碎日高花影重是也幕府燕閒錄

山谷嘗云杜荀鶴詩舉世盡從愁裏老正好對退之詩誰人肯向死前休高齋詩話

韓致光

不忘君

山谷嘗謂余言老杜雖在流落顛沛中未嘗一日不在本朝故善陳時事句律精深超古作者忠義之氣激發而然韓偓貶逐後依王審知其集中所載手風慵展八行書眼暗休看九局圖窻裏日光飛野馬案頭筠管長蒲蘆謀身拙為安蛇足報國危曾捋虎鬚滿世可能無默識未知誰擬試齊竽其詞淒楚切而不迫不忘其君也潘子真詩話

看天憶帝都

致光昭宗時以翰林承旨謫嶺表道湖南謝人惠含桃詩云金鑾歲歲長宣賜忍淚看天憶帝都自注云每歲初進之後先宣賜學士韓子蒼謝人惠茶云白髮前朝舊史官風爐煑茗暮江寒蒼龍不復從天下拭淚看君小鳳團自注云史官月賜龍團意雖本致元而語益工

復齋漫錄

絶句

致光醉著絶句云萬里清江萬里天一村桑柘一村煙

漁翁醉著無人喚過午醒來雪滿船杜荀鶴亦有溪興絶句云山雨溪風卷釣絲瓦甌篷底獨斟時醉來睡著無人喚流下前溪也不知語句俱弱不若致元之雅健也漁隱

香奩集

高秀實言元微之詩艷麗而有骨韓偓香奩集麗而無骨李端叔意喜韓偓詩誦其序云咀五色之靈芝香生九竅咽三危之瑞露美動七情秀實云勸不得也勸不

得也許彥周詩話

晚唐

詩小巧無風騷氣味

晚唐人詩多小巧無風騷氣味如崔魯山鷓詩云一林寒雨吹巢冷半朶山花咽觜香張林池上云菱葉半翻人採後荇花初没舸行時蓮花云何人解把無塵袖盛取清香盡日憐皆浮艷無足尚而昔人愛重稱為佳作

詩史

陵陽論晚唐詩格卑淺

唐末人詩雖格致卑淺然謂其非詩則不可今人作詩雖句語軒昂但可遠聽其理畧不可究室中語

誠齋論晚唐詩

唐末詩人李推官咸用有振沙集如見後却無語别来長獨愁如危城三面水古樹一邊春如月明千嶠雪灘急五更風如燭殘偏有熖雪甚却無聲如春雨有五色灑來花旋成如雲藏山色晴偏媚風約溪聲静又回如

未醉已知醒後憶欲開先為落時愁蓋征人凄苦之情讀之使人發融冶之驩於荒寒無聊之中動慘戚之感於笑談方懌之初然則謂唐人自李杜之後有不能詩之士者是曹丕火浣之論也謂詩至晚唐有不工之作者是桓靈寶哀梨之論也文集

誠齋論晚唐詩有三百篇之遺味

誠齋序順庵劉良佐詩稿云夫詩何為者也曰尚其詞而已矣曰善詩者去詞然則尚其意而已矣曰善詩者

去意然則去詞去意則詩安在乎曰去詞去意而詩有在矣然則詩果焉在曰嘗食夫飴與荼乎人孰不飴之嗜也初而甘卒而酸至於荼也人病其苦也然苦未既而不勝其甘詩亦如是而已矣昔者暴公譖蘇公而蘇公刺之今求其詩無刺之之詞亦不見刺之之意也乃曰二人從行誰為此禍使暴公聞之未嘗指我也然非我其誰哉外不敢怒而其中愧死矣三百篇之後此味絕矣惟晚唐諸子差近之寄邊衣云寄到玉關應萬里

戍人猶在玉關西弔戰場云可憐無定河邊骨猶是春閨夢裏人折楊柳云羌笛何須怨楊柳春風不度玉門關三百篇之遺味黯然猶存近世惟半山老人得之予不足以知之予敢言之哉云云先生此序深造作詩宗旨故錄之

詩人玉屑卷十六

欽定四庫全書

詩人玉屑卷十七

宋 魏慶之 撰

西崑體

宗李義山

楊大年錢文僖晏元獻劉子儀為詩皆宗李義山號西崑體後進效之多竊取義山詩句嘗内宴優人有為義山者衣服敗裂告人曰吾為諸館職撏撦至此聞者大

噱然大年詠漢武詩云力通青海求龍種死諱文成食馬肝待詔先生齒編貝忍令乞米向長安義山不能過也古今詩話

佳句

楊億劉筠作詩務故實而語意輕淺一時慕之號西崑體識者病之歐公云劉子儀詩句有雨勢宫城闊秋聲禁樹多亦不可誣也隱居詩話

歐公矯崑體

歐公詩始矯崑體專以氣格為主故其詩多平易踈暢律詩意所到處雖語有不倫亦不復問而學之者往往遂失於快直傾囷倒廩無復餘地然公詩好處豈專在此如崇徽公主手痕詩玉顔自昔為身累肉食何人與國謀此是兩段大議論抑揚曲折發見於七字之中婉麗雄勝字字不失相對雖崑體之工者亦未易比言所會處如是乃為至到石林詩話

荆公晚年喜稱義山

王荆公晚年亦喜稱義山詩以為唐人知學老杜而得其藩籬惟義山一人而已每誦其雪嶺未歸天外使松州猶駐殿前軍永憶江湖歸白髮欲回天地入扁舟與池光不受月暮氣欲沉山江海三年客乾坤百戰場之類雖老杜亡以過也義山詩合處信有過人若其用事深僻語工而意不及自是其短世人反以為奇而效之故崑體之弊適重其失義山本不至是云蔡寬夫詩話

詩到義山謂之文章一厄以其用事僻澁時稱西崑體

然荆公晚年亦或喜之而字字有根蒂如試問火城將策探何如雲屋聽窻知未愛京師傳谷口但知鄉里勝壺頭其用事琢句前輩無相犯者冷齋夜話

溫公稱其佳句

自西崑集出時人爭效之詩體一變而先生老輩患其多用故事語僻難曉殊不知自是學者之弊如楊大年新蟬云風來玉宇烏先覺露下金莖鶴未知雖用故事何害為佳句又如峭帆橫渡官橋柳疊鼓驚飛海岸鷗

其不用故事又豈不佳乎蓋其雄文博學筆力有餘無施不可非前世號詩人者區區於風雪草木之類為許洞所困也歸田録

六一居士

六一之義

居士初謫滁山自號醉翁既老而衰且病將退休於潁水之上則又更號六一居士客有問曰六一何謂也居士曰吾家藏書一萬卷集録三代以來金石遺文一千

卷有琴一張有碁一局而常置酒一壺客曰是為五一爾奈何居士曰以吾一翁老於此五物之間是豈不為六一乎客笑曰子欲逃名乎而屢易其號此莊生所謂畏影而走乎日中者也余將見子疾走大喘渴死而君不得逃也居士曰吾固知名之不可逃然亦知夫不必逃也吾為此名聊以志吾之樂爾六一居士傳

歐公自負

石林詩話云歐公一日被酒語其子棐曰吾詩廬山高

令人莫能爲惟李太白能之明妃曲後篇太白不能爲惟杜子美能之至於前章則子美亦不能爲惟吾能之也近觀本朝名臣傳乃云歐陽某爲詩謂人曰廬山高惟韓愈可及琵琶前引韓愈不可及杜甫可及後引李白可及杜甫不可及其自負如此則與石林所紀全不同琵琶引即明妃曲也此三詩並録于此廬山高贈同年劉凝之歸南康其詩云廬山高哉幾千仭兮根盤幾百里截然屹立乎長江長江西來走其下是爲揚瀾左

蠡兮洪濤巨浪日夕相舂撞雲消風止水鏡淨泊舟發
岸而遠望兮上摩雲霄之晻靄下壓后土之鴻龐試往
造乎其間兮攀緣石磴窺空硿千巖萬壑響松檜懸崖
巨石飛流淙水聲聒聒亂人語六月飛雪灑石矼仙翁
釋子亦往往而逢兮吾嘗惡其學幻而言哤但見丹霞
翠壁遠近映樓閣晨鐘暮鼓杳靄羅幡幢幽花野草不
知其名兮風吹露濕香澗谷時有白鶴飛來雙幽尋遠
去不可極便欲絕世遺紛痝羨君買田築室老其下插

秧盈疇兮釀酒盈缸欲令浮嵐暖翠千萬狀坐卧常對乎軒窻君懐磊砢有至寶世俗不辨珉與玒策名為吏二十載青衣白首困一邦寵榮聲利不可以苟屈兮自非青雲白石有深趣其氣兀硉何由降丈夫壯節似君少嗟我欲說安得巨筆如長杠明妃曲和王介甫作其一云匈奴以鞍馬為家射獵為俗泉甘草美無常處鳥驚獸駭爭馳逐誰將漢女嫁胡兒風沙無情面如玉身行不遇中國人馬上自作思歸曲推手為琵却手琶邉

人共聽亦咨嗟玉顔流落死天涯琵琶却傳來漢家漢

宮爭按新聲譜遺恨已深聲更苦纖纖女手生洞房學

得琵琶不下堂不識黄雲出塞路豈知此聲能斷腸其

二云漢宫有佳人天子初未識一朝隨漢使遠嫁單于

國絶色天下無一失難再得雖能殺畫工於事竟何益

耳目所及尚如此萬里安能制强敵漢計誠已拙女色

難自誇明妃去時淚灑向枝上花狂風日暮起飄泊落

誰家紅顔勝人多薄命莫怨春風當自嗟余觀介甫明

妃曲二首辭格超逸誠不下永叔不可遺也因附益之

其一云明妃初出漢宫時淚濕春風鬢脚垂低回顧影無顔色尚得君王不自持歸來却怪丹青手入眼平生未曾有意態由來畫不成當時枉殺毛延壽一去心知更不歸可憐著盡漢宫衣寄聲欲問塞南事只有年年鴻鴈飛家人萬里傳消息好在氈城莫相憶君不見咫尺長門閉阿嬌人生失意無南北其二云明妃出嫁與邊兒氈車百輛皆胡姬含情欲語獨無處傳與琵琶心

自知黄金捍撥春風手彈看飛鴻勸𠂊酒漢宫侍女暗垂淚沙上行人却回首漢恩自淺胡自深人生樂在相知心可憐青塚已蕪漫尚有哀絃留至今漁隱

只欲平易

或疑六一居士詩以為未盡妙以質於子和子和曰六一詩只欲平易耳西風酒旗市細雨菊花天豈不佳晚煙寒橘柚秋色老梧桐豈不似少陵雪浪齋日記

佳句

歐公云身行南鴈不到處山與北人相對愁汪彦章云路行歸鴈不到處家在長江欲盡頭彦章雖體歐公詩然終不及歐之自在也漁隱

會趙公詩

文忠與趙康靖公槩同在政府相得歡甚康靖先告老歸睢陽文忠相繼謝事歸汝陰康靖一日單車特往過之時年幾八十矣留劇飲踰月日於汝陰縱遊而後返前輩挂冠後能從容自適未有若此者文忠嘗賦詩云

古來交道愧難終此會今時豈易逢出處三朝俱白首凋零萬木見青松公能不遠來千里我病猶堪釂一鍾已勝山陰空興盡且留歸駕爲從容因牓其游從之地爲會老堂明年文忠欲往睢陽報之未果行而薨兩公名節固師表天下而風流襟義又如此誠可以激薄俗也蔡寬夫詩話

才高不見牽強之迹

歐公作詩蓋欲自出胷臆不肯蹈襲前人亦其才高故

不見牽强之迹耳如六月十四夜飛蓋橋翫月云天形積輕清水德本虛靜雲收風波止始見天水性澄光與粹容上下相涵映乃於其兩間皎皎掛寒鏡餘輝所照耀萬物皆鮮瑩矧夫人之靈豈不醒視聽而我於此時翛然發孤詠紛昏忻洗滌俯仰恣涵泳人心曠而閒月色高逾迥惟恐清夜闌時時瞻斗柄漁隱

蘇子美

以詩得名

蘇子美以詩得名書亦飄逸然其詩以奔放豪健為主梅堯臣詩雖之高致而平淡有韻世謂之蘇梅其實正相反也子美嘗自歎曰平生作詩被人比梅堯臣寫字比周越良可笑也周越書輕俗不近古無足取也隱居詩話

絶句

山谷愛子美絶句云春陰垂野草青青時有幽花一樹明晚泊孤舟古祠下滿川風雨看潮生山谷累書此詩或真草與大字王直方詩話

聖俞子美

聖俞子美齊名於一時而二家詩體特異子美筆力豪俊以超邁橫絶為奇聖俞覃思精微以深遠閑淡為意各極其長雖善論者不能優劣余谷夜行詩略道其一二云子美氣方雄萬竅號一噫有時肆顛狂醉墨灑滂霈譬如千里馬已發不可殺盈前盡珠璣一一難揀汰梅公事清淺石齒漱寒瀨作詩三十年視猶後我輩文詞愈清新心意雖老大有如妖娩女老自有餘態近詩

尤苦硬咀嚼苦難嚥又如食橄欖真味久愈在蘇豪以氣轉舉世徒驚駭梅窮獨我知古貨今難賣語雖非工謂粗得髣髴然不能優劣之歐公詩話

梅都官

工於平淡自成一家

聖俞詩工於平淡自成一家如東溪云野鳧眠岸有閑意老樹著花無醜枝山行云人家在何處雲外一聲雞春陰云鳩鳴桑葉吐村暗木花殘杜鵑云月樹啼方急

山房人未眠似此等句須細味之方見其用意也漁隱

句句精鍊

聖俞詩句句精鍊如焚香露蓮泣聞磬清鷗邁之類宜乎為歐陽文忠公所稱其他古體如朱絃疏越一唱三嘆讀者當以意求之許彥周詩話

寄馬遵詩

馬遵謫守宣州及其去也郡僚軍民爭欲駐留至以鐵鎖絶江遵於餞筵倚醉令官妓剥椎實而食眷眷若留

連狀又以所乘驄馬寄聖俞家郡人皆不疑其去也遵夜使人絕鎖解舟以水沃櫓牙使之不鳴逮曉舟去遠矣聖俞寄遵詩云三更醉下陵陽峯仙舟江上去無蹤杈牙鐵鎖漫橫絕櫓濕不驚潭底龍斷腸吳姬指如筍欲剥玉櫃將何從短翎水鴨飛不遠那經細雨山重重却顧舊埒病驄馬塵沙歷盡空龍鍾隱居詩話

莫打鴨

呂士隆知宣州好以事笞官妓妓皆欲逃去而未得也

會杭州有一妓到宣其色藝可取士隆喜之留之使不去一日郡妓復犯小過士隆又欲笞之妓泣訴曰某不敢辭罪但恐杭枝不能安也士隆憫而捨之聖俞因作莫打鴨一篇曰莫打鴨打鴨驚鴛鴦鴛鴦新向池邊浴不比孤洲老禿鶬禿鶬尚欲飛遠去何況鴛鴦羽翼長蓋謂此也隱居詩話

石曼卿

晦庵論其詩

石曼卿詩極有好處如仁者雖無敵王師固有征無私
乃時雨不殺是天聲長篇舊見曼卿大書此詩氣象方
嚴遒勁極可寶愛真顔筋柳骨令人喜蘇子美字不及
此遠甚曼卿詩極雄豪而縝密方嚴如籌筆驛詩意中
流水遠愁外舊山青又樂意相關禽對語生香不斷樹
交花之句極佳惜不見其全集

西湖處士

歐陽文忠公極賞林和靖踈影横斜水清淺暗香浮動

月黄昏之句而不知和靖别有詠梅一聯云雪後園林纔半樹水邊籬落忽横枝似勝前句不知文忠何緣棄此而賞彼文章大槩亦如女色好惡只繫於人苕溪漁隱曰王直方又愛和靖池水倒窺疎影動屋簷斜入一枝低以謂此句於前所稱真可處伯仲之間余觀此句畧無佳處直方何為喜之真所謂一蟹不如一蟹也山谷

林和靖梅花詩踈影横斜水清淺暗香浮動月黄昏誠為警絶然其下聯乃云霜禽欲下先偷眼粉蝶如知合

斷魂則與上聯氣格全不相類若出兩人乃知詩全篇佳者誠難得唐人多摘句為圖蓋以此大抵和靖詩喜於對意如伶倫近日無侯白奴僕當時有衛青破殿靜披蘿臼古齋房閒試酪奴春之類雖假對亦不草草故氣格不無少貶然五言如夕塞山翠重秋靜鳥行疎長句如橋橫水木已秋色樹倚雲峯更晚晴煙含晚樹人家遠雨濕春蒲燕子低等何害為工夫太過蔡寬夫詩話

和靖言余頃得宛陵葛生所製筆每用之如麾百勝之

師横行於紙墨間所向無不如意惜其日久且弊作詩以録其功云神鋒雖缺力終存架琢珊瑚久策勲日暮閒窻何所似灞陵憔悴故將軍殊有憫勞念舊之意漁隱

邵康節

出處大畧

邵堯夫居洛四十年安貧樂道自云未嘗皺眉故詩云平生不作皺眉事天下應無切齒人所居寢息處爲安樂窩自號爲安樂先生其西爲甕牖讀書燕居其下旦

則焚香獨坐晡時飲酒三四甌微醺便止不使至醉也嘗有詩云斟有淺深存變理飲無多少繫經綸莫道山翁拙於用也能康濟自家身喜吟詩作大字書然遇興則爲之不牽强也大寒暑則不出每出則乘小車爲詩以自詠曰花似錦時高閣望草如茵處小車行温公贈以詩曰林間高閣望已久花外小車猶未來堯夫隨意所之遇主人喜客則留三五日又之一家亦如之或經月忘返雖性高潔而對賓客接人無賢不肖貴賤皆歡

然相親自言若至重疾自不能支其有小疾有客對話不自覺疾之去體也學者從之問經義精深浩博應對不窮思致幽遠妙極道數間有知之深者閙口論天下事雖久存心世務者不能及也朝廷嘗用大臣薦以官起之不屈及其死以著作佐郎告賜其家邦人請易其名于朝太常考行謚之曰康節復齋謾録

康節之學其骨髓在皇極經世其花草便是詩文鑑編詩天向一中分造化人於心上起經綸却不編入晦庵

半山老人

一唱三嘆

荆公暮年作小詩雅麗精絶脱去流俗每諷咏之便覺沆瀣生牙頰間苕溪漁隱曰荆公小詩如南浦隨花去回舟路已迷暗香無覔處日落畫橋西染雲為柳葉翦水作梨花不是春風巧何縁見歲華簷日陰陰轉牀風細細吹翛然殘午夢何許一黄鸝蒲葉清淺水杏花和暖風地偏縁底緑人老為誰紅愛此江邊好留連至日

斜暉分黄犢草坐占白鷗沙日淨山如染風暄草欲薰梅殘數點雪麥漲一川雲觀此數詩真可使人一唱而三嘆也山谷

得子美句法

荆公詩得子美句法其詩云地蟠三楚大天入五湖低唐子西語録

託意

半山老人題雙廟詩云北風吹樹急西日照窻凉細詳

味之其託意深遠非止詠廟中景物而已蓋巡遠守睢陽當是時安慶緒遣突厥勁騎攻之日以危困所謂北風吹樹急也是時肅宗在靈武號令不行於江淮諸將觀望莫肯救之所謂西日照窻涼也此深得老杜句法如老杜題蜀相廟詩云映堦碧草自春色隔葉黃鸝空好音亦自别託意在其中矣漁隱

少作

荆公少以意氣自許故詩語惟其所向不復更為涵蓄

如天下蒼生待霖雨不知龍向此中蟠又濃綠萬枝紅一點動人春色不須多又平治險穢非無力潤澤焦枯是有才之類皆直道其胷中事後為郡牧判官從宋次道盡假唐人詩集博觀而約取晚年始盡深婉不迫之趣乃知文字雖工拙有定限然必視其幼壯雖公方其未至亦不能力强而遽至也石林詩話

荆公題金陵此君亭詩云誰憐直節生來瘦自許高才老更剛賓客每對公稱頌此句公輒顰蹙不樂晚年與

平甫坐亭上視詩牌曰少時作此題榜一傳不可追改大抵少年題詩可以為戒平甫曰此揚子雲所以悔其少作也 高齋詩話

晚年作

荆公晚年詩律尤精嚴造語用字間不容髮然意與言會言隨意遣渾然天成殆不見有牽率排比處如含風鴨綠鱗鱗起弄日鵝黄裊裊垂讀之初不覺有對偶至細數落花因坐久緩尋芳草得歸遲但見舒閒容與之

態耳而字字細考之皆經隱括權衡者其用意亦深刻矣嘗與葉致遠諸人和頭字韻詩往返數四其末篇云名譽子真居谷口事功新息困壺頭以谷口對壺頭其精切如此後數月取本追改云豈愛京師傳谷口但傳鄉里勝壺頭今集中兩本並存石林詩話

精深華妙

荆公定林後詩精深華妙非少作之比嘗作歲晚詩云月映林塘靜風涵笑語涼俯窺憐淨綠小立佇幽香攜

幼尋新的扶衰上野航延緣久未已歲晚惜流光自以比謝靈運議者亦以為然漫叟詩話

格高體下

魯直謂荊公之詩暮年方妙然格高而體下如云似聞青秧底復作龜兆坼乃前人所未道又云扶輿度陽焰窈窕一川花謂包含數箇意雖前人亦未易道然學三謝失於巧耳后山詩話

用意高妙

蔡天啓言荆公每稱老杜鉤簾宿鷺起丸藥流鶯囀之句以為用意高妙五字之模楷他日公作詩得青山捫虱坐黄鳥挾書眠自謂不減杜詩以為得意然不能舉全篇余頃嘗以語薛肇明肇明時被旨編公集徧求之終莫之得或云公但得此一聯未嘗成章也石林詩話

力去陳言

荆公詩云力去陳言誇末俗可憐無補費精神而公平生文體數變莫年詩益工用意益苦故言不可不謹也

善下字

予與鄉人翁行可同舟泝汴因談及詩行可云介甫善下字如荒埭暗雞催月曉空場老雉挾春嬌下得挾字最好如孟子挾貴挾長之挾予謂介甫又有紫萸凌風怯蒼苔挾雨驕陳無已有寒氣挾霜侵敗絮賓鴻將子度黴明其用挾字亦與前一聯同藝苑雌黄

用事精切

苕溪漁隱曰上元戲劉貢甫詩云不知太一遊何處定把青藜獨照公此詩用事亦精切劉向校書天禄閣夜有老人著黄衣植青藜杖叩閣而進向請問姓名我是太一之精天帝聞卯金之子有博學者下而觀焉乃出懷中竹牒授之見王子年拾遺此事既與貢甫同姓又貢甫時在館閣也王直方詩話

清景

山谷嘗言天下清景初不擇貴賤賢愚而與之然吾特

疑端為我輩設荆公在鍾山官牀與客夜坐作詩云殘生傷性老耽書年少東來復起予各據槁梧同不寐偶然聞雨落堦除東坡宿餘杭山寺詩云暮鼓朝鐘自擊撞閉門欹枕對殘缸白灰旋撥通紅火卧對蕭蕭雪打窻人以山谷之言為確論冷齋夜話

霜筠雪竹

熙寧庚戌冬王荆公安石自參知政事拜相是日官僚造門奔賀者相屬於路公以未謝皆不見之獨與余坐

於西廡之小閣荆公語次忽顰蹙久之取筆書窻曰霜筠雪竹鍾山寺投老歸歟寄此生放筆揖余而入元豐癸亥公已謝事為會靈觀使居金陵白下門外余謁公公欣然邀余同遊鍾山憩法雲寺偶坐於僧房是日正當霜雪而虛窻松竹皆如詩中之景余因述昔日題窻并誦此詩公憮然曰有是乎頷略微笑而已隱居詩話

自然

舒州三祖山金牛洞山水聞于天下荆公嘗題詩云水

泠泠而北去山靡靡以旁圍欲窮源而不得竟悵望以空歸後人鑿山刋木寖失山水之勝非公題詩時比也魯直效公題六言云司命無心播物祖師有記傳衣白雲横而不度高鳥倦而猶飛識者云語雖竒亦不及荆公之自然也高齋詩話

紀實

烏石岡距臨川三十里荆公外家吳氏居其間故詩云不知烏石岡邊路到老相尋得幾回鹽步門在荆公舊

居之前故詩云曲池丘墓心空折鹽步庭闈眼欲穿

落星寺詩

荆公集中有落星寺詩其末云勝槩惟詩可收拾不才羞作等閒來落星寺在彭蠡湖中劉咸臨嘗親見寺僧言幼時目覩閣中章源道作此詩其前六句皆同其末云勝槩詩人盡收拾可憐蘇石不曾來蘇石謂子美曼卿也後人愛其詩者改末句作荆公詩傳之遂使一篇之意不完其體與荆公所作詩亦不類苕溪漁隱曰直

方所言非也余細觀此詩句語體格真是荆公作餘人

豈能道此今具載全篇識者必能辨之詩云窣雲一殿

起崔嵬萬里長江酒一杯坐見山川吞日月杳無車馬

送塵埃鴈飛雲路聲低過客近天門夢易回勝槩惟詩

可收拾不才羞作等閒來王直方詩話

西山寺詩

唐人題西山寺詩云終古礙新月半江無夕陽人謂冠

絶古今以其盡得西山之景趣也金山寺留題者亦多

而絶少佳句惟寺影中流見鐘聲兩岸聞又天多剩得月地少不生塵為人傳誦要亦未為至工若用之於落星寺有何不可乎熙寧中荆公有句云天末海門横北固煙中沙岸似西興尤為中的遯齋閒覽

梅花詩

凡詠梅多詠白而荆公詩獨云鬚撚黄金危欲墮蒂團紅蠟巧能妝不惟造語巧麗可謂能道人不到處矣又東坡詠梅一句云竹外一枝斜更好語雖平易然頗得

梅之幽獨閒靜之趣凡詩人詠物雖平淡巧麗不同要能以隨意造語為工公後復有詩云遙知不是雪為有暗香來蓋取蘇子卿詩只言花似雪不悟有香來之意公在金陵又有和徐仲文顰字韻詠梅詩二首東坡在嶺南有𩐝字韻梅詩三首皆韻險而語工非大手筆不能到也遯齋閒覽

碁詩

荆公碁品殊下每與人對局未嘗致思隨手疾應覺其

勢將敗便歛之謂人曰本圖適性忘慮反苦思勞神不如且已與葉致遠敵手嘗贈致遠詩云垂成忽破壞中斷俄連接是知公碁不甚高又云諱輸寧斷頭悔悞仍摶頰是又未能忘情於一時之得喪也苕溪漁隱曰介甫有絶句云莫將戲事擾真情且可隨緣道我贏戰罷兩奩收黒白一枰何處有虧成觀此詩則圖適性忘慮之語信有證矣若魯直於碁則不然如心似蛛絲遊碧落身如蜩甲化枯枝則苦思忘形較勝負於一著與介

甫措意異矣邂齋閱覽

虎圖

荆公嘗在歐公坐上賦虎圖衆客未落筆而荆公章已就歐公亟取讀之為之擊節稱歎坐客閣筆不敢作苕溪漁隱曰西清詩話中亦載此事云此乃體杜甫畫鶻行以紓急解紛耳吾今具載二詩讀者當有以辨之荆公虎圖詩云壯哉非羆亦非貙目光夾鏡當坐隅橫行妥尾不畏逐顧盼欲去仍躊躇卒然我見心欲動熟視

稍稍摩其鬚固知畫者巧為此此物安肯來庭除想當
槃礴欲畫時睥睨衆史如庸奴神閒意定始一埽功與
造化論錙銖悲風颾颾吹黄蘆上有寒雀驚相呼槎牙
死樹鳴老烏向之俛啄如哺雛山牆野壁黄昏後馮婦
遥看亦下車杜甫畫鶻行云高堂見老鶻颯爽動秋骨
初驚無拘攣何得立突兀乃知畫師妙功侔造化窟窩
此神俊姿充君眼中物烏鵲滿樛枝軒然恐其出側腦
看青霄寧為衆禽没長翮如刀劍人寰可超越乾坤空

崢嶸粉墨且蕭瑟緬思雲沙際自有煙霞質吾今意何傷顧步獨紆鬱漫叟詩話

集句

荆公暮年喜為集句唐人號為四體黄魯直謂正堪一笑耳司馬温公與武定從事同幕私幸營妓而於公諱之常會僧廬公往迫之使妓踰垣而去度不可隱乃具道公戲之曰年去年來來去忙暫偷閒卧老僧房驚回一覺游仙夢又逐流鶯過短牆杭之舉子中老榜第其

子以緋裏之客賀之曰應是窮通自有時人生七十古來稀如今始覺為儒貴不著荷衣便著緋壽之醫者老娶少婦或嘲之曰倚他門戶傍他牆年去年來來去忙採得百花成蜜後為他人作嫁衣裳真可笑也后山詩話

猿鶴不知

王介字中甫衢州人博學善識諱嘗舉制科不中與荆公遊甚款然未嘗降意少相下熙寧初荆公以翰林學士被召前此屢召不起至是始受命介以詩寄云草廬

三顧動春蟄蕙帳一空生曉寒蓋有所諷荊公得之大笑他日作詩有丈夫出處非無意猿鶴從來自不知之句蓋為介發也石林詩話

詩病

今州縣之間隨其小大皆有富民此理勢之所必至所謂物之不齊物之情也然州縣賴之以為强國家恃之以為固非所當憂亦非所當去也能使富民安其富而不横貧民安其貧而不匱貧富相恃以為長久而天下

定矣介甫不忍貧民而深疾富民志欲破富民以惠貧民不知其不可也方其未得志也為兼并之詩其詩曰三代子百姓公私無異財人主擅操柄如天持斗魁賦予皆自我兼并乃奸回奸回法有誅勢亦無自來後世始倒持黔首遂難裁秦王不知此更築懷清臺禮義日以媮聖經久堙埃法尚有存者欲言時所咍俗吏不知方捁克乃為才俗儒不知變兼并可無摧利孔至百出小人私闔開有司與之爭民愈可憐哉及其得志專以

此為事設青苗法以奪富民之利民無貧富兩稅之外皆出重息十二吏緣為奸至倍息公私皆病矣呂惠卿繼之以手實之法私家一毫以上皆籍於官民知有奪取之心至於賣田殺牛以避其禍朝廷覺其不可中止不行僅免於亂然其徒世守其學刻下媚上謂之享上有一不享上皆廢不用至於今日民遂大病原其禍出於此詩蓋昔之詩病未有若此酷者也蘇子由

秋菊落英

歐公嘉祐中見王荆公詩黄昏風雨暝園林殘菊飄零滿地金笑曰百花盡落獨菊枝上枯耳因戲曰秋英不比春花落為報詩人子細看荆公聞之曰是豈不知楚詞夕餐秋菊之落英歐陽九不學之過也西清詩話

荆公此詩子瞻跋云秋英不比春英落說與詩人子細看蓋為菊無落英故也荆公云蘇子瞻讀楚詞不熟耳予以謂屈平餐秋菊之落英大槩言花衰謝之意若飄零滿地金則過矣東坡既以落英為非則屈原豈亦謬

誤乎坡在海南謝人寄酒詩有云謾遶東籬嗅落英又何也苕溪漁隱曰秋英不比春花落爲報詩人子細看此是兩句詩余於六一居士全集及東坡前後集徧尋並無之不知西清高齋何從得此二句詩互有譏議亦疑其不審也高齋詩話

余按楚詞夕餐秋菊之落英落之爲義始也初也如禮記所謂落成之落也蓋菊已花雖枯不落惟初英乃可餐荆公賦黄菊飄零滿地金固失之不知菊矣直有以來秋英不比春花落爲報詩人子細看之譏西清以爲歐公高齋以爲蘇公未詳孰是而所記半山借秋菊落英之說一則曰歐九不知是詞一則曰

予膽不熟楚詞歐蘇二公非不知不熟楚詞者特知屈原之心不以落英為飄落之落耳雖然半山豈真不知不熟楚詞者歟亦不過執拗以遂非而已西澗葉公每誦先君菊莊翁菊似交情看歲晚枝樹相伴到離披之句謂其真知菊者故併及之梅墅續評

雪堂

如天花變現

東坡作文如天花變現初無根葉不可揣測如作蓋公堂記共六百餘字僅三百餘字說醫酔石道士詩共二十八句却二十六句作假說惟用兩句收拾作鶴嘆則

替鶴分明室中語

長於譬喻

子瞻作詩長於譬喻如和子由詩云人生到處知何似應似飛鴻踏雪泥泥上偶然留指爪鴻飛那復計東西守歲詩云欲知垂盡歲有似赴壑蛇脩鱗半已沒去意誰能遮況欲繫其尾雖勤知奈何畫水官詩云高人豈學畫用筆乃其天譬如善遊人一一能操船龍眼詩云龍眼與荔枝異出同父祖端如柑與橘未易相可不皆

累數句也如一聯即少年辛苦真食蓼老景清閒如啖蔗如一句即雪裏波菱如鐵甲之類不可勝紀陵陽室中語

海棠詩

東坡作此詩詞格超逸不復蹈襲前人其詩有嫣然一笑竹籬間桃李漫山總麄俗自然富貴出天姿不待金盤薦華屋朱唇得酒暈生臉翠袖卷紗紅映肉林深霧暗曉光遲日暖風輕春睡足雨中有淚亦凄愴月下無人更清淑元豐間東坡謫黄州寓居定惠院院之東小

山上有海棠一株特繁茂每歲盛開時必為攜客置酒已五醉其下矣故作此長篇平生喜為人寫蓋人間刋石者自有五六本云軾平生得意詩也

梅詩

東坡暾字韻三首皆擺落陳言古今人未嘗經道者三首並妙絶第二首尤奇詩云羅浮山下梅花村玉雪為骨氷為魂紛紛初疑月挂樹耿耿獨與參横昏先生索居江海上悄如病鶴栖荒園天香國艶肯相顧知我酒

熟詩清温蓬莱宫中花鳥使緑衣倒挂扶桑暾抱叢窺

我方醉卧故遣啄木先敲門麻姑過君急洒掃鳥能歌

舞花能言酒醒人散山寂寂惟有落花粘空樽注云嶺

南珍禽有倒挂子緑毛紅喙如鸚鵡而小自東海來非

塵埃間物也

芙蓉城詩

遊芙蓉城元豐元年三月余始識子高問之信然乃作

此詩云芙蓉城中花冥冥誰其主者石與丁珠簾玉案

翡翠屏雲舒霞卷千娉婷中有一人長眉青炯如微雲
澹疎星往來三世空鍊形竟坐誤讀黄庭經天門夜開
飛爽靈無復白日乘雲軿俗緣千劫磨不盡翠被冷落
淒餘馨因過緱山朝帝廷夜聞笙簫弭節聽飄然而來
誰使令皎如明月入窻櫺忽然而去不可尋寒衾虚幌
風泠泠仙宫洞房本不扃夢中同躡鳳凰翎徑度萬里
如奔霆玉樓瑶宫聳亭亭天書雲篆誰所銘遶樓飛步
高玲娉仙風鏘然韻流鈴遽遽形開如酒醒芳卿寄謝

空丁寧一朝覆水不反缾羅巾別淚空熒熒春風花開
秋葉零世間羅綺紛膻腥此生流浪隨滄溟偶然相值
兩浮萍願君收視觀三庭勿與嘉穀生螟蟥從渠一念
三千齡下作人間尹與邢東坡此詩最為流麗故秦太
虛與東坡簡云素紙一軸敢冀醉後揮掃近文并芙蓉
城詩時得把玩以慰馳情
詩人寫人物態度至不可移易元微之李娃行云髻鬟
峩峩髙一尺門前立地看春風此定是娼婦退之華山

女詩云洗妝拭面著冠帔白咽紅頰長眉青此定是女道士東坡作芙蓉城詩亦用長眉青三字云中有一人長眉青炯如微雲淡疎星便有神仙風度許彦周詩話

三良詩

秦繆公以三良殉葬詩人刺之則繆公信有罪矣雖然臣之事君猶子之事父也以陳尊己魏顆之事觀之則三良亦不容無譏焉昔之詠三良者有王仲宣曹子建陶淵明柳子厚或曰心亦有所施或曰殺身誠獨難或

曰君命安可違或曰死沒寧分張曾無一語辨其非是者唯東坡和陶云殺身故有道大節要不虧君為社稷死我則同其歸顧命有治亂臣子得從違魏顆真孝愛三良安足希審如是言則三良不能無罪東坡一篇獨冠絕於古今苕溪漁隱曰余觀東坡秦繆公墓詩意全與和三良詩意相反蓋是少年時議論如此至其晚年所見益高超人意表此揚雄所以悔少作也詩云昔公生不誅孟明豈有死之日而忍用其良乃知三子狥公

意亦如齊之二子從田横藝苑雌黄

與王慶源詩

與王慶源詩云青衫半作霜葉枯遇民如兒吏如奴吏民莫作官長看我是識字耕田夫妻啼兒號刺史怒時有野人來挽鬚拂衣自注下下考芋魁豆飯吾豈無山谷云庭堅最愛此數韻王直方詩話

語意高妙

題碧落洞詩云小語輒響答空山白雲驚此語全類李

太白後自嶺外歸次韻江晦叔詩云浮雲時事改孤月此心明語意高妙如叅禪悟道之人吐露胷襟無一毫窒礙也漁隱

詩意佳絶

東坡云世謂樂天有鬻駱馬放楊柳枝詞嘉其主老病不忍去也然夢得有詩云春盡絮飛留不得隨風好去落誰家樂天亦云病與樂天相伴住春隨樊子一時歸則是樊素竟去也予家有數妾四五年相繼辭去獨朝

雲者隨予南遷因讀樂天集戲作此詩朝雲姓王氏錢塘人嘗有子曰幹兒未朞而夭云不似楊枝别樂天恰如通德伴伶玄阿奴絡秀不同老天女維摩總解禪經卷藥爐新活計舞衫歌扇舊因緣丹成逐我三山去不作巫陽雲雨仙苕溪漁隱曰詩意佳絶善於為戲略去洞房之氣味翻為道人之家風非若樂天所云櫻桃樊素口楊柳小蠻腰但自詫其佳麗塵俗哉

詠物詩首四句便能寫盡

李太白潯陽紫極宮感秋云何處聞秋聲翛翛北窻竹回薄萬古心攬之不盈掬東坡和韻云寄卧虛寂堂月明浸疎竹冷然洗我心欲飲不可掬予謂東坡此語清拔優於太白大率東坡每題詠景物於長篇中只篇首四句便能寫盡語仍快健如廬山開先漱玉亭首句云高巖下赤日深谷來悲風擘開青玉峽飛出兩白龍谷林堂首句云深谷下窈窕高林合扶疎美哉新堂成及此秋風初行瓊儋閒首句云四州環一島百洞蟠其中

我行西北隅如渡月半弓滕州江下夜起對月首句云江月照我心江水洗我肝端如徑寸珠墮此白玉盤此聊舉四詩其他甚衆又栖賢三峽橋詩有清寒入山骨草木盡堅瘦之句此語尤精絶他人道不到也漁隱

一洗萬古

余作南征賦或者稱之然僅與曹大家爭衡耳惟東坡赤壁二賦一洗萬古欲髣髴其一語畢世不可得也唐子西語錄

南遷以後精深華妙

吕丞相跋杜子美年譜云考其辭力少而鋭壯而肆老而嚴非妙於文章不足以至此余觀東坡自南遷以後詩全類子美夔州以後詩正所謂老而嚴者也子由云東坡謫居儋耳獨善為詩精深華妙不見老人衰憊之氣魯直亦云東坡嶺外文字讀之使人耳目聰明如清風自外來也觀二公之言如此則余非過論矣詩話

文過有理

東坡曰吾有詩云日日出東門步尋東城遊城門抱關卒怪我此何求我亦無所求駕言寫我憂章子厚謂參寥曰前步而後駕何其上下紛紛也僕聞之曰吾以尻為輪以神為馬何曾上下乎參寥曰子瞻文過有理似孫子荆子荆曰所以枕流欲洗其耳

波瀾浩渺

東坡長句波瀾浩大變化不測如作雜劇打猛顛入却打猛顛出也三馬贊振鬣長鳴萬馬皆瘖此記不傳之

妙學文者能涵泳此等語自然有入處呂氏童蒙訓

簟紋如水帳浮煙

邢惇夫言掃地焚香閑閤眠簟紋如水帳浮煙客來夢覺知何處挂起西窻浪接天此東坡詩也嘗題於余扇山谷初讀以為是劉夢得所作王直方詩話

失於粗

蘇詩始學劉禹錫故多怨刺學不可不謹也晚學太白至其得意則似之矣然失於粗以其得之易也后山詩話

蘇過詩

東坡云兒子邁嘗作林檎詩云熟顆無風時自落半腮迎日鬬鮮紅於等輩中亦號有思致者今已老無他技但亦時出新句也嘗作酸棗尉有詩云葉隨流水歸何處牛載寒鴉過別村此句亦可喜也苕溪漁隱曰蘇叔黨過賦鼠鬚筆云太倉失陳紅狡穴得餘腐旣興丞相歎又發廷尉怒磔肉餧餓猫紛髥雜霜兎插架刀槊健落紙龍蛇騖物理未易詰時來即所遇穿墉何卑微託

此得佳譽其步驟氣格殊有父風也

詩人玉屑卷十七

欽定四庫全書

詩人玉屑卷十八

宋 魏慶之 撰

涪翁

宗派圖

呂居仁近時以詩得名自言傳衣江西嘗作宗派圖自豫章以降列陳師道潘大臨謝逸洪芻饒節僧祖可徐俯洪朋林敏修洪炎汪革李錞韓駒李彭晁冲之江端

本楊符謝邁夏倪林敏功潘大觀何覬王直方僧善權高荷合二十五人以為法嗣謂其源流皆出豫章也其宗派圖序數百言大略云唐自李杜之出焜燿一世後之言詩者皆莫能及至韓柳孟郊張籍諸人激昂奮厲終不能與前作者並元和以後至國朝歌詩之作或傳者多依效舊文未盡所趣惟豫章始大出而力振之抑揚反覆盡兼衆體而後學者同作並和雖體制或異要皆所傳者一予故録其名字以遺來者余竊謂豫章自

出機杼別成一家清新竒巧是其所長若言抑揚反覆盡無衆體則非也元和至今騷翁墨客代不乏人觀其英詞傑句真能發明古人不到處卓然成立者甚衆若言多依效舊文未盡所趣又非也所列二十五人其間知名之士有詩句傳于世為時所稱道者止數人而已其餘無聞焉亦濫登其列居仁此圖之作選擇弗精議論不公余是以辨之漁隱

得意句

蜀人石翼黄魯直在黔中時遊從最久嘗言見魯直自矜詩一聯云人得交遊是風月天開圖畫即江山以為晚年最得意每舉以教人而終不能成篇蓋不欲以常語雜之然魯直自有山圍燕坐圖畫出水作夜牕風雨來余以謂氣格當勝前聯也

乞猫詩

乞猫詩秋來鼠輩欺猫死窺瓮翻盆攪夜眠聞道狸奴將數子買魚穿柳聘銜蟬雖滑稽而可喜千歲而下讀

者如新后山詩話

少作

世傳山谷七歲作牧童詩云騎牛遠遠過前村吹笛風斜隔隴聞多少長安名利客機關用盡不如君桐江詩話

魯直少警悟八歲作詩送人赴舉云送君歸去明主前若問舊時黃庭堅謫在人間今八年此已非髫稚語矣

奇語

山谷謂洪龜父曰甥最愛老舅詩中何語龜父舉蜂房

各自開户牖蟻穴或夢封侯王黄流不解涴明月碧樹為我生涼秋以為深類工部山谷云得之矣腸字韻茶詩山谷日和云曲几團蒲聽煮湯煎成車聲遶羊腸東坡見之云黄九怎得不窮張文潛嘗謂余曰黄九似桃李春風一杯酒江湖夜雨十年燈真是奇語苕溪漁隱曰汪彦章有千里江山漁笛晚十年燈火客氊寒之句效山谷體也余亦嘗效此體作一聯云釣艇江湖千里夢客氊風雪十年寒王直方詩話

句相似

魯直過平輿懷李子先詩世上豈無千里馬人中難得九方臯題徐孺子祠堂詩白屋可能無孺子黄堂不是欠陳蕃二詩命意絶相似葢歎知音者難得耳漁隱

蘇黄相譏

元祐文章世稱蘇黄然二公當時爭名互相譏誚東坡嘗云黄魯直詩文如蝤蛑江珧柱格韻高絶盤飧盡廢然不可多食多食則發風動氣山谷亦云葢有文章妙

一世而詩句不逮古人者此指東坡而言也二公文章自今視之世自有公論豈至各如前言葢一時爭名之詞耳俗人便以為誠然遂為譏議所謂蚍蜉撼大樹可笑不自量者耶漁隱

讀魯直詩如見魯仲連李太白不敢復論鄙事雖若不適用然不為無補于世東坡

少游文潛評論

山谷舊所作詩文名以焦尾獘帚少游云每覽此編輒悵然終日殆忘食事邈然有二漢之風今交遊中以文墨稱者未見其比所謂珠玉在傍覺我形穢也有學者問文潛模範曰看退聽藁蓋山谷在館中時自號所居曰退聽堂王直方詩話

出奇之過

后山謂魯直作詩過于出奇誠哉是言也如和之文贈无咎詩本心如日月利欲食之既王聖涂二亭歌絶去

藪澤之羅兮官于落羽洪玉父云魯直言羅者得落羽以輸官凡此之類出奇之過也漁隱

過於出奇

唐人不學杜詩惟唐彥謙與今黄庶謝景初學之魯直黄之子謝之壻其于二父猶子美之于審言也然過于出奇不如杜之遇物而奇也三江五湖平漫千里因風景而奇耳后山詩話

用新奇字

黄庭堅喜作詩得名好用南朝人語專求古人未使之一二奇字綴葺而成詩自以為工其實所見之僻也故句雖新奇而氣乏渾厚吾嘗作詩題其編後略曰端求古人遺琢抉手不停方其得璣羽往往失鵬鯨蓋謂足也隱居詩話

誠齋紀逸詩

予昔為零陵丞嘗肩輿過一野寺前壁間有山谷親筆一詩予小立肩輿誦之三過既歸書之止記一聯云春

將國豔薰花骨日借黄金縷水紋令集中無之

陳履常

得詩意

書當快意讀易盡客有可人期不來世事相違每如此好懷百歲幾回開其後又寄黄充前四句云俗子推不去可人廢招呼世事每如此我生亦何娛蓋無已得意故兩見之復齋漫録

相似句

樂天有詩云醉貌如霜葉雖紅不是春東坡有詩云兒童悮喜朱顏在一笑那知是酒紅鄭谷有詩云衰鬢霜供白愁顏酒借紅老杜有詩云髮少何勞白顏衰肯更紅無已詩云髮短愁催白顏衰酒借紅皆相類也然無已初出此一聯大為當時諸公所稱賞王直方詩話

秀句

陳留市中有刀鑷工隨其所得為一日費醉吟于市貿其子以行歌江端禮以為達者為作傳而要無已作詩

有閑門十日雨吟作飢鳶聲之句大為山谷所愛山谷亦擬作有云養性霜刀在閲人清鏡空王直方

雁詩

杜牧之早雁云仙掌月明孤影過長門燈暗數聲來六一居士汴河聞雁云野岸柳黄霜正白五更驚破客愁眠皆言幽怨羇旅聞雁聲而生愁思至后山則不然但云遠道勤相喚羇懷誤作愁則全不蹈襲也漁隱

近世詩人莫及

無已賦宗室畫詩滕王蛺蝶江都馬一紙千金不當價又作曾子固挽辭丘園無起日江漢有東流近世詩人莫及許彥周詩話

學詩如學仙

無已詩云學詩如學仙時至骨自換山谷亦有學詩如學道之句若語意俱勝當以無已為優王直方議論不公道云陳三所得豈其苗裔耶意謂其出于山谷不足信也漁隱

衒耀太甚

無已嘗作小妓歌行兩篇其一云春風永巷閑娉婷長使青樓悞得名不惜捲簾通一顧怕君著眼未分明其一云當年不嫁惜娉婷傅白施朱作後生說與傍人須早計隨宜梳洗莫傾城山谷云無已他日作詩語極高古至于此篇則顧影徘徊衒耀太甚王直方詩話

寇國寶詩

黄葉西城水漫流篴篨風急送扁舟夕陽瞑色來千里

人語雞聲共一丘冠國寶徐州人久從陳無已學乃知文章淵源有所自來亦不難辨恨不得多見之也石林詩話

秦太虚

品題

東坡嘗有書薦少游于荆公云向屢言高郵進士秦觀太虚公亦粗知其人今得其詩文數十首拜呈詞格高下固已無逃于左右外此博綜史傳通曉佛書若此類未易一一數也荆公答書云云及秦君詩適葉致遠一

見亦以謂清新婉麗鮑謝似之公奇秦君口之而不置我得其詩手之而不釋又聞秦君嘗學至言妙道無乃笑我與公嗜好過乎漁隱

詩甚麗

少游詩甚麗如翡翠側身窺綠酹蜻蜓偷眼避紅妝又海棠花發麝香眠又青蟲相對吐秋絲之句是也雪浪齋日記

嚴重高古

雨砌墮危芳風軒納飛絮之類李公擇以為謝家兄弟得意不能過也少游過嶺後詩嚴重高古自成一家與舊作不同呂氏童蒙訓

諸詩

少游汝南自教官日郡將向宗回團練有登城詩少游次韻兩篇云沄沄汝水抱城根野色偷春入燒痕千點湘妃枝上淚一聲杜宇水邊魂遥憐鴻隙陂穿路尚想元和賊負恩粉蝶朱垣都過了恍如陶侃夢天門𢈔烟

起處認孤村天色清寒不見痕車輞湖邊梅濺淚壺公祠畔月銷魂封疆盡是春秋國廟食多懷將相恩試問李斯長歎後誰牽黃犬出東門又嘗于程文通會間賦牽牛花詩云銀漢初移漏欲殘步虛人倚玉闌干仙衣染得天邊碧乞與人間向曉看又一歲太守王在丞二月十一日生日程文通諸人前期袖壽詩草謁少游問曰左丞生日必有佳作少游以詩草示之乃歷九青字韻俱盡首云元氣鍾英偉東皇賦炳靈蓂敷十一莢椿

茂八千齡汗血來西極搏風出北溟諸人愕然相視讀畢俱不敢出袖中之草唯唯而退桐江詩話

張秦

捨舊圖新

元祐初與秦少游張文潛論詩二公謂不然久之東城先生以為一代之詩當推魯直二公遂捨舊而圖新其初改轅易轍如枯絃𢿱軫雖成聲而跌宕不滿人耳少馬遂使師曠忘味鍾期改容也

張文潛

佳句

文潛詩云新月已生飛鳥外落霞更在夕陽西益用郎士元送楊中丞和番耳郎詩云河陽飛鳥外雪嶺大荒西

元祐中諸公以上巳日會西池王仲至有二詩文潛和之最工云翠浪有聲黄帽動春風無力彩旗垂少游有已煩逸少書陳迹更屬相如賦上林之句諸人亦以為

難及王直方詩話

頃見晁無咎舉文潛斜日兩竿眠犢晚春波一頃去鳧寒自以為莫能及苕溪漁隱曰文潛夜直館中詩云蒼龍掛斗寒垂地翡翠浮花暖作春亦佳句也石林詩話

白頭青鬢隔存沒落日斷霞無古今此文潛過宋都詩氣格似不減老杜也千山送客東西路一樹照人南北枝此王康功詩語意新奇王直方詩話

自然奇逸

文潛詩自然奇逸非他人可及如秋明樹外天容燈青映壁城角冷吟霜淺山寒帶水旱日白吹風川鳴半夜雨樹冷五更秋之類迥越時流雖是天資亦學可及學者若能常玩味此等語自然有變化處也呂氏童蒙訓

不食烟火人語

文潛先于周翰公擇輩來飲余家作長句後數十日再同東坡來讀其詩歎息云此不是吃烟火食人道底言語蓋其間有漱井消午醉掃花坐晚凉衆緑結夏帷老

紅駐春妝之句也此詩首句云朝衫衝曉塵歸帽障夕陽日月馬上過詩書篋中藏造語極工王直方詩話

韓子蒼

語意妙絶

李伯時畫太一真人卧一大蓮葉中手執書卷仰讀蕭然有物外思韓子蒼有詩題其上云太一真人蓮葉舟脱巾露髮寒颼颼輕風爲帆浪爲檝卧看玉宇浮中流中流蕩漾翠綃舞穩如龍驤萬斛舉不是峯頭十丈花世

間那得葉如許龍眠畫手老入神尺素幻出真天人

恍然坐我水仙府蒼烟萬頃波粼粼玉堂學士今劉向

禁直宮亮九天上不須對此融心神會植青藜夜相訪

子蒼此詩語意妙絶真能詠盡此畫也漁隱

冬日詩

子蒼有和李上舍冬日詩最為世所推故商老有黄葉

之句全篇云北風吹日晝多陰日暮擁堦黄葉深倦鵲

遶枝翻凍影飛鴻摩月墮孤音推愁不去如相覓與老

無期稍見侵顧藉微官少年事病來那復一分心復齋謾録

茶筅子詩

子蒼謝人寄茶筅子詩云看君眉宇真龍種猶解横身戰雪濤盧駿元亦有此詩云到底此君高韻在清風兩腋為渠生皆善賦詠者然盧優于韓漁隱

王逢原

佳句

逢原集中佳句頗多如讀老杜詩鑴劉物象三千首照

耀乾坤四百春瓜洲渡云風力引雲行玉馬水光連日動金虵謝滿子權寄詩云九原黄土英靈活萬古青天霹靂飛桐江詩話

蔡天啓

申王畫馬圖詩

東坡集中有申王畫馬圖詩即天啓作氣格有類東坡世因悞收入其後姑蘇居世英家刋東坡前後集遂刪去今録之云天寶諸王愛名馬千金爭致華軒下當時

不獨玉花驄飛電流雲絶瀟洒兩坊岐薛寧與申憑陵內廄多清新肉駿汗血盡龍種紫袍玉帶真天人驪山射獵包原隰御前急詔穿圍入揚鞭一麾破霜蹄萬騎如風不能入雁飛兎走驚絃開翠華按轡從天回五家錦繡徧山谷百里鳥珥遺塵埃青騾蜀棧起超忽高準濃蛾散荆棘苜蓿連天鳥自飛五陵佳氣春蕭瑟漁隱叢話

佳句

天啓詩城響濤頭入江昏雨脚斜柳間黄鳥路波底白

鷗天皆佳句松江詩最奇云斷蓬帆影天平入夾鏡波光水到流雪浪齋日記

荆公詩

王荆公在鍾山有馬甚惡踶齧不可近一日兩校牽至庭下告公請鬻之天啓時在坐曰世安有不可調之馬第久不騎驕耳即起捉其騣一躍而上不用銜勒馳數十里而還荆公大壯之即作集句詩贈之蔡子勇成癖能騎生馬駒云後有身著青衫騎惡馬日行三百尚嫌

遲心源落落堪為將却是君王未備知士大夫自是盛傳荆公以將帥之材許之紹聖初章申公當國首欲進天啓侍從會執政有不悦者乃出為永興軍路提舉常平因欲稍遷為帥會丁内艱不果猶是用荆公遺意也

石林詩話

俞秀老清老

品藻

俞紫芝揚州人少有高行不娶得浮屠氏心法所至翛

然而工于詩王荆公居鍾山秀老數相往來尤愛重之每見于詩所謂公詩何以解人愁初日芙蕖映碧流未怕元劉爭獨步不妨陶謝與同遊是也秀老嘗有夜深童子喚不起猛虎一聲山月高之句尤為荆公所賞和云新詩比舊仍增峭莫許追攀莫太高秀老卒于元祐初惜時無發明者不得與林和靖一流概見于隱逸其弟澹字清老亦不娶滑稽善諧謔洞曉音律能歌荆公亦喜之晚年作漁家傲等樂府數闋每山行即使澹歌

之然澹使酒好駡不若秀老之恬静一日見公云吾欲為浮屠但貧無錢買祠部耳公欣然為置祠部澹約曰祝髮既過期寂無耗公問其故澹徐曰吾思僧亦不易為公所贈祠部已送酒家償舊債矣公為之大笑黄魯直贈澹詩其一有云有客夢超俗去髮脱儒冠平明視清鏡正爾良獨難蓋述荆公事也苕溪漁隱曰魯直與清老同學所謂後數年見之儒冠自若也則清老實曾為僧可知而此以為祠部送酒家償舊債石林之言非

也石林詩話

警聯

俞紫芝字秀老喜作詩人未知之荆公愛焉手寫其一聯有時俗事不稱意無限好山都上心于所持扇衆始異焉弟清老亦修潔可喜俱從山谷遊山谷所書約魚船上謝三郎一帖石刻在金山寺雞林每入貢輒市摹本數百以歸亦秀老詞也潘子真詩詩

松聲詩其詞極佳萬壑摇蒼煙百灘度流水下有跨驢

人蕭蕭吹凍耳冷齋夜話

袁世弼

遒麗奇壯

世弼能爲詩慕韋應物而遒麗奇壯過之王介甫掌中書世弼贈郭功父詩云方山憶共泛金船屈指于今五六年風送梨花吹醉面月和溪水上歸艣浮生聚散應難料末路窮通盡偶然欲問故人牢落事鹿裘深入白雲眠世弼自號遯翁臨死一篇尤佳青靄千峯暝悲風

萬古呼其誰掛寳劒應有莫生芻皎月東方隕長松夜壑枯山泉吾素愛聲到夜臺無王直方詩話

荆公手寫其詩

荆公居金陵為功甫手寫所賦詩一軸有從來多病王僧祐自小能文謝惠連各厭塵勞思物外莫辭攜手訪林泉又曰雪後姑溪水更深冥冥寒雨作連陰旅懷未可頓消遣思與洛生溪上吟此兩篇世彌贈功甫詩也世彌年十七題百尺山詩云瓊田收耙稏玉溜注琅玕

讀書最苦因爾臞瘠没時纔三十四歲自作墓銘述其平生有詩文十卷號遯翁集潘子真詩話

郭功甫

鳳凰臺詩

郭功甫嘗與王荆公登金陵鳳凰臺追次李太白韻援筆立成一座盡傾白句人能誦之郭詩罕有記者今俱紀之太白云鳳凰臺上鳳凰遊鳳去臺空江自流吳宫花草埋幽徑晉代衣冠成古丘三山半落青天外二水

中分白鷺洲總為浮雲能蔽日長安不見使人愁功甫云高臺不見鳳凰遊浩浩長江入海流舞罷青蛾同去國戰殘白骨尚盈丘風摇落日吹行棹潮擁新沙换故洲結綺臨春無處覔年年荒草向人愁餘話

警句

郭祥正字功父自梅聖俞贈詩有采石月下聞謫仙以為李白後身緣此有名功父有金山行烏飛不盡暮天碧漁歌忽斷蘆花風大為荆公所賞東坡守錢唐功父

過之出詩一軸示東坡先自吟誦聲振左右既罷謂坡曰祥正此詩幾分來坡曰十分來也祥正驚喜問之坡曰七分來是讀三分來是詩豈不十分也王直方詩話

金山行

功甫金山行造語豪壯世多不見全篇今録于左方金山杳在滄溟中雪崖氷柱浮仙宮乾坤扶持自今古日月髣髴纒西東我泛靈槎出塵世搜索異境窺神工一朝登臨重歎息四時想像何其雄捲簾夜閣挂北斗來

鯨駕浪吹長空舟摧岸斷豈足數往往霹靂搥蛟龍寒蟾八月蕩瑶海秋光上下磨青銅烏飛不盡暮天碧漁歌忽斷蘆花風蓬萊久聞未成往壯觀絶致遥應同潮生潮落夜還曉物與數會誰能窮百年形影浪自苦便欲此地安微躬白雲南來入遠望又起歸興隨征鴻漁隱

山居

功甫曾題人山居一聯云謝家莊上無多景只有黄鸝三兩聲荆公命工繪為圖自題其上云此是功甫題山

居詩處即遣人以金酒鍾并圖遺之遯齋閒覽

清逸詩

袁世弼南昌人宦遊當塗時功甫尚未冠也世弼愛其才薦于梅聖俞自爾有聲功甫嘗語吾大父清逸云教載汲引袁二丈力也蔫埋三尺不敢忘其賜功甫既壯頗恃其才力下筆曾不經意論者或惜其造語無刻勵之功清逸云如功甫豈易得但寘作者中便覺有優劣耳正如晉楚之輕剽不當桓文之節制也清逸嘗有詩

戲之云休恨古人不見我尤喜江東獨有君盡信阿戎從初異又疑太白是前生雲間鸞鳳人間現天上麒麟地上行詩律暮年誰可敵筆端談笑埽千兵潘子真詩話

聖俞以為李白後身

梅聖俞采石月贈功甫云采石月下訪謫仙夜披錦袍坐釣船醉中愛月江底懸以手弄月身翻然不應暴落飢蛟涎便當騎魚上青天青山有冢人謾傳却來人間知幾年在昔孰謝汾陽王納官貫死義難忘今觀郭裔

奇俊郎眉目真似攻文章死生往復猶康莊樹穴探環知姓羊李白從永王璘之辟璘敗當誅郭子儀請解官以贖有詔長流夜郎聖俞用此事尤為親切若非姓郭亦難用矣漁隱

賀方回

望夫石

賀鑄字方回嘗作一絶題于定林寺云破氷泉脉漱籬根壞衲遥疑挂樹猿蠟屐舊痕尋不見東風先為我開

門荆公見之大相稱賞緣此知名方回嘗作望夫石詩云亭亭思婦石下閱幾人代蕩子長不歸山椒久相待微雲䕃髮彩初月輝蛾黛秋雨疊苔衣春風舞羅帶宛然姑射人矯首塵冥外陳迹遂無窮佳期從莫再脫如魯秋氏妾結桑下愛玉質委淵沙悠悠復安在交游間無不愛之王直方詩話

張子野

三影

子野嘗有詩云浮萍斷處見山影又長短句云雲破月來花弄影又云隔牆送過鞦韆影並膾炙人口世謂張三影高齋詩話

佳句

子野詩筆老健歌詞乃其餘波耳湖州西溪詩云浮萍斷處見山影野艇歸時聞草聲與予和詩云愁似鰥魚知夜永懶同蝴蝶為春忙若此之類亦可追配古人而世俗但稱其歌詞昔周昉畫人物皆入神品而世但知

有周昉士女葢所謂未見好徳如好色者也東坡

東坡詩

子野能為詩及樂府至老不衰居錢唐蘇子瞻作倅時年已八十餘視聽不衰家猶蓄聲妓子瞻嘗贈以詩云詩人老去鶯鶯在公子歸來燕燕忙葢全用張氏故事戲之石林詩話

謝無逸

有古意

謝無逸學古高潔文詞鍜鍊篇篇有古意尤工于詩予嘗愛其送董元達詩云讀書不作儒生酸躍馬西入金城闉塞垣苦寒風氣惡歸來面皺鬚眉斑先皇召見延和殿議論慷慨天開顏謗書盈篋不復辨脫身來看江南山長江滚滚蛟龍怒扁舟此去何當還大梁城裏定相見玉川破屋應數間又寄隱居士詩云處士骨相不封侯卜居但得林塘幽家藏玉唾幾千卷手校韋編三十秋相知四海孰青眼高卧一庵今白頭襄陽耆舊節

獨苦只有龐公不入州淮南潘邠老與之甚熟二公皆老死布衣士議惜之漫叟詩話

佳句

謝逸字無逸臨川韻人勝士也工詩能文黄魯直讀其詩曰晁張流也恨未識之耳無逸詩曰老鳳垂頭噤不語枯木槎牙噪春鳥又曰貪夫蟻旋磨冷官魚上竹又曰山寒石髮瘦水落溪毛彫皆為魯直所稱賞冷齋夜話

邢敦夫

龍眠圖詩

雙井黄叔達字知命初自江南來與彭城陳履常俱謁法雲禪師于城南夜歸過龍眠李伯時知命衣白衫騎驢緣道搖頭而歌履常負杖挾囊于後一市大驚以為異人伯時因畫為圖而邢敦夫作長歌云長安城頭烏欲棲長安道上行人稀浮雲卷盡暮天碧但有明月流清輝君獨騎驢向何處頭上倒著白接羅長吟搔首望明月不學山翁醉似泥到得城中燈火鬧小兒拍手攔

街笑道傍觀者那得知相逢疑是商山皓龍眠居士畫無比採毫弄筆長風起酒酣閉目望窮途紙上軒昂無乃似君不學長安游俠誇少年臂鷹挾彈章臺道君不能提攜長劍取靈武指揮猛士驅貔虎胡為脚踏梁宋塵終日飄飄無定所武陵桃源春欲暮白水青山起煙霧竹杖芒鞵歸去來頭巾好挂三花樹敦夫時年未二十也王直方詩話

幼敏

邢居實字惇夫年少豪邁所與游皆一時名士年十四五時嘗作明妃引末云安得壯士霍嫖姚縛取呼韓作編户諸公多稱之既卒余收拾其殘草編成一集號曰呻吟惇夫自少便多憔悴感慨之意其作秋懷詩云高歌感人心心悲將奈何其作棗陽道中感興有意悶山神此生復來否已而果卒于漢東惇夫之卒也山谷以詩哭之云詩到隨州更老成江山為助筆縱横眼看白璧埋黄壤何况人間父子情葢謂惇夫與其父歆向也

王直方

詩話

潘邠老

天下奇才

白鳥没飛煙微風逆上船江從樊口轉山自武昌連日月懸終古乾坤别逝川羅浮南斗外黔府古河邊波浪三江口風雲八字山斷崖東北際虚艇有無間卧柳堆生岸跳魚水擣灣悠然小軒晃幽興滿鄉關西山連虎穴赤壁隱龍宫形勝三分國波流萬世功沙明拳宿鷺

天闊退飛鴻最羨魚竿客歸船雨打篷落日春江上無人倚杖時私蛙鳴鼓吹官柳舞腰肢獵退頻翻臂漁深數治綠我猶無彼此風豈有雌雄此邠老江間所賦也

邠老唐太僕卿季荀之後衢之曾孫鯁之子寓居齊安得句法于東坡頃與洪駒父徐師川洎予友善山谷嘗稱邠老天下奇才也其為詩文也皆稱是年未五十以歿良可惜也潘子真詩話

胡少汲

與劉邦直詩

胡少汲與劉邦直詩夢魂南北昧平生邂逅相逢意已傾楚國山川千疊遠隋堤烟雨一帆輕我無健筆翻三峽君有長才肅五兵同是行人更分手不堪風樹作離聲少汲後生中豪士也讀書作文擺脫塵俗娓娓不倦雖競爽者未易追也同是行人更分手佳句也邂逅相逢意已傾已道了劉三十一矣山谷

山字韻詩

少汲宣和間在河朔作漕日同官陳亨伯輩唱和山字韻詩少汲最後和成人皆歎服詩云章句飄飄續小山古風蕭瑟筆追還海鵬共擊三千里鐵馬同歸十二閑功業會看鐘鼎上聲華已在搢紳間他年記憶憐衰老為報西川引一班苕溪漁隱曰元豐間王平甫有海鵬未擊三千里天馬須歸十二閑之句甚為一時諸公所稱道今少汲乃云海鵬共擊三千里鐵馬同歸十二閑豈非剽平甫之句但易此三字以為已作耶桐江詩話

徐仲車

佳作

徐積字仲車古之獨行也於陵仲子不能過然其詩文則怪而放如玉川子比一反也耳聵甚畫地為字乃始通語終日面壁坐不與人接而四方事無不周知其詳雖新且密無不先知此二反也苕溪漁隱曰余嘗記仲車二詩有云淮之氷淮之水春風吹春風洗青于藍緑染指魚不來鷗不起瀲瀲灩灩天盡頭秪見孤帆不見

舟殘陽欲落未落處盡是人間今古愁今古愁可奈何

莫使騷人聞棹歌我曹盡是浩歌客笑聲酒面春風和

又詠蒲扇詩云妾有一尺絹以為身上衣自織青溪蒲

團手中持朝擕麥隴去暮汲井泉歸無人不看妾不

使見蛾眉皆佳作也東坡

楊公濟

菜詩

楊蟠字公濟嘗為蓴菜詩云休説江東春日寒到來且

覔鑑湖船鶴生嫩頂浮新紫龍脱香鬚帶舊凝玉割鱸魚迎刃滑香浮稻飯落匙圓歸期不待秋風起漉酒調羮任我年時人以為讀其詩不必食蓴羮然後知其味也王直方詩話

張芸叟

西征二絶

張舜民字芸叟邠人也通練西事稍能詩從高遵裕西征回中作詩二絶一云靈州城下千株柳總被官軍斫

作薪他日玉關歸去路將何攀折贈行人一云青銅峽

裏韋州路十去從軍九不回白骨似沙沙似雪將軍莫

上望鄉臺為轉運判官李察聞奏得罪貶郴州監稅東坡

唐子西

佳句

子西上張天覺内前行云内前車馬撥不開文德殿下

宣麻回紫微侍郎拜右相中使押赴文昌臺此語善于

敘事質而不俚又云周公禮樂未要作致身姚宋亦不

薄向來兩翁當國年民間斗米纔四錢此語善于諷諭

當而有理皆可法也湖上云佳月明作哲好風聖之清

栖禪暮歸云草青仍過雨山紫更斜陽語意俱新漁隱

王仲至

聯句

仲至與少游謁恭敏李公飯于燕閒堂即席聯句云黄

葉山頭初帯雪緑波尊酒暫回春欽臣已聞璧月瓊枝句

更著朝雲暮雨人觀老愧紅妝翻曲妙喜逢佳客放言

新欽臣天明又出桃源去仙境何時再問津觀

絶句

仲至使遼回謁恭敏李公席中賦詩云穹廬三月已淹
留白草黃雲見即愁滿袖塵埃何處洗李家池上海棠
洲復齋謾錄

詩人玉屑卷十八

欽定四庫全書

詩人玉屑卷十九

宋 魏慶之 撰

中興諸賢 誠齋品藻中興以後詩見第二卷詩評類

誠齋白石之評

楊誠齋序千巖摘藁云余嘗論近世之詩人若范石湖之清新尤梁溪之平淡陸放翁之敷腴蕭千巖之工緻皆余之所畏者姜白石詩藁自序云尤延之先生為予

言近世士人喜宗江西温潤有如范至能者乎痛快有如楊廷秀者乎高古如蕭東夫俊逸如陸務觀是皆自出機軸亶有可觀者又奚以江西為觀二公推許想見當時騷雅之盛建安大歷風斯在下矣趙威伯詩餘話

周益公

周益公兄乘成居士周子中生于乙巳益公丙午誠齋丁未郡人劉訥敏叔寫為三老圖益公題詩云同辭宦路返鄉閭兩驌驦中間以駑前後顧瞻羞倚玉支干引

從偶連珠三人不必邀明月九老何妨續畫圖從漢二疏唐尹後相親相近此應無誠齋題二絶云旦爽行間著季真黄冠不合附青雲二南風裏君知麽添個委蛇退食以劉郎寫照妙通神三老圖成又一新只道老韓同傳好被人指點也愁人益公形容甚工誠齋讓遜自處真一時盛事云餘話

曾茶山

唐人詩喜以兩句道一事曾茶山詩中多用此體如界

從江北路重到竹西亭若無三日雨那復一年秋似知重九日故放兩三花次第繙經集呼兒理在亡又得清新句如聞謦欬音如何萬家縣不見一枝梅此格亦甚省力也王林中與詩話補遺

曾文清謝路憲送蟹詩從來嘆賞内黄侯風味尊前第一流只合蹣跚赴湯鼎不須辛苦上糟丘内黄侯三字甚新餘話

曾文清云山谷以竹夫人為竹奴余亦名脚婆為錫奴

戲作絕句霧帳桃笙晝寢餘此君那可一朝無秋來冷

落同班扇歲晚温柔是錫奴餘話

陸放翁

嘉泰壬戌九月陸放翁夢一故人相語曰我為蓮花博

士鏡湖新置官也我且去矣君能暫為之乎月得酒千

壺亦不惡也遂以詩記之曰白首歸修汗簡書每因囊

粟歎侏儒不知月給千壺酒得似蓮花博士無又夢到

萬頃荷花中有詩云天風無際路茫茫老作花王風露

郎只把千樽為月俸為嫌銅臭雜花香此事甚新奇可入詩料趙章泉梅課

東坡謂晨飲為澆書李黄門謂午睡為攤飯陸務觀嘗有絶句云澆書滿挹浮蛆瓮攤飯横眠夢蝶牀莫笑山翁見機晚也勝朝市一生忙餘話

陸放翁詩本于茶山故趙仲白題曾文清公詩集云清于月出初三夜澹似湯烹第一泉咄咄逼人門弟子劍南已見一燈傳劍南謂放翁也然茶山之學亦出于韓

子蒼三家句律大概相似至放翁則加豪矣近歲又有學唐人詩而實用陸之法度者其間亦多酷似處偏參諸家之詩者當自知之 玉林

劉忠肅勸駕詩

十載湘江守重來白髮垂初無下車教再賦食芹詩天闊搏鵬翼春融長桂枝功名倘來事大節要須持此劉忠肅公 珙 帥潭日勸駕詩也斷章可見前修勉厲後學之意比近世一例以掄魁相期者遠矣 玉林

韋齋先生

韋齋先生自爲兒童時出語已驚人及去場屋始放意爲詩文其詩初亦不事彫飾而天然秀發格力閒暇超然有出塵之趣晦庵

病翁

病翁少時所作聞箏詩規摹意態全是學文選樂府諸篇不雜近世俗體故其詞氣高古而音節華暢一時流輩少能及之其詩云月高閒鳴箏聲從綺牕來隨風更

迢遞縈雲暫徘徊餘音若可玩繁絃互相催不見理箏人遥知心所懷寧悲舊寵弃宣念新期乖含情鬱不發寄曲宣餘哀一彈飛霜零再撫流光頽每恨聽者稀銀甲生浮埃幽幽孤鳳吟衆鳥聲難諧盛年嗟不偶況乃容華衰道同符片諾志異勞事媒栖栖牆東客亦抱凌雲才 晦庵

楊誠齋

六言絶句如王摩詰桃紅復含宿雨及王荆公楊柳鳴

蜩緑暗二詩最為警絶後難繼者近世惟楊誠齋醉歸一章月在荔支梢上人行豆蔻花間但覺胷吞碧海不知身落南蠻雄健富麗殆將及之玉林

天下未嘗無對東坡以章質夫寄酒不至作詩云豈意青州六從事化為烏有一先生或以緑研寄楊誠齋為人以栢木簡換去誠齋用此意作詩謝云如何緑玉含風面化作青銅溜雨枝二事可為奇對亦善用坡詩也玉林

晦菴先生與誠齋吟詠甚多然頗好戲謔劉約之丞廬陵過誠齋語及晦菴足疾誠齋因贈約之詩云忠顯聞孫定不虛西樞猶子固應殊鸞停梧上遺風在鷟進松間得句無贓有老農歌贊府未多薦墨送清都晦菴若問誠齋叟上下千峯不用扶晦翁後視詩笑云我疾猶在足誠齋疾在口耳柳溪呂炎近錄

康伯可

康伯可與之紹興間過清江遊慧力寺題二詩于松風亭

其一云天涯芳草盡緑路傍柳絮爭飛啼鳥一聲春晚落花滿地人歸其二云江上濃陰時未開瘦節支我上蒼苔春寒前日去已盡今日又從何處來 餘話

康與之在高宗朝以詩章應制與左璫狎適睿思殿有徽祖御畫特為卓絶上時持玩以起羮牆之悲璫下直竊攜至家而康適來留之飲因出示之康紿璫入取骰核輒書一絶于上曰玉輦宸遊事已空尚餘奎藻繪春風年年花鳥無窮恨盡在蒼梧夕照中璫見之大駭然

無可奈何明日伺閤扣頭請死上大怒亟取視之天威頓霽一慟而已餘話

姜堯章

姜堯章夔居茗溪與白石洞天為鄰潘轉翁字之曰白石道人且畀以詩曰人間官爵似樗蒲采到枯松亦大夫白石道人新拜號斷無繳駁任稱呼堯章報以長句其詞云南山仙人仙所食夜夜山中煮白石世人喚作白石仙一生費齒不費錢仙人食罷腹便便七十二峯

生肺肝真租只在南山南我欲從之不憚遠無方煮石何由軟佳名錫我何敢辭但愁自此長苦飢囊中只有轉庵詩便當掬水三嚥之餘話

敎器之

慶元間韓侂冑用事貶趙忠定公于永州次衡陽泊古鄷一夕而死敎器之陶孫時處士庠以詩哭之曰在手旋乾右轉坤羣邪嫉正竟流言狼胡無地歸姬旦魚腹終天痛屈原一死固知公不免孤忠賴有史長存九原

若遇韓忠獻休説渠家末世孫 餘話

趙章泉

趙章泉哭蔡西山云鶗鴂春林復遞詩雁回霜月忽傳悲蘭枯蕙死迷三楚雨暗雲昏礙九疑早歲力辭公府檄暮年名與黨人碑嗚呼季子延陵墓不待鑱辭行可知益晦菴書西山墓碣云嗚呼有宋蔡季通父之墓效夫子書延陵季子之墓也當時哭詩推此篇為冠 柳溪

韓澗泉

甲申秋澗泉韓仲止有三詩其一云近城人語雜深山人語少重露滴烟嵐野水見魚鳥稻粱豐稔外耕鑿願温飽所以桃源人不與外人道其二云往來是日月變動是寒暑伏臘雖不周爾且對妻子遥知風塵表萬象互吞吐所以鹿門人江左不得取其三云少壯既奚為老矣復難强紫芝未必仙採之亦可餉耆耄八九十道可無俯仰所以商山人辭漢寧復往葢絶筆之作戴石屏哭詩所謂凄凉絶筆篇可泣史書傳者此也章泉先

生跃云周漢歷歷上下秦侯王將相史疊陳辱斯榮斯仁不仁桃源鹿門商山人南磵遠孫澗之濵所以三人入呻吟桃源本是耕稼民鹿門商山抱經綸一世雖屈九原伸所以絶筆于獲麟我之擬賦非厥倫桓公語我淚沾巾兩公之詩英妙高絶真可以並傳千古然而寄大音于泬寥之表存至味于淡泊之中非具眼者不能識也玉林

歐陽伯威

廬陵歐陽伯威鈇少與周益公同場屋連戰不利遂篤意于詩誠齋嘗摘其警句抄之如西風五更雨南雁數行書詩成夔子國人在仲宣樓細雨雙飛鷺寒蓑獨釣船夢回千里外燈轉一牕深誰知花過半纔與酒相尋故人驚會面新恨説從頭天上張公子人間陸士龍月白玄猿哭更殘絡緯悲語離遽如許話舊復何時巷南巷北人招飲一雨一晴花耐看有客過門湖海士隔籬呼酒咄嗟間夢回金馬玉堂上丈在氷甌雪椀中青山

如故情非故芳草唤愁詩遣愁攝攝征人相顧語蕭蕭
落木不勝秋風色似傳花信到夕陽微放柳梢晴千里
歸來人事改十年猶幸此身存絶句四首戀樹殘紅濕
不飛楊花雪落水生衣年來百念成灰冷無語送春春
自歸桑麻得雨更青蔥芍藥留春結晚紅怪得鳥聲如
許好此身還在亂山中為憐紅杏幾枝斜看到斜陽送
亂鴉又是一春窮不死天教留眼看鶯花蓬窻卧聽踈
踈雨却似芭蕉夜半聲烟浪蔽天天倚蓋略容一點白

鷗明公跋云鳥啼花落欣然會心處酌大白噍伯威詩欲馭風騎氣也餘話

餘話載歐陽伯威摘句尚有遺者其五言古體遊禾山寺云愛山如愛酒畏暑如畏虎出門尋舊遊缺月四更吐名二子云先君以官貧我仍遺以安但願兩兒健扶持一翁孱何須待門生脩然柴桑間和人云更闌待月華風露寒欲僵論文云讀書豈為官骸病暑去心清時自涼其七言古體卜居云此生老矣益飄零湯餅來年又

何所是身如寓敢求安更築小軒名以寓憑恩誰料閤輿帝語有客多艱乃如許水花為客啼紅雨遊愚堂云閒說名園尚修竹花壓頹垣筍穿屋雨痕半掩壁間詩飢鼠跳梁狐晝啼前人已為後人笑後人更使誰人悲全盛幾時奈衰何古來興廢何其多和伍武仲云未知一歲于此水幾回照影憖栖栖失身竟墮管城計錯路不為田舍兒此皆勝詞之精絕誠齋所拈出者不知趙公何為刪之也豈別有意耶 玉林

曾景建

蔡西山貶道州曾景建寄詩云四海朱夫子徵君獨典刑青雲伯夷傳白首太玄經有客憐孤憤無人問獨醒瑶琴空寶匣絃斷不堪聽晦庵跋有云景建詩甚佳顧老拙不足以當之柳溪

曾景建作文公先生挽詞皇天開太極庚戌聖賢生六籍文將絶千年道復明淵源羅仲素師友李延年遶舍閩溪急潺湲洛水聲蓋夫子與文公皆生于庚戌故也

然惟文公當之無愧若他人則擬非其倫如世人作達官挽章例用夢奠兩楹者皆非也玉林

馬古洲

古洲馬莊父嘗賦烏林詞云荆州兒曹不足恃何物老瞞欺一世兵書浪語十三篇不料烏林出奇計隆準雲孫驅伏龍紫髯强援要江東戈船植羽蔽寒日雪浪崩崖驚晚風行間一卒如兒戲持火絶江人不意灰銷漢賊終老心功入喬家少年壻君不見華容道旁春草生

魂銷不聽車馬聲哀猿夜啼霜月冷空餘野燐沙邊明
辭意精深不減張籍王建之樂府惜世無知者録以遺
後人共評之玉林

吴明老

西風颯颯動長林斗酒沽來伴月斟慷慨未應憂短褐
悲歌元不為秋砧誰云塞馬年年健自是君門浩浩深
世祖丰神似高帝楚囚珍重莫沾襟吴明老之詩也明
老建陽人剛介有志操詩文雖不純意趣亦殊可采小園

蕭千岩黄白石

蕭千岩立春詩云半夜新春入管城平明銅雀緑苔生浮澌把斷東風路訴與青州借援兵黄白石雪詩云瑶林中有翳桑兒愚貴生涯不救飢願縮天人散花手放渠奔走趁晨炊白石學于千岩此二詩未易伯仲也 玉林

孫花翁

孫花翁嘗賦所見云疊却霞綃上甑衣女童髽髻緑楊

垂重調蛾黛爲眉淺再試弓鞋舉步遲紫府烟花鶯喚醒仙房雲雨鶴通知簾櫳低紅杏春風暖清夢應曾見舊師荅爲女冠還俗而作其屬思佳處殆不減唐人也玉林

孫南叟

麻姑山瀑布泉兩派而下灌溉甚博豐城孫南叟伯温爲南城簿嘗遊賦古風云九關守不嚴失却兩玉龍塵世著不得忽來此山中雷霆白晝鬭氷雪詩人胸天公不汝尤爲人作年豐甚有江西體餘話

蕭梅坡

誠齋跋蕭梅坡詩卷云西昌有客學南昌衣鉢真傳快閣旁坡底詩人梅底醉花為句子蘂為章想應踏月枝枝瘦贈我盈編字字香好畫江西後宗派不愁擒賊不擒王周益公和云詩句驚人日以昌巍科只待賦阿房源深元自流三峽幹老今誰敵豫章肯向香山尋白傅自謂也曾從江夏學黄香漢庭結綬君家事休羡彈冠貢與王坡詩云妙語有黄香正指山谷君姓字又與蕭育適同徐竹隱和云知君得

法自南昌作舍何須問道旁二老未嘗輕許可兩詩固已為平章胸横雲岫無窮意語帶梅坡不盡香政之綺紈相嫵媚不妨風氣似諸王君名彦毓其西湖雜詠云花心亭上坐滿眼是湖光只為便幽趣能來倚夕陽水邊春寺静柳下小舟藏不待清明近鶯花已自忙其梁家渡云遠水環沙翠作灣紅塵飛不入青山凉風一枕秋宵夢夢遶千岩萬壑間其清明日早出太平門云江頭揚柳暗藏鴉江上鵝兒欲浅沙早起一風如此惡路

傍落盡折桐花當門一竅其旨可知況有三老爲之印可乎 玉林

劉伯寵

劉褒伯寵武夷之文士詩筆甚工嘗宦于朝以臺評而歸有句云去日春蠶吐素絲歸時秋菊剥金衣沙鷗不入鴛鴻侶依舊滄浪遠釣磯怨而不怒之辭也 柳溪

游伯莊

游儀伯莊長平之勝士早遊京師自北方縱覽名山已

而浮洞庭歸隱武溪之上過武昌時有題黄鶴樓詩膾炙人口遊默齋嘗書寘南樓游受齋漕湖北日復為之刻石其詩云長川巨浪拍天浮城郭相望萬景投漢水北吞雲夢入蜀江西帶洞庭流角聲交送千家月野色中分兩岸秋黄鶴樓前人不見却尋鸚鵡過汀洲柳溪

劉改之

梅和勝執禮未第時家極貧雪中以詩謁里宰云有令可干難閉户無人堪訪懶移舟近世劉改之過詠雪詩

云功名有分平吳易貧賤無交訪戴難句法亦相似玉林

趙南塘

趙南塘題三山黄瀛父擬陶集云閩士工彫篆陶翁暇討論暇之一字蓋他人不能到處惟用工于詩者知之

趙天樂

趙天樂冷泉夜坐詩云樓鐘晴更響池水夜如深後改更爲聽改如爲觀病起詩云朝客偶知承送藥野僧相保爲持經後改承作親改爲作密二聯改此四字精神

頓異真如光弼入子儀軍矣玉林

天樂送真玉堂詩云每于言事際便作去朝心用唐人林寬語也林寬送惠補闕云長因抗疏日便作去朝心寄趙昌父詩云憶就江樓別雪晴江月圓用無可語也无可同劉升宿云憶就西池宿月圓松竹深贈孔道士詩云生來還姓孔何不戴儒冠用姚合語也姚合贈傅山人云悲君還姓傅獨不夢高宗寶冠寺詩云流來橋下水半是洞中雲用于武陵語也武陵贈王隱人云飛來南浦水半是華山雲瓜廬詩云野水多于地春山半是雲亦用姚合語也姚合送宋慎言

云驛路多連水州城半在雲此類甚多姑舉一二蓋讀唐詩既多下筆自然相似非蹈襲也其間又有青于藍者識者自能辨之玉林

天樂詩黃梅時節家家雨青草池塘處處蛙約客不來過夜半閒敲棋子落燈花意雖腐而詩新柳溪

東皐子

倪壽峯云詩和則歡適雄則偉麗新則清拔遠則閒暇

東皐子詩小園無事日徘徊頻報家人送酒來歡適也惜

樹不磨修月斧愛花須築避風臺偉麗也 引些渠水添池滿移個柴門傍竹開清也 拔多謝有情雙白鷺暫時飛去又飛迴也閑暇 備是四體一篇足矣況鶴鳴子和清唳方徹九臯耶東臯子字敏才戴石屛之先君子平生好吟而詩之存者惟此一篇與人行躑躅紅邊路日落秭歸啼處山一聯而已故壽峯謂其一篇足矣而清徹九臯葢謂石屛方以詩鳴云玉林

戴石屛

嚴子陵釣臺題詠尚矣天台戴式之復古一絕云萬事無心一釣竿三公不換此江山平生恨識劉文叔惹起虛名滿世間亦新奇可喜餘話

天台山與雁山鄰只隔中間一片雲一片雲邊不相識三千里外却逢君人謂石屏此詩視唐人無愧柳溪

東坡嘗謂柳子厚漁翁夜傍西巖宿一篇後兩句雖無亦可余謂戴石屏達觀一詩雖無前四句亦可只云一心似水惟平好萬事如棋不著高王謝功名有遺恨爭

如劉阮醉陶陶自是一佳絶句也玉林

趙嬾庵為戴石屏選詩百餘篇南塘稱其識精到其間白紵歌最古雅今世難得此作云雪為緯玉為經一織三滌手織成一片氷清如夷齊可以為衣陟彼西山于以采薇語簡意深所謂一不為少玉林

趙章泉先生云學詩者莫不以杜為師然能如師者鮮矣句或有似之而篇之全似者絶難得陳後山寄外舅郭大夫巴蜀通歸使妻孥且定居深知報消息不忍問

何如身健何妨遠情親未肯疏功名欺老病淚盡數行書此陳之全篇似杜者也戴式之亦有思家用陳韻云湖海三年客妻孥四壁居飢寒應不免疾病又何如日夜思歸切平生作計疏愁來仍酒醒不忍讀家書此式之全篇似陳者也趙蹈中所選乃不在數何耶玉林

高九萬

唐劉言史觀繩伎一篇末聯云坐中還有沾巾者曾見先皇初教時蓋謂玄宗遺樂近時高九萬賦觀恩陵

御製墨本絶句正用此意詩云淡黄越紙打殘碑盡是先皇御製詩白髮内人和淚看為曾親見寫詩時玉林

高菊磵杜小山

高菊磵山行即事主人一笑先呼酒勸客三杯便當茶杜小山詩釀雪不成微有雨被風吹散却為晴皆直述其事意脉貫通前輩所謂作文字如寫家書殆謂是歟玉林

杜小山

杜小山詩尋常一樣牕前月纔有梅花便不同蘇召叟詩人家一樣垂楊柳種在宮牆自不同二聯一意任斯庵詩了無公事鈎簾坐一樹冬青落細花趙紫芝詩滿地緑苔看不見細花如雪落冬青意亦相似不知孰先孰後其優劣必有能辨之者 玉林

劉後村

劉後村嘗言古樂府惟李賀最工余觀後村有齊人少翁招魂歌云夜月抱秋衾支枕玉鸞小艷骨泣紅蕪茂

陵三十老卧閶秦王女兒吹鳳簫淚入星河翻鵲橋素
娥剗襪跨玉兔回望桂宮一點霧粉紅小蝶没柳烟白
茅老仙方瞳圓尋愁不見入香髓露花點衣碧成水又
趙昭儀春浴行花奴一雙鬟垂耳緑繩夜汲露桃蘂青
桂寒烟濕不飛玉龍呵暖紅薇水翠靴踏雲雲帖妥燕
釵微卸香絲鬒小蓮夾擁真天人紅梅把雪歌一朶鸞
錦屏風畫水月鵁鶄抱頸嘍蘭葉劉郎散盡金餅歸笑
引香綃護癡蝶又東阿王紀夢行月青露紫翠衾白相

思一夜貫地脉帝遺纖阿控緑鸞崑崙低小海如席曲房小幄雙杏坡玉鳧吐麝熏錦窠軟香蕙雨錦衩濕紫雲三尺生紅韡金蟾呑漏不入咽柔情一點薔薇血海山重結千年期碧桃小核生孫枝陳王此恨屛山知此三篇絶類長吉其間精妙處恐賀集中亦不多見也玉林

李莊簡

李莊簡公光詩清絶可愛越州雙雁道中一絶云晚潮落盡水涓涓柳老秧齊過禁煙十里人家雞犬静竹扉

鈄護掩蠶眠後在政府與秦檜議論不合為中司所擊送藤州安置差客院使臣伴送公戲贈之云日日孤村對落暉蠻烟深處忍分離追攀重見蔡明遠贖罪難逢郭子儀南渡每憂鳶共墮北轅應許雁相隨馬蹄慣踏關山路他日重來又送誰亦婉而有深意餘話

王武臣

王武臣度豫章新淦人吟詩有警句如雲生坐來石風掩讀殘書危紅賒晚景漲綠上平沙鴉分供餘食鴿亂

著殘棋樵斧和雲斫漁簑帶雪披皆清奇可誦張紫微

謝艮齋極稱賞之餘話

黄景說

周益公休致白石黄景說賀以古風云相公能辭一品

官不能辭他九轉丹相公能卻萬鍾粟不能卻他長生

籙潭潭之居移氣體新年七十兒童似朝朝見客步如

飛牕下時時看細字高車得似懸車榮巍冠何如掛冠

清深衣獨樂真天人誰其友之晌與彭餘話

徐思叔

明妃曲古今作者多矣近時徐思叔得之所賦一篇亦為時人膾炙其詞云妾生豈願為人婦失信寧當累明主已傷畫史忍欺君莫忍君王更受侮琵琶却解將心語一曲纒綿恨何所朦朧遠霧染宫花淚眼横波時自雨專房更倚黄金賂多少專房棄如土寧從别去得深嚬一步思君一回顧天山不隔思歸路只把琵琶寫辛苦君不見有言不食古高辛生女無嫌嫁盤瓠高辛事

出後漢書餘話

黃小園

趙章泉爲先人賦山居詩云何謂雪名賽應同立積腰要爲膏以潤不作晛而消園小鋤斯食書多腹不枵青雲附能顯況乃白雲招青雲蓋用遷史伯夷叔齊得夫子而名益章事人所能識惟末句難曉故章泉自注云白雲謂方遠庵伯謨玉林

林楚良賦先人小園詩多少名園錢甃地金鈴撼雀護

千花君家無此奢豪事七尺慈孫導母車使事而不為事所使佳句也劉溪翁亦甚稱其工玉林

馮雙溪

雙溪馮熙之有送劉篁㟅絕句云來似孤雲出岫閒去如高月耿難攀若為化作修修竹長伴先生篁㟅山辭意灑落送別之作少能及之其自賦交游風月樓詩有一溪流水一溪月八面疏櫺八面風詩流膾炙以為秀傑之句玉林

左經臣

許少伊被召左經臣追送至白沙不及作詩云短棹無尋處嚴城欲閉門水邊人獨立沙上月黃昏此二十字可謂道盡惜別之情矣至今讀之使人黯然銷魂也玉林

劉溪翁

劉溪翁淮題韓府詩云寶蓮山下韓家府鬱鬱沈沈深幾許主人飛頭去請和緑户玄牆鎖風雨九世卿家一朝覆太師之誅魏公辱後車不信有前車突兀眼前看

此屋趙章泉跋之云何人詠出韓家府是我建陽劉叔通盡道唐人工樂府罕能褒貶似渠工又云誰詠韓家府建陽劉叔通是為閫以戒斯可謂之風妄矣彼佗胄哀哉吾魏公向來歌頌者豈但劇秦雄葢作于嘉定初年也玉林

游塘林

塘林游子嘗有絶句云黄陵廟前湘水春春烟愁殺渡湘人人隨歸雁去無迹水遠山長歌又新葢全用唐人

李遠詩遠之詩云黃陵廟前莎草春黃陵女兒蒨裙新輕歌小棹唱歌去遠遠山長愁殺人初不嫌其蹈襲也雖王荆公亦然唐皇甫冉問李二司直云門外水流何處天邊樹遶誰家山絶東西多少朝朝幾度雲遮此蓋用屈原天問體也荆公勘會賀蘭山主云賀蘭山上幾株松南北東西共幾峯貿得住來今幾日尋常誰與坐從容全用其意此體甚新詩話中未有拈出者因併及之玉林

方北山

方北山（豐之）紹興名士也有絶句云舍人早定江西派句法須將活處參參取陵陽正法眼寒花垂露落毿毿舍人即吕居仁陵陽正法眼即韓子蒼夜泊寧陵一詩也（玉林）

危逢吉

紫與之（中行）嘉定間仕于朝與時宰議論不合出守章貢危逢吉（禎）以詩送云力為君王乞得州補天未了石

還枚人才自係國輕重吾道亦關公去留殿角纔辭槐影日船頭便轉荻花秋競誇祖帳都門外誰識眉攢杜甫愁餘話

裘元量

裘元量萬頃豫章人性恬退不樂仕以薦者召為司直在朝嘗賦歸興云新築書堂壁未乾馬蹄催我上長安兒時只道為官好老去方知行路難千里關山千里念一番風雨一番寒何如靜坐茅齋下翠竹蒼梧仔細看

遂乞歸餘話

趙伯林

予曽伯祖伯琳官止右選平生喜為詩嘗賦五月菊有云為嫌陶令酒來伴屈原醒之句人所傳誦餘話

王從周

王從周鎬吉之永豐人仕至忠州守喜為詩亦有警句早行云髮爽帶風梳齒疏和月漱觀橋寓樓云避喧那厭雨宜睡不思茶將雨云雲學催詩黑風仍作誦清望

嶽云未知真是嶽秪見半為雲紹師覓詩云凍雪寒梅

雙屐蠟澄江明月一竿絲送潘文叔云催租例擾潘邠

老付麥誰憐石曼卿出春陵云山色兩間供步障松陰

半畝當郵亭上何尚書云籍通上界神仙府身現甘泉

侍從臣移竹後雨絶句洗紅窣窣烏甆雨落紫颼颼皂

角風掛起北牕聊問訊新移來竹定惺鬆餘話

劉良佐

劉良佐時應四明人平生用力為詩見稱于氾石湖誠齋

亦喜其寂寞黄昏愁弔影雪牕怕上短檠燈睡魔正與詩魔戰牕外一聲婆餅焦之句陸放翁跋其集云如頗識造物意長容我輩閒日晏猶便睡犬鳴知有人世事不復問舊書時一看一夜催花雨數家臨水村青山空解供眼界濁酒不能澆别愁覔句忍飢貧亦樂鈔書得趣老何傷雖前輩以詩鳴者何以加焉餘話

鄒應可

豫章鄒應可定有詩名誠齋誌其墓云其詩句法自徐

師川上遡魯直以趨少陵户牖嘗過杜工部祠賦云疇昔哦詩憶耒陽兹因捧檄過祠堂一生忠義孤吟裏千載凄凉古道傍自是風霜侵病骨非干牛酒涴詩腸明朝解纜秋江上問訊先生一瓣香餘話

武允蹈

武允蹈字德由高安人連蹇場屋刻意于詩日鍛月鍊時出新句如露萱鉗宿蝶風木撼鳴鳩屋頭風過雁燈背月穇𢥞霜林五色錦烟渡一縈絲午簟展風供睡課

夜牕肩雨辦詩逋眼昏書字不著紙耳重聽言常問人皆警策可味其集雷竹溪序之餘話

黄岩老

居鄉如處子居官如戰士處子常畏人戰士惟有死皃曹書諸紳勿謂平平耳此白石黄岩老詩可謂至言餘話

陳覺民

陳覺民宰建陽嘗喜靖安山水暇日與名勝登覽賦詩有曰却憶當時江處士能言秋色露人家靖安寺在邑

西十里乃江為故居江詩云山形圍澤國秋色露人家又云何當尋舊隱泉石好生涯蓋殿院陳公洙詩云處士亡來二百年舊居牢落變祇園詩名長伴江山在寃氣欲摩星斗昏處士生五代間王氏據閩日遇讒而死臺榭幾人留好句昔人留題寺經洪水今無存者漁樵何處問曾孫舊時泉石生涯地日暮寒雲遶寺門柳溪

葉水心論唐詩與嚴滄浪異

葉水心誌徐山民墓云山民有詩數百琢思尤奇皆橫

絶歎起冰懸雪跨使讀者變踔慘慄肯首吟嘆不自已然無異語皆人所知也人不能道爾蓋魏晉名家多發興高遠之言少驗物切近之實及沈約謝脁永明體出士爭效之初猶甚艱或僅得一偶句便已名世矣夫求字十餘五色彰施而律呂相應豈易工哉善爲是者取成于心寄妍于物融會一法含受萬象豨苓桔梗時而爲帝無不按節赴之君尊臣卑賓順主穆如丸投區矢破的此唐人之精也然厭之者謂其纖碎而害道淫肆

而亂雅至于庭設九奏廣袖大舞而反以浮響疑宮商布縷謬組繡則失其所以為詩矣然則發令人未悟之機回百年已廢之學使後之言唐詩者自君始不亦詞人墨卿之一快耶令按水心所謂驗物切近四字于書詩無遺論矣然與嚴滄浪之說相反故録于此與詩流商略之 玉林

壁間詩

先君嘗于逆旅間録一詩云山行險而修老我驂且羸

獨驅六月暑躡此千仞梯世故不貸人牽去復挽歸茗盌參世味甘苦常相持白雲抱溪石令人心愧之豈無趺座處逸固不療飢大叫天上人涼風唯吹衣蓋學簡齋詩法者莫知為何人作也 玉林

諸賢絶句

中興以來詩人絶句載于江湖集者未論此外如黄白石檕嶺遇雨黒風吹雨又黄昏雞犬數聲何處村身在嶺雲飛處濕不闗别淚濺成痕黄轂城梅花詩玉簫吹

徹北樓寒野月崢嶸動萬山一夜霜清不成夢起來春
意滿人間秋日詩曉日初浮萬里暉西風摇蕩送秋歸
冥鴻直上三千丈社燕春鶯不敢飛于去非春晚詩舍
南舍北草萋萋原上行人路欲迷已是春寒仍禁火棟
花風急子規啼劉遂初閣皁詩春山靈草百花香誰識
仙家日月長滿院莓苔緑陰匝棋聲何處隔宫牆路
德章盱眙旅舍詩道傍草屋兩三家見客擂麻旋點茶
漸近中原音語好不知淮水是天涯游寒岩釣磯詩竹

裏茅茨竹外溪粼粼白石護魚磯想應日日來垂釣石上蓑衣不待歸與近世喻汝楫征夫詩白骨茫茫散不收朔風吹雪度瓜洲殘陽欲落未落處照盡行人今古愁嚴坦叔兵火後還鄉詩萬屋烟消餘塔身還家何處訪情親舊時巷陌今難認却問新移來住人嚴滄浪酬友人詩湘江南去少人行瘴雨蠻烟百草生誰念梁園舊詞客桄榔樹下獨聞鶯此數詩雖體製不同然匠意琢句皆精絶非苟作者 玉林

葉靖逸岳王墳詩

岳王之死天下寃之墳在西湖之傍人多題詠獨葉靖逸一詩甚佳公之孫珂守武昌日以此詩嘗致遺于靖逸焉詩云萬古知心只老天英雄堪恨亦堪憐如公少緩須臾死此敵安能九十年漠漠凝塵空偃月堂堂遺像在凌烟早知埋骨西湖路學取鴟夷理釣船柳溪

高菊磵

忠言歷歷未曾行盡載圖書出帝城餘子但知才可忌

先生當以去為榮門闌竹石關心久部曲溪山照眼明長嘯歸歟莫惆悵浙江風定自潮平右菊磵送方巖先生以諫去國時人以為其詩不下劉改之送王侍郎歸天台詩云柳溪

龍洲道人

劉過改之送王簡卿歸天台欲數人才難倒指有如公者遽東歸班行失士國輕重道路不言心是非載酒青山隨處飲談詩玉麈為誰揮歸期趂得東風早莫放梅

花一片飛千巖萬壑天台路一日分為兩日程事可語人酬對易面無慙色去留輕放開筆下閒風月收斂胸中舊甲兵世事看來忙不得百年到手是功名辛稼軒簡云夜來見示送王簡卿詩偉甚真所謂橫空盤硬語妥帖力排奡者也健羨健羨柳溪

詩人玉屑卷十九

詩人玉屑卷二十

宋 魏慶之 撰

禪林

酸餡氣

唐詩僧中葉以後其名字班班為時所稱者甚多然詩皆不傳如經來白馬寺僧到赤烏年數聯僅見文士所録而已陵遲至貫休齊已之徒其詩雖存然無足言矣

中間惟皎然最為傑出故其詩十卷獨全亦無甚過人處近世僧學詩者極多皆無超然自得之氣往往反拾掇模倣士大夫所殘棄又自作一種體格律尤凡世俗謂之酸餡氣子瞻贈惠通詩云語帶烟霞從古少氣含蔬筍到公無嘗語人曰頗解蔬筍語否為無酸餡氣也聞者無不皆笑石林詩話

無蔬筍氣

東坡言僧詩要無蔬筍氣固詩人龜鑑今時悞解便作

世網中語殊不知本分家風水邊林下氣象蓋不可無若盡洗去清拔之韻使與俗同科又何足尚齊已云春深遊寺客花落閉門僧惠崇云曉風飄磬遠暮雪入廊深之句華實相副顧非佳句耶天聖間閩僧可士有送僧詩云一鉢即生涯隨緣度歲華是山皆有寺何處不為家笠重吳天雪鞋香楚地花他年訪禪室寧憚路岐賒亦非肉食者能到也西清詩話

靈徹

靈徹詩僧中第一如海月生殘夜江春入暮年總風枯硯水山雨慢琴絃前輩評此詩云轉石下千仞江雪浪齋日記

相逢盡道休官去林下何曾見一人世俗相傳以為俚諺慶歷中許元為發運使因修江岸得斯石于池陽江水中始知為靈徹詩也集古録

船子和尚

華亭船子和尚有偈曰千尺絲綸直下垂一波纔動萬

波隨夜靜水寒魚不食滿船空載月明歸叢林盛傳想見其為人山谷倚曲音歌成長短句曰一波纔動萬波隨蓑笠一鉤絲金鱗正在深處千尺也須垂吞又吐信還疑上鉤遲水寒江靜滿目青山載明月歸冷齋夜話

道潛

吴僧道潛有標致常自姑蘇歸西湖經臨平道中作詩云風蒲獵獵弄輕柔欲立蜻蜓不自由五月臨平山下路藕花無數滿汀洲東坡赴官錢唐過而見之大稱賞

已而相尋于西湖一見如舊相識及坡移守東徐潛往訪之館于逍遥堂士大夫爭識之東坡饌客羅約而俱來紅妝擁隨之東坡遣一妓前乞詩潛援筆而成曰寄語巫山窈窕娘好將魂夢惱襄王禪心已作沾泥絮不逐春風上下狂一坐大驚自是名聞海内然性褊憎凡子如仇嘗作詩曰去歲春風上國行爛窺紅紫厭平生而今眼底無姚魏浪蕊浮花懶出名士論以此少之道潛作詩追法淵明其語有逼真處曰數聲柔櫓蒼茫外

何處江村人夜歸又曰隔林彷彿聞機杼知有人家在翠微（漁隱曰余細味之句格固佳但不類淵明豈得謂之逼真若東坡和陶詩前山正可數後騎且勿驅此方是逼真處惠洪不善評詩不足憑也）時從東坡在黃州士大夫以書抵坡曰聞日與詩僧相從豈非隔林彷彿聞機杼者乎真東山勝游也坡以書示潛誦前句笑曰此吾師七字師號（冷齋夜話）

東坡長短句云村南村北響繅車參寥詩云隔林彷彿聞機杼知有人家在翠微秦少游云菰蒲深處疑無地

忽有人家笑語聲三詩大同小異皆奇句也高齋詩話

仲殊

瑞麟香暖玉芙蓉畫蠟凝輝到曉紅數點漏移衙仗北一番雨滴甲樓東夢遊黃闕鸞巢外身卧彤幃虎帳中報道譙門初日上起來簾幙李花風僧仲殊詩也王安中守平江日會客仲殊亦預焉繼以疲倦先起熟寐于黃堂中不知客散及覺日巳曈曨因罰以此詩始放去瑞麟安中家所造香也遺珠

潤州北固樓賦詩曰北固樓前一笛風碧雲飛盡建康宮江南二月多芳草春在濛濛烟雨中雲齋廣録

元豐末張詵樞言龍圖之守杭也一日宴客湖上適劉巨濟僧仲殊在焉樞言命即席賦詩曲巨濟先唱云憑誰妙筆橫掃素縑三百尺天下應無此是錢唐湖上圖仲殊遽云一般奇絶雲淡天高秋夜月費盡丹青只這些兒畫不成樞言又出梅花邀二人同賦仲殊云却作前章曰江南二月猶有枝頭千點雪邀上芳尊却占東

君一半春巨濟不復繼也後陳襲善云我為續之曰尊前眼底南國風光都在此移過江來從此江南不復開

復齋漫録

惠洪

崇勝寺後有竹千餘竿獨一根秀出人呼為竹尊者洪覺範為賦詩云高節長身老不枯平生風骨自清癯愛君修竹為尊者却笑寒松作大夫未見同參木上坐空餘聽法石於菟戲將秋色供齋鉢抹月批風得飽無黄

太史見之喜因手為書之以故名顯遺珠

近時僧洪覺範頗能詩其題李愬畫像云淮陰北面師廣武其氣豈止吞項羽公得李祐不肯誅便知元濟在掌股此詩當與黥安並驅也頃年僕在長沙相從彌年其他詩亦甚佳如云含風廣殿聞棋響度日長廊轉柳陰頗似文章巨公所作殊不類衲子又善作小詞情思婉約似秦少游至如仲殊參寥雖世名皆不能及許彥周詩話

遽解如曰夜色中旬後虛堂坐幾更隔溪猿不呌當檻月初生又曰後夜客來稀幽齋獨掩扉月中無事立草際一螢飛余時方十六七心不然之

洪覺範詩云已收一霎掛龍雨忽起千巖攧鷄風掛龍對攧鷄皆方言古今人未常道又云麗句妙于天下白高才俊似海東青又云文如水行川氣如春在花皆奇句也雲浪齋日記

淵林誦覺範詩曰此退之澄觀我欲收歛加冠巾換句

也冷齋夜話

福州僧

南方浮圖能詩者多矣往往多不顯其名福州有一僧作詩百餘篇其中佳句有云虹收千嶂雨潮展半江天又有詩云詩因試客分題僻棋為饒人下子低不減古人古今詩話

惠詮

東吳僧惠詮佯狂垢污而詩語清婉嘗書湖上一山寺

壁曰落日寒蟬鳴獨歸林下寺柴扉夜未掩片月隨行屨惟聞犬吠聲步入青蘿去東坡一見為和其後曰但聞烟外鐘不見烟中寺幽人行未遠草露濕芒屨惟應山頭月夜夜照來去詮竟以此詩知名竹坡詩話云余觀東坡和詮詩未嘗不喜其清絶過人遠甚晚遊錢唐始得詮詩乃知其幽深清遠自有林下一種風流東坡老人雖欲回三峽倒流之瀾與溪壑争流終不近也冷齋夜話

清順

西湖僧清順頤然清苦多佳句嘗賦石竹詩曰城中寸土如寸金幽軒種竹只十個春風勿長兒孫多穿我堦前緑苔破又有久從林下遊頗識林下趣從渠緑陰繁不礙清風度閒來石上眠落葉不知數一鳥忽飛來啼破幽絶處荆公遊湖上愛之乃稱揚其名坡晚年亦與之遊甚多酬唱冷齋夜話

瀨可

近時詩僧祖可被惡疾人號癩可善權者亦能詩人物清癯人目為瘦權可得之雄爽權得之清淡可詩如清霜羣木落盡見西山秋又谷口未斜日數峯生夕陰皆佳句也西清詩話

癩可東溪集有詩云傴步入蘿徑綿延趣更深僧居不知處彷彿清磬音石梁徽屨度始見青松林谷口未斜日數峯生夕陰凄風薄喬木萬竅作龍吟摩挲緑苔石書此慰幽尋漁隱

癩可詩云琴到無絃聽者希古今唯有一鍾期幾回擬鼓陽春曲月滿虛堂下指遲晦翁嘗大書此詩刻石于家柳溪近錄

顯忠

王荆公書一絶句于壁閒云竹裏編茅倚石根竹莖疏處見前村閒眠盡日無人到自有清風為埽門蓋詩僧顯忠詩也洪駒父詩話

悟情

前輩好稱僧悟清鳥歸花影動魚没浪痕圓以為句意俱新然余讀後梁沈君攸臨水詩云花落圓紋出風急細流翻迴知魚没浪痕圓之句出于此 復齋漫録

希晝

劉氏傳記載煬帝既誅薛道衡乃云尚能道空梁落燕泥否荅道衡詩嘗有是句楊公談苑載僧希晝北宫書亭云花露盈蟲穴梁塵隨燕泥予以謂錬句雖工而致思不逮于薛矣 麈史

志南

僧志南詩云古木陰中繫短蓬杖藜扶我過橋東沾衣欲濕杏花雨吹面不寒柳柳風晦庵嘗跋其卷云南詩清麗有餘格力閒暇無蔬筍氣如云云余深愛之後作書薦至袁梅岩袁有詩云上人解作風騷話雲谷書來特地誇楊柳杏花風雨後不知詩軸在誰家柳溪近録

圓悟

圓悟未識晦庵嘗和其梅花詩云獨憐萬木凋零後屹

立風霜慘澹中晦庵自是與之酬唱柳溪近録

病僧

唐末一山寺有僧卧病因自題其户曰枕有思鄉淚門無問疾人塵埋牀下履風動架頭巾適有部使者經從過寺中惻然憐之邀歸墳菴療治後部使者貴顯因言于朝遂令天下寺置延壽寮專養病僧也庚溪詩話

方外

吕洞賓

鍾弱翁帥平凉一方士通謁從牧童牽黃犢立于庭下弱翁異之指牧童曰道人頗能賦此乎笑曰不煩我語是兒能之牧童乃操筆大書云草鋪横野六七里笛弄晚風三兩聲歸來飽飯黃昏後不脫蓑衣卧月明既去郡人見方士擔兩大甕長歌出郭迹之不見兩甕乃二口豈洞賓耶西清詩話

回先生過湖州東林沈氏飲醉以石榴皮書其家東老堂之壁云西鄰已富憂不足東老雖貧樂有餘白酒釀

來緣好容黃金散盡為收書東老沈氏之老自謂也東坡

吕洞賓自詠云朝遊北海暮蒼梧袖裏青蛇膽氣麄三入岳陽人不識朗吟飛過洞庭湖談苑

韓湘

韓湘字清夫文公猶子也落魄不羈文公勉之學湘曰湘之所學非公知之公令作詩以觀其志詩曰青山雲水窟此地是吾家後夜流瓊液凌晨咀絳霞琴彈碧玉調爐鍊白朱砂寶鼎存金虎元田養白鵶一瓢藏世界

三尺斬妖邪解造逡巡酒能開頃刻花有人能學我同共看仙葩公覽而戲之曰子能奪造化耶湘曰此事甚易公為開樽湘聚土以盆覆之良久花開乃碧花二朶于花間擁出金字詩一聯雲橫秦嶺家何在雪擁藍關馬不前公未曉其句意湘曰事久可驗遂告去未幾公以佛骨事謫官潮州一日途中遇雪俄有人冒雪而來乃湘也湘曰憶花上之句乎正今日事也公詢其地即藍關嗟嘆久之曰吾為汝足此詩詩曰一封朝奏九

重天夕貶潮陽路八千本為聖明除弊政豈甘衰朽惜殘年雲横秦嶺家何在雪擁藍關馬不前知汝遠來應有意好收吾骨瘴江邊公别湘詩曰人才為世古來多如子雄文世孰過好待功名成就日却抽身去上烟蘿湘别公詩云舉世都為名利醉伊余獨向道中醒他時定是飛昇去衝破秋空一點青青瑣集

玄真子

玄真子張志和會稽人守真養氣卧氷不冷入水不濡

顔魯公守湖州日與賓客唱和為漁父詞志和曰西塞山前白鷺飛桃花流水鱖魚肥青箬笠綠蓑衣斜風細雨不須歸坐客嘆服不已後果傳之

唐求

唐末蜀州有唐求放曠疏逸方外人也吟詩有所得即將稾撚為丸投大瓢中後臥病投瓢于江曰兹瓢苟不沉沒得之者方知吾苦心耳瓢至新渠江有識者曰此唐山人詩瓢也接得十纔二三題鄭處士隱居云不信

最清曠及來愁已空數點石泉雨一溪霜葉風業在有山處道成無事中酌盡一杯酒老夫顔亦紅古今詩話

希夷先生

陳摶字圖南隱居武當山後徙華山雲臺觀周世宗召至京師賜號白雲先生太宗朝再召賜號希夷先生摶負經綸之才歷五季離亂每聞一朝革命顰蹙數日一日方乘驢遊華陰市聞太祖登極大笑曰天下自此定矣摶有詩云十年蹤跡走紅塵回首青山入夢頻

紫陌縱遊爭及睡朱門雖貴不如貧愁聞劍戟扶危主悶見笙歌聒醉人攜取舊書歸舊隱野花啼鳥一般春

青瑣

陳希夷先生每睡則半載或數月近亦不下月餘題西峯曰為愛西峯好吟頭盡日昂岩花紅作陣溪水緑成行幾夜礙新月半山無夕陽寄言嘉遯客此處是仙鄉

蜀道士

秦川北絶頂之上有隗𠻘宫宫之宏麗莫得狀之今為

壽山寺寺有三門門限琢青石為之瑩徹如琉璃色余嘗待月納涼夕處朝遊不離于是爾後入蜀蜀有道士謂余曰鄖宫石門限下詩記之乎余曰余為孩童迨乎壯年遊處于此未嘗見有詩道士微哂曰子若後遊但于石門限下上際求之丙戌歲蜀破還秦至則訪求之果得一絶云詳觀此篇飄飄然有神仙體裁遠近詞人競來諷味那知道士非控鯉駕鶴之流乎竒哉竒哉詩曰越溪道士人不識上天下天鶴一隻洞門深瑣玉牕

寒滴露研朱寫周易

斸藥翁

紫芝兮春蕤黄精乎秋肥余未始與老辭兮老余辭李文叔與李伯時書記太山所遇斸藥翁所歌味其辭甚文而有理蓋為士而終遯者耶抑如古之避世者言出于口自不違于理而又文者耶安得窮探極覽萬或覬一如昔人者與之邂逅也耶耄矣已矣安得適吾願耶

趙章泉

吃嗒

羅浮仙

近有人遊羅浮宿留巖谷間中夜見一人身無衣而紺毛覆體意必仙也乃再拜問道其人了不顧但長嘯數聲響振林木歌詩云雲來萬嶺碧雲去天一色長嘯兩三聲空山秋月白西清詩話

却一溪雲

苑致虛居方城有高士館于家自言昔乃白髮社翁遇師授以神藥今年踰下壽顏渥如丹有孺子色既久告

歸留一絶末句云莫訝杖藜歸去早蕎山閒却一溪雲

西清詩話

張亶

張亶熙寧中夢行入空中聞天風海濤聲振林木俗見海中樓闕金碧瓊裾琅珮者數百人揖亶出紙請賦詩細視筆硯皆碧玉色且戒之曰此間文章要似隱起鸞鳳當與織女機杼分巧過是乃人間語耳亶成一絶句云天風吹散赤城霞染出連雲萬樹花誤入醉鄉迷去

路傍人應笑忘還家有仙人曰子詩佳絶未免近凡酌酒一杯極甘寒忽覺身墮萬仞山而寤

六言詩

心事千莖白髮生涯一片青山空林有雪相待野路無人自還遶李王好書神仙隱遁之詞豈非遭罹多故欲脱世網而不得者耶東坡

蔡真人詞

陳東靖康間嘗飲于京師酒樓有倡打坐而歌者東不

顧乃去倚闌獨立歌望江南詞音調清越東不覺傾聽視其衣服皆故弊時以手揭衣爬搔肌膚綽約如雪乃復呼使前再歌之其詞曰闌干曲紅颺繡簾旌花嫩不禁纎手捻被風吹去意還驚眉黛蹙山青鏗鐵板閒引步虛聲塵世無人知此曲卻騎黃鶴上瑶京風冷月華清東問何人製曰上清蔡真人詞也歌罷得數錢即下樓亟遣僕追之已失矣夷堅志

閨秀

薛氏

五代末濠梁人南楚材遊陳潁間潁守欲子妻之楚材已娶薛氏以受潁守之恩遣人歸取琴書之屬似無還意薛氏善書畫能屬文自對鑑圖其形并作詩寄之曰

欲下丹青筆先拈玉鑑端已驚顔寂寞漸覺鬢凋殘淚眼描將易愁腸寫出難恐君渾忘却時展畫圖看楚材見而慚之與之偕老唐宋遺史

慎氏

天祐中毗陵有慎氏本儒家女王史嚴灌夫娶之數年無子因拾其過而出焉慎氏慨然登舟留詩一章為别曰當時心事已相關雨散雲飛一餉間便掛孤帆從此去不堪重過望夫山灌夫覽而愧之乃留之唐宋遺史

二十八字媒

白藕作花風已秋不堪殘睡更回頭晚雲帶雨歸飛急去作西牕一夜愁此趙德麟細君王氏所作也德麟既鰥居因見此篇遂與之為親余以為二十八字媒也王直

方詩話

費氏

費氏蜀之青城人以才色入蜀宮後主嬖之號花蕊夫人效王建作宮詞百首國亡入備後宮太祖聞之召使陳詩誦其國亡詩云君王城上豎降旗妾在深宮那得知十四萬人齊解甲更無一個是男兒太祖悅蓋蜀兵十四萬而王師纔數萬耳后山詩話

七歲女

唐如意中有女子七歲能詩則天令賦之皆應聲而就其兄別之則天令作詩送兄曰別路雲初起離亭葉正飛所嗟人異雁不作一行歸

荆公女

荆公女吳安持之妻工詩嘗寄荆公曰西風不入小牕紗秋意惟憐我憶家極目江山千萬恨依然和淚看黃花冷齋詩話

倡周氏

陳竑字夢和莆田人崇寧初登第為福州古田尉既至官惑一倡周氏周能詩嘗贈竑云夢和殘月過樓西月過樓西夢已迷喚起一聲腸斷處落花枝上鷓鴣啼首句蓋寓竹之字也又春晴詩云瞥然飛過誰家燕驀地香來甚處花深苑日長無個事一瓶春水自煎茶夷堅志

靈異

湘中女

番禺鄭僕射嘗遊湘中宿于驛樓夜過女子誦詩云紅

樹醉秋色碧溪彈夜絃佳期不可再風雨杳如年頃刻不見樹萱録

鬼仙

春草萋萋春水緑海棠開盡飄香玉繡嶺宫前白髪人猶唱開元太平曲忽然湖上片雲飛不覺舟中雨濕衣折得荷花渾忘却空將荷葉葢頭歸浦口潮來初渺漫蓮舟溶漾採花難芳心不愜空歸去會待潮回再摘看皆鬼仙所作或夢中所作也東坡

研光帽

寇元弼言去年春徐州通判李陶有子年十七八素不善作詩忽詠落花詩流水難窮目斜陽易斷腸誰同研光帽一曲舞山香父驚問之若有物憑憑者自云是謝中舍問研光帽事云西王母宴羣仙有舞者戴研光帽簪花舞山香一曲未終花皆落去東坡

紀夢

李真言字希古嘗夢至一宫殿有數百妓拋毬人唱一

詩覺而記三首云侍宴黄昏未肯休玉堦夜色月如流

朝來自覺承恩最笑倩傍人認繡毬隋家宫殿鏁清秋

曾見嬋娟颭繡毬金鑰玉簫俱寂寂一天明月照高樓

堪恨隋家幾帝王舞腰摟盡繡鴛鴦如今重到抛毬處

不是金爐舊日香 侯鯖録

鬼詩

酉陽雜俎載鬼詩兩篇山谷喜道之其一曰長安女兒

踏春陽無處春陽不斷腸舞袖弓彎渾忘却蛾眉空帶

九秋霜其二日流水涓涓芹吐芽織烏西飛客還家荒村無人作寒食殯宫明月空梨花洪駒父詩話

小碧牋題詩

長安南山下一書生作小圃蒔花木一日有金犢車從數女奴皆艷麗下飲于庭邀生同坐甚欵洽將别出小碧牋題詩曰相思無路莫相思風裏楊花只片時惆悵深閨獨歸處曉鶯啼斷緑楊枝侯鯖録

吳城龍女

魯直自黔安出峽登荆州江亭柱間有詞曰簾卷曲欄獨倚江展暮天無際淚眼不曾晴家在吳頭楚尾數點雪花亂委撲漉沙鷗驚起詩句欲成時没入蒼烟叢裏魯直讀之悽然曰似為予發也不知何人所作所題筆勢妍軟欹斜類女子而有淚眼不曾晴之句不然則是鬼詩也是夕有女子絕顔夢于魯直曰我家豫章吳城山附客舟至此墮水死不得歸登江亭感而作不意公能識之魯直驚寤謂所親曰此必吳城小龍女也冷齋

夜話

巴峽夜吟

建隆初有人泊舟巴峽夜聞人詠曰秋徑填黄葉懸崖露草根猿聲一叫斷客淚數重痕胜說

緑褭紅袖

梁伯升者肄業廢宅中夢一女子緑褭紅袖呼曰梁君聽妾幽恨之句詩曰卜得上峽日秋來風浪多江陵一夜雨腸斷木蘭歌同上

詩餘

晁无咎評

晁无咎評本朝樂章云世言柳耆卿之曲俗非也如八聲甘州云漸霜風淒慘關河冷落殘照當樓此唐人語不減高處矣歐陽永叔浣溪紗云堤上遊人逐畫船拍堤春水四垂天綠楊樓外出秋千要皆絕妙然只一出字自是後人道不到處蘇東坡詞人謂多不諧音律然居士詞橫放傑出自是曲中縛不住者黃魯直間作小

詞固高妙然不是當家語自是著腔子唱好詩晏元獻不蹈襲人語而風調閑雅如舞低楊柳樓心月歌盡桃花扇底風知此人不住三家村也張子野與柳耆卿齊名而時以子野不及耆卿然子野韻高是耆卿所乏處近世以來作者皆不及秦少游如斜陽外寒鴉萬點流水遶孤村雖不識字亦知是天生好言語苕溪漁隱曰無已稱今代詞手惟秦七黃九耳唐諸人不逮也无咎稱魯直詞不是當家語自是著腔子唱好詩二公在當

時品題不同如此自令視之魯直詞亦有佳者第無多子耳少游詞雖婉美然格力失之弱二公之言殊過譽也復齋漫録

太白

鼎州滄水驛有菩薩蠻云平林漠漠烟如織寒山一帶傷心碧暝色入高樓有人樓上愁玉堦空佇立宿鳥歸飛急何處是歸程長亭更短亭曾子宣家有古風集此詞乃太白作也古今詩話

六一

歐陽永叔送劉貢父守維揚作長短句云平山欄檻倚晴空山色有無中平山堂望江左諸山甚近或以為永叔短視故云東坡笑之因賦快哉亭道其事云長記平山堂上欹枕江南烟雨杳杳没孤鴻認得醉翁語山色有無中蓋山色有無非烟雨不能然也藝苑雌黄

東坡

后山詩話謂退之以文為詩子瞻以詩為詞如教坊雷

大使之舞雖極盡予人工要非本色余謂后山之言過

矣子瞻佳詞最多其間傑出者如大江東去浪淘盡千

古風流人物赤壁詞明月幾時有把酒問青天中秋詞

落日繡簾卷庭下水連空快哉亭詞乳燕飛華屋悄無

人桐陰轉午初夏詞明月如霜好風如水清景無限夜

登燕子樓詞楚山修竹如雲異材秀出千林表詠笛詞

玉骨那愁瘴霧氷肌自有仙風詠梅詞東武南城新堤

固漣漪初溢宴流杯亭詞氷肌玉骨自清凉無汗夏夜

詞有情風萬里卷潮來無情送潮歸别參寥詞缺月掛疏桐漏斷人初靜秋夜詞霜降水痕收淺碧鱗鱗露遠洲九日詞諸詞皆絶去筆墨畦逕間直造古人不到處真可使人一唱而三嘆若謂以詩為詞是大不然子瞻自言平生不善唱曲故間有不入腔處非盡如此后山乃比之教坊雷大使舞是何比況愈下葢其繆也漁隱

東坡卜筭子

東坡作卜筭子云缺月掛疏桐漏斷人初靜時見幽人

獨往來縹緲孤鴻影驚起却回頭有恨憑誰省揀盡寒枝不肯棲寂寞沙汀冷魯直見之稱其韻力高勝不類食烟火人語非胷中有萬卷書下筆無一點塵俗氣安能若是哉詞話

東坡蝶戀花

東坡蝶戀花詞夾岸花紅青杏小鷰子來時綠水人家遶枝上柳花飛裊裊天涯何處無芳草墻裏秋千墻外道墻外行人牆裏佳人笑笑漸不聞聲漸杳多情却被

無情惱蓋行人多情佳人無情耳詞話

山谷隱括醉翁亭記

歐陽公知滁日自號醉翁因以名亭作記山谷隱括其詞合以聲律作瑞鶴仙云環滁皆山也望蔚然深秀琅琊山也山行六七里有翼然泉上醉翁亭也翁之樂也得之心寓之酒也更野芳佳木風高日出景無窮也游也山肴野蔌酒洌泉香沸觥籌也太守醉也諠譁衆賓歡也況宴酣之樂非絲非竹太守樂其樂也問當時太

守為誰醉翁是也一記凡數百言此詞備之矣山谷其善檃括如此風雅遺音

荆公山谷

荆公小詞云平岸小橋千嶂抱揉藍一水營花草茅屋數間牕窕窕人不到柴門自有清風掃略無塵土思山谷小詞云春未透花枝瘦正是愁時候極為學者所稱賞秦堪嘗有小詞云春透水波明寒峭花枝瘦葢法山谷也雪浪齋日記

賀方回

賀方回妙于小詞吐語皆蟬蛻塵埃之表晏叔源王逐客俱當溟涬然第之山谷嘗手寫所作青玉案者置之几研間時玩之詞云春波不過橫塘路但目送飛鴻去錦瑟華年今幾度芳蹊幽徑綺牕朱户只有春知處碧雲冉冉衡皋暮彩筆空題斷腸句試問離愁都幾許一川烟草滿城絮梅子黄時雨山谷云此詞少游能道之作小詩曰少游醉卧古藤下無復愁眉唱一杯解道

江南斷腸句，而今唯有賀方回。冷齋夜話

秦少游

少游到郴州，作長短句云：霧失樓臺，月迷津渡，桃源望斷無尋處。可堪孤館閉春寒，杜鵑聲裏斜陽暮。驛寄梅花，魚傳尺素，砌成此恨無重數。郴江幸自遶郴山，為誰流下瀟湘去。東坡絕愛其尾兩句，自書于扇曰：少游已矣，雖萬人何贖。冷齋夜話

少游小詞奇麗，詠歌之，想見其神情在絳闕道山之閒

詞曰柳邊沙外城郭春寒退花影亂鶯聲碎飄零疏酒醆離別寬衣帶人不見碧雲暮合空相對憶昔西池會鵷鷺同飛蓋攜手處今誰在日邊清夢斷鏡裏朱顏改春去也落紅萬點愁如海

林和靖

林和靖工于詩文善為詞嘗作點絳唇云金谷年年亂生春色誰為主餘花落處滿地和烟雨又是離歌一闋長亭暮王孫去萋萋無數南北東西路乃草詞亦謂

終篇無草字

李後主曲

李景有曲云斜捲簾珠上玉鈎或改為珠簾舒信道七曲云十年馬上春如夢或改云如春夢非所謂遇知音

漫叟

章質夫

章質夫詠楊花詞東坡和之晁叔用以為東坡如毛嬙西施淨洗脚面與天下婦人鬭好質夫豈可比則是

矣予以為質夫詞中所謂傍珠簾散漫垂垂欲下依前被風扶起亦可謂曲盡楊花妙處東坡所和雖高恐未能及詩人議論不公如此耳

舊詞

舊詞高雅非近世所及如撲蝴蝶一詞不知誰作非惟藻麗可喜其腔調亦自婉美詞云烟條雨葉綠遍江南岸思歸倦客尋芳來較晚岫邊紅日初斜陌上飛花正滿凄涼數聲羌管怨春短玉人應在明月樓中畫

眉懶蠻牋錦字多時魚雁斷恨隨去水東流事與行雲共

遠衾舊香猶暖漁隱

詩人玉屑卷二十

總校官候補知府臣葉佩蓀
校對官中書臣邱桂山
謄録監生臣劉玉麟

圖書在版編目（CIP）數據

詩人玉屑 / (宋) 魏慶之撰. —北京：中國書店, 2018.2

ISBN 978-7-5149-1917-2

Ⅰ. ①詩… Ⅱ. ①魏… Ⅲ. ①詩話－中國－宋代 Ⅳ. ①I207.22

中國版本圖書館CIP數據核字(2017)第320508號

四庫全書·詩文評類

詩人玉屑

作　　者　宋·魏慶之撰
出版發行　中國書店
地　　址　北京市西城區琉璃廠東街一一五號
郵　　編　一〇〇〇五〇
印　　刷　山東汶上新華印刷有限公司
開　　本　730毫米×1130毫米　1/16
印　　張　66.5
版　　次　二〇一八年二月第一版第一次印刷
書　　號　ISBN 978-7-5149-1917-2
定　　價　二三六　元（全三册）